Ullstein Großdruck

Jaroslav Hašek

Die Beichte des Hochverräters

Erzählungen

Ullstein Großdruck

Ullstein Großdruck
Lektorat: Hild Wollenhaupt
ein Ullstein Buch
Nr. 40093
Im Verlag Ullstein GmbH,
Frankfurt/M-Berlin
Aus dem Tschechischen
übertragen und mit einem
Nachwort versehen von
Günther Jarosch

Umschlagentwurf:
Theodor Bayer-Eynck
unter Verwendung einer
Illustration von
Jörg Drühl

Printed in Germany 1990
Gesamtherstellung:
Clausen & Bosse, Leck

ISBN 3 548 40093 0

August 1990

CIP-Titelaufnahme
der Deutschen Bibliothek
Hašek, Jaroslav:
Die Beichte des Hochverräters:
Erzählungen / Jaroslav Hašek.
[Aus d. Tschech. übertr.
u. mit e. Nachw. vers.
von Günther Jarosch]. –
Frankfurt/M; Berlin: Ullstein, 1990
(Ullstein-Buch; Nr. 40093:
Ullstein-Großdruck)
ISBN 3-548-40093-0
NE: GT

Inhalt

Die Feldmütze des Infanteristen Trunec

I

Anfang Oktober trat der Rekrut Trunec seinen dreijährigen Militärdienst bei der Infanterie an. Er war ein Kerl wie ein Berg, und seine breiten Schultern trugen stolz einen gewaltigen Kopf. Er hatte einen Stiernacken und den Schädel eines Riesen.

Am ersten Tag, den er in der Kaserne verbrachte, ging er gleich zur »Krankenvisite«. Dann führte man ihn mit den anderen zu einem Unteroffizier, der alle nach ihren häuslichen Verhältnissen fragte. Das tat man, um bei den Rekruten Vertrauen zur Militärinstitution zu wecken. Nachdem also das Vertrauen zum Militär geweckt war, führte man sie in die Kleiderkammer, um ihnen eine Uniform zu verpassen.

Der Kammerbulle betrachtete einen nach dem andern und rief: »Stiefel Nummer drei!« – »Hose Nummer sechs!« – »Bluse Nummer zwei!« – Vier Unteroffiziere brachten hierauf dem betreffenden Rekruten, dessen Maße der Kammerbulle auf gut Glück geschätzt hatte, ohne sich darum zu kümmern, ob die Sachen auch paßten, Stiefel, Hose und Bluse. Der eine bekam Stiefel, so groß, daß noch zwei weitere Rekruten ihre Füße hätten hineinstellen können, dieser wieder konnte seine Füße um nichts in der Welt in die Stiefel hineinzwängen, selbst wenn er seine Füße um die Hälfte abgehobelt hätte, bei einem anderen Rekruten wäre noch sein älterer Bruder in die Hose hineingegangen, und wieder ein anderer hätte in seiner Bluse zwei ähnlich dürre Gestalten wie er selbst unterbringen können. Aber man war ja beim Militär, und die vom Kammerbullen gerufenen Nummern waren ausschlaggebend. Dann verpaßte man ihnen eine Feldmütze. Davon gab es sechs Größen: vom größten Kopf bis zum kleinsten. Auch hier entstand viel Wirrwarr, aber was ließ sich machen?

Danach gingen die Rekruten in ihre Stube, wo sie sich umkleideten. Dieser Anblick war zum Weinen. Ihre Gestalten wirkten so lächerlich, daß der eine den anderen nicht mehr erkannte. In der Stube wimmelte es nur so von Männern, deren Hände sich in den Blusen verloren, deren Hosen auf der Erde schleiften und denen die Mützen über die Ohren rutschten. Andererseits gab es aber auch Männer, denen die Hosen kaum bis zum Knie reichten, so daß die Unterhosen zu sehen waren, die Arme ragten von den Ellbogen an aus den Blusen, und vielen schaukelte die viel zu kleine Mütze auf dem Kopf. Was dem einen Teil der Mannschaft fehlte, hatte der andere zuviel.

Als der Kammerbulle diese interessanten Gruppen sah, nickte er wohlwollend und sagte: »Da sieht man wieder einmal, Männer, wie ungleich die Ausmaße des menschlichen Körpers sind. Der eine hat die Arme länger, als er sie haben darf, der andere wieder kürzer. Genauso ist es bei den Beinen. Von der Dicke will ich gar nicht reden. Der eine bekommt die Jacke nicht zu, während mancher andere wie ein Häufchen Elend in der Bluse hängt. Sonst aber ist alles in Ordnung. Ihr müßt eben die Uniformstücke untereinander austauschen. Das sage ich euch: »Ein Soldat muß aussehen wie aus Zucker gegossen. Wer lächerlich wirkt, wird bestraft!«

So tauschten sie denn untereinander Stiefel, Bluse, Hose und Mütze, bis der riesige Rekrut Trunec allein übrigblieb. In der Hose, die ihm zu kurz war, und in der Bluse, die er nicht zuknöpfen konnte, wirkte er wie ein seltsames Wesen von einem anderen Planeten, und auf seinem gewaltigen Schädel duckte sich zaghaft eine viel zu kleine Mütze. Zwar wirkten die anderen auch abenteuerlich, aber dieses Wesen, Rekrut Trunec genannt, sah aus, als komme es aus einer anderen Welt.

Trunec bat seine Kameraden um Himmels willen, man möge ihn doch nicht so herumlaufen lassen, aber so etwas löst man beim Militär ganz einfach. Es heißt »Das ist deine Sorge – marsch!«

So wandte sich Trunec denn an den Korporal. Der ließ sich von seinen Bitten erweichen und brachte ihn nochmals in die Kleiderkammer, wo endlich nach langem Suchen Uniformstücke gefunden wurden, die aus Trunec wenigstens einigermaßen einen Soldaten machten. Nur mit der Feldmütze wollte es nicht klappen. Selbst die größte verlor sich auf seinem riesigen Schädel wie ein Sandkorn im Meer.

Und so kam es, daß die ganze Angelegenheit mit seiner Feldmütze bis an die Militär-Oberintendantur in Wien ging.

Das geschah auf folgende Weise:

Die erste Pflicht eines Soldaten ist es, salutieren zu lernen, wodurch er seinen Vorgesetzten die Ehrenbezeigung erweist. Der Rekrut Trunec, dessen Feldmütze auf seinem großen Kopf herumsprang wie ein Ball auf dem Fußboden, erreichte es trotz des besten Willens nicht, beim Salutieren den Rand der Feldmütze zu berühren, wie es vorgeschrieben war. Verzweifelt versuchte er immer wieder, den Mützenrand zu erreichen, doch bei der geringsten Berührung rutschte ihm die Mütze in den Nacken.

Der Unteroffizier tobte, und der Offizier fluchte und lief vor Wut rot an, als dem Armen bei diesen vergeblichen Bemühungen schließlich die Feldmütze vom Kopf herunter auf die Erde fiel.

Verzweifelt und mit hochrotem Gesicht stülpte sich der Rekrut Trunec die Feldmütze auf ein Ohr, was bei der Mannschaft gedämpfte Heiterkeit und beim Offizier sowie den Unteroffizieren einen neuen Wutausbruch hervorrief.

Was sollte man mit ihm machen?

Schließlich ließ der Offizier den Rekruten Trunec durch den Korporal in die Kompanie-Schreibstube bringen. Trunec machte mit seiner hin und her springenden Feldmütze den Eindruck eines Betrunkenen und taumelte, ohne zu wissen, was mit ihm geschehen würde, in die Schreibstube.

Der Schreibstuben-Unteroffizier ließ nach dem Rapport des Korporals den Rekruten Trunec dem Hauptmann vorführen. Dieser hörte den Rapport mit ernster Miene an. Zuerst fragt er Trunec, ob er nicht Wasser im Kopf habe, und als dieser sagte, er melde gehorsamst, er habe kein Wasser im Kopf, befahl der Hauptmann, die Feldmütze gründlich einzuweichen und sie Trunec über den Schädel zu stülpen. Dadurch würde sich die Feldmütze weiten. Trunec müsse sie den ganzen Tag auf dem Kopf behalten. Zu diesem Zwecke sperrte man ihn für vierundzwanzig Stunden ein, damit er die übrigen nicht störe. Allerdings sollte das nicht als Strafe gelten.

Trunec saß gehorsam auf der Pritsche und hielt die angefeuchtete Feldmütze auf dem Kopf fest. Schließlich schlief er vor Ermattung ein. Als er am Morgen erwachte, lag die Feldmütze neben ihm auf der Pritsche – noch ebenso klein, ja noch mehr eingeschrumpft, und dabei war es die größte Feldmütze des Regiments. Wieder setzte er sie auf den Kopf und bemühte sich, sie im Gleichgewicht zu halten, aber es nützte nichts. Die Feldmütze sprang hin und her wie am Tag zuvor.

Wieder wurde sie eingeweicht, und Trunec mußte zum zweiten Male in die Kompanie-Schreibstube.

Diesmal war der Hauptmann noch ernster. Er befahl dem Schreibstuben-Unteroffizier, den Schädelumfang des Rekruten Trunec zu messen, wobei sich herausstellte, daß er zweiundsechzig Zentimeter betrug. Dann sagte der Hauptmann streng zu Trunec, die ganze Sache müsse bis zur Militär-Oberintendantur gehen. Wie habe er es überhaupt wagen können, mit einem solchen Kopf zur Welt zu kommen?!

Schließlich wurde er entlassen. Draußen stülpte man ihm seine Mütze, die der Schneider inzwischen umgenäht hatte, wieder auf den Kopf, und Trunec konnte an der Ausbildung teilnehmen. Er war heilfroh, daß man ihn nicht auf die Festung geschickt hatte.

II

Nachdem Trunec die Schreibstube verlassen hatte, diktierte der Herr Hauptmann dem Schreibstuben-Unteroffizier folgenden Brief:

An die
löbliche Militär-Oberintendantur
in Wien

Die unterzeichnete 3. Kompanie des XII. Regiments bittet die Militär-Oberintendantur im Hinblick darauf, daß der Infanterist Jan Trunec, geboren in Pilgram, zuständig nach Kaaden, einen abnorm großen Schädel hat, um Übersendung einer Feldmütze, die dem Kopfumfang des o. a. Rekruten entspricht.

Dann unterschrieb der Hauptmann eigenhändig das Schriftstück, und eine Abschrift wanderte in die Akten. Am nächsten Tag traf das Schreiben bei der Militär-Oberintendantur in Wien ein.

Vierzehn Tage später wurde der Rekrut Trunec wieder in die Kompanie-Schreibstube gerufen, wo man neuerdings seinen Kopfumfang maß, denn an diesem Tag war von der Militär-Oberintendantur in Wien folgendes Schreiben eingetroffen:

An die
3. Kompanie des XII. Regiments

Zum Schreiben GZ 6728/891/IIab/6721/345g IIIa 8IV sieht sich die unterzeichnete Militär-Oberintendantur veranlaßt, folgendes mitzuteilen: In dem Schreiben der 3. Kompanie des XII. Regiments GZ 6728/891/IIab/6721/345g IIIa 8IV, in dem die Militär-Oberintendantur in Wien um Übersendung einer Feldmütze für den dieser Kompanie angehörenden Infanteristen Jan Trunec, geboren in Pilgram, zuständig nach Kaaden, bittet, weil besagter Infanterist einen Kopf von abnormer Größe hat, fehlt die Angabe des Kopfumfangs des besagten Infanteristen. Es wird um unverzügliche Meldung des Umfangs des abnorm großen Kopfes des besagten Infanteristen gebeten.

Die Verwaltung der Militär-Oberintendantur in Wien.

»Menschenskind«, sagte der Schreibstuben-Unteroffizier, »Sie machen uns aber Arbeit!« Dann schrieb er, der Kopfumfang des Rekruten Jan Trunec betrage zweiundsechzig Zentimeter, und schickte diesen Brief nach Wien.

Nach vierzehn Tagen traf in der Kompanie-Schreibstube ein neues Schreiben aus Wien ein:

Die unterzeichnete Militär-Oberintendantur in Wien ersucht im Hinblick auf das ihr unter GZ 6829/351/IIg III/d 3321 übersandte Schreiben um Mitteilung, in welchem Jahre besagter Infanterist mit dem abnorm großen Kopf geboren wurde und im wievielten Jahre er dient, denn es ist nicht ausgeschlossen, daß der Kopf des besagten Infanteristen weiterwächst.

Der Schreibstuben-Unteroffizier meldete also das Geburtsjahr des Infanteristen Trunec und bemerkte, er stehe im ersten Jahr der militärischen Ausbildung.

Nach zwei Monaten traf aus Wien folgendes Schreiben ein:

An die
3. Kompanie des XII. Regiments

Wir ersuchen hiermit um unverzügliche Übersendung der ursprünglichen Feldmütze des Infanteristen Trunec, damit sich keine Schwierigkeiten bei der Abrechnung ergeben und wir lediglich einen Umtausch durchführen können.

Die Feldmütze wurde also übersandt.
Ein Vierteljahr darauf kam ein neues Schreiben:

Die unterzeichnete Militär-Oberintendantur bestätigt hiermit den Erhalt der ursprünglichen Feldmütze des Infanteristen Trunec, muß aber feststellen, daß die Feldmütze in beschädigtem Zustande eingegangen ist. Es wird hiermit eine Untersuchung angeordnet, wodurch die Feldmütze beschädigt wurde. Nach Abschluß der Untersuchung wird die Militär-Oberintendantur im Sinne des §16 des Militärgesetzes einen Intendantur-Konkurs auf Lieferung einer neuen Feldmütze im Umfang von zweiundsechzig Zentimetern für den abnorm großen Kopf des Infanteristen Jan Trunec ausschreiben.

III

Schreiben der 3. Kompanie des XII. Regiments an die Militär-Oberintendantur in Wien:

Im Zuge der durchgeführten Untersuchung wurde festgestellt, daß der Infanterist Jan Trunec die zum Umtausch nach Wien geschickte Feldmütze in einwandfreiem Zustand erhalten hat. Da er jedoch, wie von Zeugen bestätigt wurde, das fiskalische Eigentum nicht pfleglich behandelte, führte er dessen Beschädigung herbei. Der genannte Infanterist ist allerdings inzwischen verstorben, weshalb um Rücksendung der ursprünglichen Feldmütze des Infanteristen Trunec mit dem abnorm großen Kopf gebeten wird...

Wie aus der Mannschaftsküche des Kaschauer Regiments das Schmalz verschwand

Eine äußerst unangenehme Sache ereignete sich in der Mannschaftsküche des Kaschauer Regiments: Fünf Kilogramm Schmalz, die der Offiziersküche gehörten, verschwanden spurlos.

Ich wiederhole: Fünf Kilogramm Schmalz! Eine solche Menge Schmalz hatte die Mannschaftsküche in der ganzen Zeit ihres Bestehens nicht gesehen, und das ist seit den Zeiten Kaiser Josefs II.

Fünf Kilogramm Schmalz sind keine Kleinigkeit. Die reichen eine Woche lang für die Suppe des ganzen Regiments. Fünf Kilogramm Schmalz bedeuten bei dem Sparsamkeitssystem, daß die ganze Kaschauer Garnison nach so fetten Suppen überzeugt gewesen wäre, sie hätte einmal beim Exerzieren ein mageres Schwein über die Felder laufen sehen.

Die Sache war, wie gesagt, äußerst unangenehm. Als der Koch der Offiziersküche zum Kessel der Mannschaft gegangen war, um sich dort ein Stück Fleisch abzuschneiden, hatte er die fünf Kilogramm Schmalz, mit denen er die Pfannkuchen für die Herren Offiziere backen wollte, auf ein Fleischbrett gelegt, das auf dem Kessel mit der Mannschaftssuppe lag. Und als er kurz darauf das Schmalz holen wollte, war es weg. Sofort ging er zum diensthabenden Offizier, um ihm den Verlust zu melden. Der ließ ihn auf der Stelle einsperren. Dann wanderte ein Gehilfe des Kochs, von dem es hieß, er sei sehr naschhaft, ebenfalls in den Arrest.

Zufälligerweise war auch Korporal Klúčka zu dieser Zeit in der Küche gewesen. Auch er wurde eingesperrt. Die Nachforschungen gingen weiter. Fünf Kilogramm Schmalz, die für die Offiziersküche bestimmt sind, dürfen doch nicht einfach spurlos verschwinden!

»Psia krew!« *(Hundeseele! [Polnisch])* brüllte der diensthabende Offizier. »Ich lasse das ganze Regiment einsperren und allen den Magen auspumpen!«

Die Untersuchung nahm ihren Fortgang.

Ein Feldwebel glaubte sich zu erinnern, daß sich ein Ruthene namens Omagulko einmal beim Rapport über die schlechte Suppe beschwert habe. An diesem Tage hatte man nun Omagulko gesehen, wie er in verdächtiger Weise um die Küche geschlichen war, in der das Schmalz verschwand. Da hätten wir ja den Vogel, der staatseigenes Schmalz frißt, sagte der Feldwebel zu sich und ging zum diensthabenden Offizier: »Melde gehorsamst, aller Wahrscheinlichkeit nach hat der Rekrut Omagulko das Schmalz gegessen, denn er ist ein Rebell.«

»Psia krew!« sagte der Offizier, als ihm Omagulko vorgeführt wurde. »Gib zu, daß du das Schmalz gefressen hast!«

Omagulko schwor Stein und Bein, er habe kein Schmalz gesehen, von keinem Schmalz gehört, auch kein Schmalz gerochen, sei nicht in der Küche gewesen und habe nur aus Neugier feststellen wollen, was dort so dufte.

»Herr Offizier«, sagte Omagulko, »ich habe schon einmal so einen Charakter: Wenn ich an einer Küche vorbeigehe, sei es zu Hause oder beim Militär, suche ich zu erraten, was gekocht wird. Dann sage ich mir, das ist der Geruch von diesem, das der von jenem. Aber das fragliche Schmalz hat mein Auge nie gesehen.«

»Psia krew!« fluchte der Offizier. »Wir pumpen dir den Magen aus, sperren dich ein und schicken dich auf die Festung!«

Der Stabsarzt wurde gerufen und pumpte ihm den Magen aus. Der Mageninhalt zeigte aber keine Spur von Schmalz. Man förderte nur die Knödel vom Mittag vorher zutage, sonst nichts.

»Psia krew! Dieser Simulant!« brüllte der Stabsarzt.

»Ab mit ihm in den Arrest!« Omagulko wurde also eingesperrt, und die Untersuchung ging weiter.

Alle Männer, die zu jener Zeit in der Nähe der Küche gesehen worden waren, wurden dem Stabsarzt vorgeführt, und der ließ dreißig Männern den Magen auspumpen. Aber das Schmalz wurde nicht gefunden.

Die Simulanten wanderten natürlich in den Arrest.

»Psia krew! Ich lasse der ganzen Kompanie den Magen auspumpen!« schrie der Stabsarzt, und er hätte das auch sofort ausgeführt, wenn nicht plötzlich eine Inspektion von der Militär-Oberintendantur eingetroffen wäre, um die dort eingegangenen Beschwerden über die schlechte Qualität der Suppen für die Mannschaften in den Kaschauer Kasernen zu überprüfen.

Die Kommission wurde von General Stambiński geführt. Das war ein gerecht denkender Mann, der sich in seinen Auftrag mit solcher Liebe vertiefte, daß er sich beim Abschmecken der Suppe für die Mannschaften in den verschiedenen Kasernen schon fünfmal den Magen verdorben hatte. Trotzdem war er auch hierher gefahren, obwohl er davon überzeugt war, daß ihm auch diesmal schlecht werden und er strenge Strafen aussprechen würde.

Zunächst befahl er, ein Verzeichnis aller Personen anzufertigen, die er wegen der schlechten Suppe einsperren lassen könnte. Dann erschien er als verkörperte strafende Gewalt unverhofft in der Küche, gefolgt vom ganzen Offiziersstab der Garnison Kaschau mit dem Herrn Kommandanten an der Spitze. Alle waren auf ein Donnerwetter des Generals gefaßt.

»Hier riecht es aber gut!« sagte der Herr General wider aller Erwartung freundlich, trat zum Suppenkessel in der Mannschaftsküche, in der das Schmalz verschwunden war, und ließ sich ein Kochgeschirr voll Suppe reichen.

»Ausgezeichnet, nur ein bissel sehr fett«, sagte er freundlich zu den Offizieren. »Alle Ehre dieser Küche! Welcher Kompanie gehört sie denn? Der dritten? Ich glaube, hier wird es bei der Mannschaft niemanden geben, der sich beschwert. Die Inspektion ist beendet!« Dann fügte er noch hinzu: »Ich bin zufrieden, meine Herren, sehr zufrieden!«

Weiter ging er nicht, sondern fuhr zur nächsten Kommandantur.

Dann wurde an die dritte Kompanie die Suppe ausgegeben.

Nach dem Mittagessen ließ der unermüdliche Stabsarzt Modrzyński allen Männern der dritten Kompanie den Magen auspumpen und stellte bei allen Spuren von Schmalz fest.

Die ganze Kompanie erhielt wegen Mitschuld an einem Diebstahl Kasernenarrest.

Niemandem aber kam der Gedanke, daß das Schmalz von dem Fleischbrett in den Kessel gefallen war.

Die Geschichte von einem braven schwedischen Soldaten

Es war fünfundzwanzig Grad unter Null. Ein Soldat stand auf Wache, und es war ihm unaussprechlich kalt, aber er war froh, denn er war ein braver Soldat, der wußte, daß es die größte Wonne eines Soldaten sein muß, für seinen Herrscher zu sterben.

Der Soldat spürte, daß ihm zu dieser Wonne nicht mehr viel fehlte. Nur etwas ging ihm durch den Kopf, nur eine Kleinigkeit – nämlich, daß ein Soldat seine Gesundheit nicht unnötig aufs Spiel setzen darf, und er wußte doch, daß es, falls er nicht erfrieren sollte, um seine Gesundheit sonderbar bestellt sein würde. So überlegte er denn eine Weile, was er tun solle: ruhig stehen und auf das Süßeste und Schönste warten, was einem Soldaten widerfahren kann, oder danach trachten, sich wenigstens etwas zu erwärmen, um das nackte Leben zu retten, denn Nase und Ohren waren schon unwiederbringlich dahin.

Unser Soldat war ein braver Soldat, und deshalb dauerte seine Überlegung nicht lange. Er wußte, daß der Staat keine Krüppel braucht, und er war sich auch dessen bewußt, daß der alte Zaun, an dem er stand, nicht ohne seine Ehrenwache auskommen konnte. Und so beschloß er, sich zu wärmen, aber nur soweit, daß er bis zur Ablösung am Leben bliebe; dann würde er erfrieren in dem glückseligen Bewußtsein, seine Pflicht erfüllt zu haben: Erstens hatte er den alten Zaun bewacht, zweitens hatte er sein Leben für König Oskar hingegeben, und drittens hatte er den Staat der unnötigen Sorge um seinen verkrüppelten Körper enthoben.

Als der Soldat diesen Entschluß faßte, waren seine Füße schon schwer wie Blei. Trotzdem begann er, mit ihnen unter Aufbietung aller Kräfte auf den Boden zu stampfen, um sich noch eine Weile am Leben zu erhalten.

Obwohl in wenigen Minuten der schönste Augenblick seines Lebens anbrechen sollte, überfiel ihn plötzlich eine unaussprechliche Schwermut. Er erinnerte sich an seinen Herrn Offizier, und zarte Empfindungen erwachten in seiner männlichen Brust. Niemals würde er mehr dieses vergeistigte Gesicht sehen, diesen frommen Blick, diesen Zuckermund, der so freundlich sagen konnte: »Mein Liebling, mein Süßer, mein Goldkind, du bist etwas aus der Reihe gekommen! Richte dich nach den andern aus, aber du brauchst dich dabei nicht zu übereilen, mein Seelchen!« Ach, der gute, goldige, liebe Herr Offizier! Der saß jetzt wohl irgendwo traurig beim Wein, die Augen niedergeschlagen, den keuschen Mund geschlossen... Der brave Soldat wurde traurig, denn er wußte, daß er nicht würdig war, die Freude des Sterbens zu genießen, wenn es in den Regimentern so viele verdiente, tugendhafte Offiziere gab, die sich schon seit Jahren nach dieser ehrenvollen Wonne sehnten. Der brave Soldat liebte seine Vorgesetzten und hätte für deren Wohl sein eigenes Leben und sein ganzes Glück dahingegeben, das Besitztum seines Vaters, die Gesundheit seiner Mutter, die Ehre seiner Schwester, die gesunden Knochen seines Bruders – der brave Soldat war dankbar und hätte voll Freude zugunsten seines Herrn Offiziers selbst auf die Erwartung des Todes verzichtet, wenn ihn der Herr Offizier darum gebeten hätte. Aber der Herr Offizier war nicht da, und so mußte der Soldat, ob er wollte oder nicht, aus dem Becher der Wonne trinken, den ihm die königlich-schwedische Armee reichte.

Der Soldat stampfte nicht mehr auf. Er stand an den Zaun gelehnt und versuchte, die Müdigkeit zu überwinden, die ihn plötzlich überfiel, ohne daß er wußte, wie. Er zitterte vor Angst, daß er einschlafen könnte. Er, der seine Vorgesetzten und seine Pflicht über alles liebte, wußte, wie schändlich es war, wenn ein Soldat auf Wache einnickte. Und sicherlich dachte er daran, was für ein trauriges Gesicht sein Offizier wohl machen würde, wenn er morgen erführe, es sei festgestellt worden, daß der Wachtposten, der gestern am alten Zaun, den er zu bewachen hatte, erfroren aufgefunden wurde, zweifellos vor seinem Tode eingeschlafen sei, also seine Pflicht vernachlässigt habe.

Die Müdigkeit meldete sich aber immer mehr, und alles Ankämpfen dagegen war vergebens. Der Soldat war verzweifelt. Er, ein braver Soldat, sollte seine Aufgabe schlecht erfüllen? Die letzte Aufgabe, den einzigen Dienst, den er Schweden noch erweisen konnte, und noch dazu gerade in dem Augenblick, in dem er in den eisigen Armen des Todes den höchsten Lohn empfangen sollte, den ein Untergebener erhalten kann?

Die Augen fielen ihm zu, seine Glieder waren wie Holz, und er war verzweifelt, als ihm plötzlich ein herrlicher Gedanke kam: Er würde sich einen so entsetzlichen Schmerz zufügen, daß er nicht mehr einschlafen konnte. Er war energisch. Und es gelang ihm, die Hand bis zum Ohr zu heben und es zu berühren. Das Ohr fiel ab, der Soldat pfiff durch die Zähne, aber er freute sich, denn nun, so hoffte er, würde er nicht mehr einschlafen. Als er zufällig auf seine Hand niedersah, bemerkte er, daß gleichzeitig mit dem Ohr drei Finger abgefallen waren. Das machte ihm aber nichts aus. Was waren schon drei Finger, wenn er König Oskar dienen durfte?!

Die Freude des schwedischen Soldaten war leider nicht von langer Dauer. Schon wieder drohten ihm die Augen zuzufallen. Zum Glück hatte er einst zwei Ohren besessen. So schlug er sich also auch das zweite Ohr ab. Was konnte ihm eine solche kleine Operation schon schaden? Übrigens glaubte er, das Warten dauere schon recht lange, und bald würde wohl seine Ablösung kommen. Nun, diese wenigen Minuten würden wohl noch irgendwie vergehen, und dann... In Gedanken an das, was dann geschehen würde, hätte er am liebsten vor Freude einen Luftsprung gemacht, aber es ging nicht, er taumelte nur ganz sonderbar, und die Hand, an der drei Finger fehlten, stieß dabei gegen den Zaun... Ein Glück, daß dabei kein größerer Schaden entstand; daß ihm die Hand abfiel, war ja nicht so schlimm.

Der Soldat stand noch immer am Zaun. Ihm kam es gar nicht mehr kalt vor. Zu seinen Füßen lagen die Ohren, die Nase und eine Hand – der brave Soldat blickte auf diese Dinge nur voll Verachtung. Für den König die Knochen hinzuhalten ist zwar auch eine Freude, aber was ist das gegenüber dem Bewußtsein, daß man für seinen König erfrieren darf? Gegenüber dieser Freude ist die erste gar nichts, das spürte er sehr wohl, ja es kam ihm sogar so vor, als sei es besser, im Schnee zu enden, als im Kampf zu fallen, weil man hier die ganze Wonne besser auskosten kann.

Er schlief ein, doch noch einmal riß er sich zusammen. Er erinnerte sich, daß er beim Fallen vielleicht das Gewehr beschädigen könnte. Gütiger Himmel, laß nicht zu, daß er, der brave Soldat, Schweden einen Schaden zufügt, neue Ausgaben verursacht – als wäre es nicht schon genug, was er den Staat in all den Monaten, die er beim Militär ist, gekostet hat! Das mußte wohl schon einige Kronen ausmachen. Unter fürchterlichen Anstrengungen und mit Anspannung aller Kräfte legte er vorsichtig das Gewehr weg. Zwar wußte er, daß darunter seine Soldatenehre litt, denn auf Posten die Waffe wegzulegen war eine Verfehlung und eine Schlechtigkeit. Dem Staat Kosten zu verursachen war aber noch weit schlimmer.

Nun nahte sein Ende, aber es waren auch schon Schritte zu vernehmen, nur daß der Soldat nichts mehr sah. Eben kostete er die größte Wonne aus, doch wurde sie von einem Gedanken getrübt: Er hätte, solange er sich noch rühren konnte, in den Schnee die Worte schreiben sollen: »Für Gott, König und Vaterland!«

Eine Militärlieferung

Um endlich dem langjährigen Wunsch zahlreicher Gewerbetreibender und Kaufleute hinsichtlich der Vergabe von Staatsaufträgen zu entsprechen, veröffentlichte das Marineamt Pola im Amtsblatt folgendes Inserat:

Das k. u. k. Marineamt Pola schreibt hiermit einen Konkurs für die Lieferung von 500 Nähnadeln und 1200 Stiefelzwecken im Jahre 1912 aus. Bewerber mögen bei der k. u. k. Kreishauptmannschaft ihres Wohnortes, wo sie gegen Bezahlung von 20 Hellern die gedruckten Bedingungen erhalten, eine Sicherheit von 50 Prozent des Lieferwertes hinterlegen.

Herr Jan Fikar dachte über diese Lieferung lange nach, entschloß sich schließlich aber doch, sich um sie zu bemühen. Er war ein guter Kaufmann und überschlug: An fünfhundert Nähnadeln verdiene ich dreißig Heller, an zwölfhundert Zwecken achtzig Heller. Die gedruckten Bedingungen kosten zwanzig Heller, ich verdiene also neunzig Heller. Aber was tut's, wenigstens komme ich ins Geschäft!

Es war wirklich äußerst auffällig, daß gerade jene, die früher so ungestüm nach Staatsaufträgen verlangt hatten, jetzt schwiegen oder höchstens einmal sagten: »Das ist ein Skandal, da hat sich der Staat wieder einmal ausgezeichnet!«

Herr Fikar aber lächelte und dachte bei sich: Solche Schlauberger! Es ist ja für das nächste Mal!

Er ging also auf die Kreishauptmannschaft, erlegte dort eine Sicherheit von fünfzig Prozent des Betrages, auf den das Angebot lautete, und zwar zwei Kronen zwanzig Heller, und kaufte die gedruckten Bedingungen. In den Bedingungen stand:

Nähere Informationen erhalten die Bewerber in der Militärkommandantur, wo sie unter Vorlage der Quittung über die erlegte Sicherheit ein entsprechend gestempeltes Gesuch einreichen müssen.

Herr Fikar ging zu seinem Rechtsberater und erfuhr, daß Gesuche, die Staatsaufträge betrafen, auf jeder Seite mit einer Zwei-Kronen-Stempelmarke zu versehen seien.

Nun befand er sich in einem inneren Widerspruch zu seinem praktischen Sinn. Das Gesuch würde zweiseitig sein, also hatte er vier Kronen für die Stempelmarken zu bezahlen. Die Ware, um deren Lieferung er sich bemühte, kostete ihn drei Kronen fünfzig Heller, die Ausgaben betrugen vier Kronen für Stempel und zwanzig Heller für die Bedingungen. Für die gelieferte Ware würde er vier Kronen vierzig Heller erhalten. Sein Verlust bei der Lieferung betrug also drei Kronen dreißig Heller.

Aber Herr Fikar dachte an die Zukunft. Wann würde sich ihm wohl wieder die Gelegenheit bieten, für lumpige drei Kronen dreißig Heller Staatslieferant zu werden? Ein solcher Glücksfall käme nicht so schnell wieder. Bei einer künftigen Lieferung würde er sich schon wieder schadlos halten.

Er schrieb also das Gesuch, klebte die geforderten Stempelmarken darauf und trug es zur Militärkommandantur, wo er in der Kanzlei nicht gerade freundlich empfangen wurde. Man bedeutete ihm, er solle künftig nicht so lange anklopfen, sondern gleich eintreten; was man in Zivil mache, dürfe man sich in der Kaserne nicht erlauben. Dann ließ man ihn warten.

Nach einer Weile sagte der diensthabende Unteroffizier, es könne geraucht werden. Dies sagte er so bedeutungsvoll, daß Herr Fikar um die Erlaubnis bat, Zigarren holen zu dürfen. Er kehrte mit zehn Virginias zurück und sagte, er selbst rauche nicht, aber vielleicht dürfe er sie auf dem Tisch liegenlassen. Der Unteroffizier nickte Gewährung und gab Herrn Fikar bekannt, er müsse zur Statthalterei gehen, hier auf der Kommandantur bekäme er nur eine Bestätigung über sein Gesuch auf Zuteilung einer Militärlieferung; falls er die Lieferung erhalte, werde ihm das Geld sechs Monate nach Eingang der Ware ausgezahlt.

Herr Fikar vermerkte also bei dem Posten »Militärlieferung« eine zusätzliche Ausgabe von einer Krone zehn Hellern für Virginias.

»Es ist eben für künftige Fälle«, tröstete er sich, begab sich wohlgemut zur Statthalterei und ließ das Personal in seinem Geschäft inzwischen allein wirtschaften, ohne irgendwelche diesbezügliche Zahlen auf das Verlustkonto dieser Lieferung zu buchen.

Auf der Statthalterei wurde das Gesuch mit der Begründung abgewiesen, es fehlten die erforderlichen Anlagen. Jeder, der sich um einen Staatsauftrag bewerbe, müsse eine ganze Reihe von Punkten nachweisen, die zeigten, daß ihm der Staat den Auftrag anvertrauen könne. Erstens müsse der Antragsteller seine Zahlungsfähigkeit nachweisen, zweitens, daß er die österreichisch-ungarische Staatsangehörigkeit besitze, drittens, daß er geistig gesund sei, viertens, daß er nicht wegen politischer Delikte oder wegen eines auf der gleichen Stufe damit stehenden, aus Gewinnsucht verübten Verbrechens bestraft worden sei. Wenn es sich um Zwecken und Nadeln handle, müsse außerdem der Nachweis über die vorausgegangene Schulbildung erbracht werden. Ferner wurde ihm mitgeteilt, daß bei Staatsaufträgen jene Kaufleute in erster Linie berücksichtigt würden, die verarmte Adlige oder gediente Unteroffiziere seien.

»Ich bringe alle Unterlagen bei«, sagte Herr Fikar, »schließlich ist es ja für künftige Fälle!«

Sein erstes war, zum Polizeikommissariat zu gehen, um sich dort seine österreichisch-ungarische Staatsangehörigkeit bescheinigen zu lassen. Es war schon Nachmittag, und daher wurde nicht mehr amtiert, nur ein verschlafener Polizeiwachtmeister saß in der Wachstube und rauchte seine Pfeife.

»Ich heiße, bitte sehr, Jan Fikar«, sagte ehrerbietig der Bewerber um eine Militärlieferung.

Der Polizeiwachtmeister rieb sich die Augen: »Fikar, Fikar, an den Namen erinnere ich mich nicht. Herr Hejno, sperren Sie den Mann in die Zelle!«

Herr Hejno erhob sich langsam von der Pritsche.

»Nein, das ist ein Irrtum«, meldete sich Herr Fikar, »ich komme wegen einer Bestätigung, daß ich österreichisch-ungarischer Staatsangehöriger bin. Ich möchte nämlich an das Marineamt Pola fünfhundert Nähnadeln und zwölfhundert Schuhzwecken liefern.«

Der Polizeiwachtmeister lächelte bedeutungsvoll und sagte:

»Setzen Sie sich einstweilen, der Herr kommt gleich.« Dann ging er zum Telefon und ließ sich mit der Wohnung des Polizeiarztes verbinden: »Bitte sehr, hier ist ein Herr, der nicht richtig im Kopf ist.«

»Ich komme sofort hinüber.«

»Also, was fehlt Ihnen, mein Freund?« fragte der Polizeiarzt liebenswürdig, als er die Wachstube betrat. »Sagen Sie mir alles, was Sie auf dem Herzen haben!«

Herrn Fikar glänzten vor Freude die Augen. »Ich möchte um eine Bestätigung bitten, daß ich österreichisch-ungarischer Staatsangehöriger bin. Es ist nämlich wegen fünfhundert Nähnadeln und zwölfhundert Zwecken. Ferner möchte ich um Bestätigung bitten, daß ich geistig gesund bin.«

»Sie glauben also, Sie seien nicht irre?«

»Gott behüte, ich bin geistig völlig normal und brauche das nur wegen der Nähnadeln und der Zwecken für das Marineamt in Pola. Außerdem benötige ich den Nachweis, daß ich adliger Abstammung bin.«

»Sie meinen, Sie seien ein Adliger?«

»Ja, bitte, ich stamme aus dem Geschlecht der Fikar z Toužic. Ich wurde auch niemals wegen Gewinnsucht oder wegen eines politischen Delikts bestraft. Es ist für die Statthalterei.«

»Dann warten Sie doch eine Weile! Ich fahre mit Ihnen gleich selbst zur Statthalterei ...«

Und man brachte ihn an einen Ort, wo die Tür hinter ihm zufiel und man ihm täglich drei heiße Bäder verabfolgte.

Herr Fikar geht seither nach jedem solchen Bad auf dem Korridor auf und ab und spricht laut vor sich hin: »Fünfhundert Nadeln, zwölfhundert Zwecken, österreichisch-ungarischer Staatsbürger, Marineamt Pola«, und immer weiter und endlos weiter so: »Fünfhundert Nadeln, zwölfhundert Zwecken, eine Nadel, zwei Nadeln, drei Nadeln, nicht vorbestraft wegen politischer Delikte, eine Zwecke, zwei Zwekken, drei Zwecken, geistig völlig normal ...«

Aus den Aufzeichnungen eines Offiziers

Ich hatte einen neuen Burschen bekommen. Er hieß T'urmulin. Der letzte war mir davongelaufen, was hier in den galizischen Grenzgarnisonen schon irgendwie Mode geworden zu sein scheint. Ein Jahr oder zwei erträgt es so ein Kerl, daß man ihn aufs Maul schlägt, dann läuft er davon. Als ich das erste Mal nach Hause kam und in guter Stimmung war, befahl ich ihm, mir die Stiefel auszuziehen. Er tat es, aber äußerst ungeschickt. Da schlug ich ihm mit dem Absatz gegen die Lippe, wie er so kniete, und gleich begann er zu heulen: »Ach, Herr Kapitän!«

»Schweig, du Hundesohn«, sagte ich gütig zu ihm, »oder ich zerschlage dir die ganze Schnauze. Mit euch kann unsereiner beim besten Willen nicht anders umgehen, man muß euch dauernd aufs Maul schlagen, ihr verdammten Hunde! Kaum hat man euch die Lippe geritzt, und ihr seht Blut, so brüllt ihr auch schon wie die Zigeuner. Am besten ist es noch, euch zum Rapport zu bestellen und dann wie Kartoffeln in den Keller zu schmeißen, bis ihr verfault. So etwas will ein Soldat sein, der gleich erschrickt, wenn er ein bißchen Blut sieht? Warte nur, bis der Krieg mit Rußland ausbricht, dann werden dir die Kosaken schon die Ohren abschneiden!«

Er heulte noch mehr, machte das Maul auf und sagte: »Ich weine ja nicht deshalb. Mir ist nur so schwer ums Herz, Herr Kapitän.«

Ich unterhalte mich gern mit dummen Kerlen, und deshalb sagte ich zu ihm: »Und warum ist dir denn so schwer ums Herz, du Hundesohn?«

Da stellte er sich kerzengerade hin wie beim Rapport, salutierte, leckte sich das Blut von der Lippe und sagte: »Melde gehorsamst, ich habe Sehnsucht nach meiner Heimat, Sehnsucht nach Andrejko.«

Ich zündete mir eine Zigarette an. »Wer ist denn das, du Hundesohn, dieser Andrejko?«

Wieder salutierte er und sah dabei schrecklich komisch aus.

Ich lag auf dem Sofa und blies den Rauch in die Luft, so daß sich Kringel bildeten.

»Melde gehorsamst, Herr Kapitän, Andrejko ist mein kleiner Bruder. Soll ich weitersprechen, Herr Kapitän?«

»Sprich, Bursche!«

Es war zu komisch, wie er erzählte. Er stand hochaufgerichtet, als wollte er defilieren, und blickte mir aufrichtig in die Augen.

»Herr Kapitän, wir stammen aus dem Dorfe Malinówo. Das ist so ein hübsches Dorf. Ringsum sind lauter Eichen- und Birkenwälder und ein Stück freie Wiese. In der Steppe ist ein Teich. Wenn die Sonne untergeht, hat das Schilfrohr am Teich Gold auf seinen Köpfchen. Alles duftet, die Pferde springen über die Weide, und dann kommt Andrejko, mein kleiner Bruder, ich hebe ihn aufs Pferd, und wir reiten in den Teich hinein. Melde gehorsamst, Herr Kapitän, Andrejko ist so ein hübscher Junge. Er hat ganz weiches blondes Haar und blaue Augen. Und wie er ausschreitet, wenn er am Sonntag mit mir in die Kirche geht! Ich habe ihm kleine hohe Stiefel gemacht, und nun geht er stolz wie ein Pope, jedem zeigt er die Stiefelchen und hält mich dabei an der Hand. Ach, Andrejko, mein Täubchen...« Und wieder begann er zu weinen.

Ich konnte es mir nicht verkneifen, stieß ihn, wie er so vor mir stand, leicht in den Bauch und lachte.

»Herr Kapitän, melde gehorsamst, ich weine nicht so sehr wegen Andrejko als wegen meiner Mutter. Meine Mutter ist mit ihm allein zu Hause. Jetzt beginnt die Heuernte. Da weine ich um ihretwillen, um des teueren Mütterchens willen. Ihr Haar ist grau, ihr Gesicht ganz eingefallen, Zähne hat sie nicht mehr und kann nur Brei essen. Nun ist ihr T'urmulin beim Militär, und sie muß sich um alles allein kümmern.«

Ich beobachtete ihn. Seine Augen blickten gespannt zum Fenster hinaus, als sähen sie ein Stück der riesigen Ebene, die so flach ist wie ein Handteller, eine endlose Grasfläche und Hügel mit niedrigen Kuppen.

»Die Störche fliegen, Herr Kapitän, sie fliegen in Richtung auf Malinówo. Bei uns zu Hause sind die Wiesen voll davon. Sie kreischen und pfeifen gegen Abend.«

Wieder weinte und jammerte er. Er schluchzte so, daß ich aufstehen und ihm eine Ohrfeige geben mußte.

»Nun habe ich aber genug davon, du Kerl! Hier hast du eine Krone, lauf rasch um Zigaretten!«

Er salutierte, wischte sich die Lippe ab und ging.

Ich schlief inzwischen ein.

Es war schon dunkel, als ich erwachte. »T'urmulin, du verdammter Hund, mach Licht!«

T'urmulin rührte sich nicht.

Da stand ich selbst auf, um Licht zu machen. T'urmulin war nirgends zu sehen. Davongelaufen war dieser Schweinehund! Die Truppe hatte er verlassen und war verschwunden, dieser Hundesohn!

Nach etwa einem Monat brachte man T'urmulin an, und er sagte, er müsse dringend mit mir sprechen.

Ich ihn erblicken, diesen Hundesohn, auf ihn zuspringen und ihm eine aufs Maul hauen war eins.

»Herr Kapitän«, sagte er, »melde gehorsamst, die Krone habe ich in der Küche in einen alten Stiefel gesteckt!« Und er begann zu weinen. »Mir war so schwer ums Herz, das ist die Seele, Herr Kapitän. Die Störche fliegen übers freie Land, und ich, melde gehorsamst, bin doch eine Menschenseele.«

»Ich verstehe dich, mein Täubchen«, sagte der Feldwebel, der ihn am Kragen hielt, »du hattest Sehnsucht nach euren Dirnen.« Er stieß T'urmulin in die Rippen.

»Nein, bitte gehorsamst, das nicht! Ich wollte nur frei leben, hatte Heimweh.«

»Und Verlangen nach Wodka, du Hundesohn«, lachte der Feldwebel, »du huzulische Bestie!«

T'urmulin seufzte wieder: »Melde gehorsamst, ich habe doch eine menschliche Seele. Warum kann der Vogel frei herumfliegen?«

»Das werden sie dir in der Garnison sagen, mein Täubchen«, schrie ich, »dort wird man dir die menschliche Seele schon austreiben.« Ich schlug ihm mit dem Ring auf die Nase. »Bei uns gibt es keine menschliche Seele, verstanden? Bei uns gibt es nur Ex-er-zie-ren. Abführen!« Als man ihn weggebracht hatte, ging ich in die Küche, um nachzusehen, ob das mit der Krone stimmte.

Wirklich lag sie in einem alten Stiefel, in weißes Papier eingepackt. Auf das Papier aber hatte T'urmulin ungelenk geschrieben: »Verzeihen Sie, bitte, Herr Kapitän ...«

Der verfluchte Ruthene

Der Ruthene Onuferko kam beim Militär unter lauter Deutsche und Polen. Die ganze Kompanie lachte über das Männlein, wenn es auf die Schimpfworte der Unteroffiziere und der Offiziere mit dünner, kläglicher Stimme erwiderte: »Nicht schlagen, bitte!«

Und weil er eine so klägliche Stimme und einen so traurigen Blick hatte und dabei ein Ruthene war, nannten ihn die Polen nur »Psia krew«, das heißt »Hundesohn«, die Deutschen aber den »verfluchten Ruthenen«. Wenn die anderen nach dem Exerzieren in der Kaserne saßen und ihren schwarzen Kaffee schlürften, mußte Onuferko noch lange auf dem Kasernenhof knien, aufstehen und sich zu Boden fallen lassen und bekam vom Korporal Ohrfeigen und Kopfstücke.

»Wir müssen aus ihm einen Menschen machen«, sagten die Unteroffiziere. Dem Onuferko lief bei diesen Erziehungsversuchen das Blut aus der Nase; langsam begann er zu begreifen, daß er keinen Mund hatte, sondern eine Schnauze, er begann die polnischen und die deutschen Schimpfwörter zu verstehen und begriff auch bereits, was das Wort »der verfluchte Ruthene« bedeutete. Onuferko wurde ein Mensch. Nun sagte er nicht mehr: »Nicht schlagen, bitte!«, denn seit er begonnen hatte, ein Mensch zu werden, wußte er, daß das doch nichts half; nur seine traurigen Augen fragten die Schießfiguren an der Mauer des Kasernenhofes: »Warum das alles?«

Über diese Rätsel dachte er auch nach, als man ihn in Eisen schloß und in ein stinkendes Loch warf.

Nun saß er auf der Pritsche und jammerte: »Warum habt ihr mich von meinen Feldern und aus den Wäldern in der Ebene fortgeholt, wo so viele Teiche sind und sich die Störche haufenweise im Wasser tummeln, dort bei uns zu Hause an der russischen Grenze? Nicht einmal die Pferde schlägt man dort so, wie mich der Feldwebel Gräber schlägt! Und wenn die Kühe beim Pflügen nicht ziehen wollen, dann schimpfe ich auch mit ihnen nicht so wie der Offizier Honke mit mir. Warum bin ich für alle nur ein Hundesohn? Hat mich nicht auch eine menschliche Mutter zur Welt gebracht?«

»Wer brüllt denn dort so?« fragte der Offizier Honke den Soldaten, der vor dem Loch Wache stand.

»Melde gehorsamst, der eingesperrte Onuferko!«

»Ach, der verfluchte Ruthene! Mach auf und gib ihm eine aufs Maul!«

Als der Offizier gegangen war, öffnete der Soldat und schaute hinein. Da saß Onuferko im Dunkeln und blickte so traurig drein, daß der Soldat gleich wieder die Tür schloß und mitleidig bemerkte: »Sei ruhig, Bruder, sonst muß ich dir eine aufs Maul geben.«

Onuferko wurde still und klagte sein Leid mit leiser Stimme den Wänden, die mit Schimmel bedeckt waren. »Warum hat man mich eingesperrt, als ich mich krank meldete? Wenn mir doch der Kopf so weh tut und ich ein Stechen im Bauch verspüre? Wenn ich zu Hause wäre, ginge ich zu Väterchen Korev, der würde mir ein Kraut geben. Das würde ich in Wasser kochen, den Sud trinken, ins Heu kriechen, und mein junger Kopf würde aufhören zu schmerzen. Ach, Väterchen Korev, warum widerfährt mir das alles in einer fremden Gegend? Warum muß ich, wenn ich im bunten Rock krank werde, Eisen tragen? Warum hat mich der Feldwebel, als er mich vom Doktor zurückbrachte, in die Rippen gestoßen? Und der Kopf tut mir so weh, in meinem Bauch brennt es wie Feuer!«

Onuferko legte sich auf die Pritsche und schaute zur Tür. Er sah durch sie Geister eintreten, wie sie die Leute in den waldigen Ebenen seines Heimatlandes ersonnen haben. Doch diese gespenstischen Gestalten hatten den Kopf des Feldwebels Gräber und das Gesicht des Offiziers Honke. Und wie sie ihn abwechselnd anblickten, durchfuhr ihn bald ein kalter Schauer, bald lief es ihm heiß über den Rücken. Dann schien es ihm, als fielen Gewehre mit aufgepflanztem Bajonett von der Decke, und auf jedem Bajonett war sein armer Kopf aufgespießt. Ein Storch kam aus dem Kübel, der in der Ecke des Loches stand, und sagte zu ihm mit menschlicher Stimme: »Onuferko, ich singe dir ein Lied, wie man es in der Ukraine singt, fünf Wegstunden von der russischen Grenze entfernt. Sing mit!«

Und Onuferko sang mit dem Storch im Fiebertraum: »Oj, da schlug Maxim, der Kosak, der Kosak aus Saporoshje ...«

Onuferko sang mit schrecklicher Stimme und laut, als wollte er den Kosaken Maxim aus Saporoshje herbeirufen, daß er mit den Seinen auf kleinen Pferden geritten käme, diese verdammte Kaserne zerschlüge und ihn in seine Wälder, Felder und Steppen zurückführte. Der Wachtposten steckte den Kopf durch die Tür: »Sei ruhig, Onuferko, oder ich gebe dir eine aufs Maul!« Doch Onuferko sang weiter.

Da kam der Feldwebel Gräber gelaufen: »Besoffen hat er sich, dieser Sohn einer Hündin!« Er ging auf ihn zu und schlug ihm ins Gesicht.

Doch Onuferko stand nicht auf, sondern sang immer weiter.

Da kam der Offizier Honke gelaufen. Er beutelte ihn und überschüttete ihn mit einer Flut von Schimpfwörtern.

Onuferko öffnete die Augen. Und was sah er? Böse Wilen, die Waldgespenster seiner Heimat, liefen durch den Raum, die Hexe Baba-Jaga zog ihn am Ohr, wollte ihn auf ihre Armbrust spannen, um ihn ins Feuer zu schießen, denn dieses wilde Weib liebt goldbraun gebackenes Menschenfleisch, wie Väterchen Korev an den Abenden erzählt hat. »Väterchen Korev«, schrie Onuferko, »spuck ihnen in die Augen! Nimm dein Beil, Väterchen Korev! Sie wollen mich fortschleppen, wie es ihnen die Baba-Jaga befiehlt!«

Doch die befehlende Stimme gehörte dem Offizier Honke, und er hatte angeordnet, ihn ins Revier zu schaffen.

Dort sagte der Regimentsarzt: »Dieses Schwein hat so lange simuliert, bis es jetzt endlich Typhus bekommen hat.«

Gegen Abend kam der Militärgeistliche. Weil man annahm, daß es Onuferko doch nicht mehr bis zum Morgen machen würde, hatte der Regimentsarzt den Vorschlag gemacht, diesen Nichtsnutz schon am Abend auf seinen letzten Gang vorzubereiten.

»Infanterist Onuferko«, sagte der Militärgeistliche, »du darfst nicht sterben, ohne dich vorher mit Gott ausgesöhnt zu haben. Viel hast du gesündigt hier beim Militär. Deutsch kannst du nicht, hast das Gewehr falsch gehalten, und wenn der Befehl gegeben wurde: ›Augen rechts‹, hast du nach links geschaut. Wenn du aber nach links schauen solltest, ging dein Blick nach rechts. Auf das Kommando ›Links um!‹ bliebst du wie ein Ochse stehen. Zu alldem wolltest du noch durch Betrug ins Revier gelangen. Gott hat dich gestraft. Du kommst jetzt zu einer anderen Heerschar, dort geht es strenger zu als hier, wo man aus dir einen Menschen machen wollte. Infanterist Onuferko, bereust du deine Sünden?«

Statt einer Antwort mußte man bald darauf den Sünder umbetten, denn er hatte Bauchtyphus. Das wurde auch als erleichternder Umstand gewertet, sonst hätte man ihn stante pede auf die Festung geschickt.

Einen Monat später übte Onuferko schon wieder und bekam von den Unteroffizieren Ohrfeigen und Kopfstücke. Der »verfluchte Ruthene« war gesund geworden, doch den Nichtsnutz erwartete doch noch die Festung.

Eine Woche nach dem ersten neuen Kopfstück vom Korporal kam für Onuferko ein Telegramm an. Der Feldwebel las es und sagte zu Onuferko: »Du Hundesohn, deine Mutter ist gestorben. Sicherlich willst du zum Begräbnis, du Bestie. Schau mir in die Augen! Mich kannst du nicht betrügen! Du gehst also zum Rapport und bittest den Herrn Hauptmann, daß er dich fünf Tage beurlaubt. Bei euch wird, wie ich weiß, nach einem Begräbnis gut gefressen, du unchristliches Schwein, mir kannst du nichts vormachen. Du bringst also, wenn du zurückkommst, Hühner und Enten mit. Wenn du das nicht tust – und das sage ich dir nicht als dein Vorgesetzter, sondern als dein Freund –, dann sperre ich dich ein, bis du schwarz wirst. Hast du mich verstanden, du Hundesohn?«

Der Infanterist Onuferko ging also zum Rapport: »Melde gehorsamst, Herr Hauptmann, meine Mutter ist gestorben, ich bitte um fünf Tage Urlaub.«

Der Hauptmann blickte Onuferko scharf an, und was sah er? Da kam dieser Kerl zum Rapport, und dabei glänzte ein Knopf an der Bluse nicht, wie es sich gehört, und dazu salutierte er auch noch wie ein Lahmer.

»Erstens sage ich dir, Psia krew, daß du besser salutieren lernen mußt. Zweitens bekommst du acht Tage Einzelarrest, weil du die Knöpfe an der Bluse nicht ordentlich geputzt hast.«

»Und meine Mutter, Herr Hauptmann?«

»Die verscharren sie auch ohne dich. Marsch, verschwinde, du Hundesohn!«

Und so kam Onuferko doch noch auf die Festung, denn eine Viertelstunde nach dem Rapport lief er vom Regiment fort, um dem Begräbnis seiner Mutter beizuwohnen.

Beim Regiment aber hofft man seither, man werde wenigstens auf der Festung aus Onuferko doch noch einen Menschen machen...

Die Natur und die Lehre vom Trainwesen

Unter den Ausflüglern, die eine Wanderung durch die Felsenwelt von Prachov unternahmen, befand sich auch der Rittmeister im I. Train-Regiment Dieffenbach. Mit strenger Miene schritt er zwischen der Schönheit der Landschaft dahin und blickte böse auf einen blonden Träumer, einen Dorfschullehrer, der vom Duft der Wälder, der herrlichen Aussicht und der romantischen Gegend faselte.

Der Fremdenführer, der Hinkefuß Petrásek, der sich den Ausflüglern beim Betreten des Tales aufgenötigt hatte, versuchte, ihnen in der gewaltigen Felsenstadt alles mögliche, was er wußte, und auch, was er nicht wußte, zu erklären. Er schien mit dem jungen Lehrer im Lobpreis der Schönheit dieser Landschaft wetteifern zu wollen.

Doch während die Worte des Lehrers aus vollem Herzen strömten, sprach Hinkefuß Petrásek durchaus gewerbemäßig. Wenn sich ein neuer romantischer Blick ergab, wandte er sich an die Gesellschaft mit den Worten: »Ist das nicht schön? Das ist außerordentlich schön!« Das rief er so emphatisch, als wäre alles von ihm geschaffen, als hätte er die Felsenwelt von Prachov mit eigener Hand errichtet.

Unter den Besuchern befand sich auch die Gattin des Postoffizials Škoda aus Königinhof. Sie brach immer wieder in den Ruf aus: »Das ist ein herrliches Werk des Schöpfers!«

Darauf wandte sich ein Realschullehrer aus Kuttenberg, der Atheist war, jedesmal der Gesellschaft zu und sagte mit Nachdruck: »Auch das Wasser hat dabei eine große Rolle gespielt.«

Die junge Nichte des Herrn Postoffizials wiederholte immer von neuem: »Jeje«, und nur der Rittmeister der Nachschubtruppe machte ein böses Gesicht, als wollte er sagen: »Sie irren sich. All das ist ein Werk des Militärfiskus.« Dabei schlug er mit seinem Degen kräftig auf die Steine.

Vor ihnen tauchte eine neue Felsengruppe auf. Bizarre Gestalten bleckten die Gesellschaft an.

Hinkefuß Petrásek räusperte sich und sagte: »Hier sehen Sie den Mönch Ringhold, dem ein Hund die Füße leckt. Der Felsen daneben stellt einen Maler mit seinem Pinsel dar, und dahinter ist eine Kirche, aus der eine Ziege herausschaut.«

Der atheistische Lehrer sagte erfreut: »Ausgezeichnet!«

Der Rittmeister aber spuckte aus und meinte: »Wissen Sie, wie dieser Felsen aussieht? Wie ein komplett ausgerüsteter Planwagen, Modell 1867/80.«

Ringsum herrschte betretenes Schweigen.

Der Rittmeister fuhr unbeirrt fort: »Und dort hinten, das ist keine Kirche, aus der eine Ziege herausschaut, das ist ein komplett ausgerüsteter und gepackter Kompanie-Munitionswagen, Modell 1886. Diese kleine Fichte daneben ist auch kein Malerpinsel, sie gehört vielmehr zu dem Wagen aus dem Jahre

1886 und ist seine Deichsel. Was Sie für einen Hund halten, ist in Wirklichkeit der Tragbaum des hinteren Wagens, und wieder dahinter ist die Bremse. Das ist ganz klar.«

Der Freigeist meinte bescheiden: »Können wir vielleicht weitergehen?«

So gingen sie also. Der Rittmeister war in seinem Element. Sie gingen auf einem Waldpfad hintereinander, der Rittmeister führte sie an, und inmitten all dieser Schönheit erklärte er ihnen, wieviel ein Pferd leistet und welche Fähigkeiten es hat, denn ein Pferd, das einen Meter in einer Sekunde zurücklegt, ist imstande, in neun bis zehn Stunden siebzig bis achtzig Kilogramm über eine Entfernung von zweiunddreißig bis sechsunddreißig Kilometern zu ziehen.

Sie kamen an einen Wasserfall, blieben aber gar nicht stehen, denn der Rittmeister brüllte: »Fünfundsiebzig Kilogramm-Meter sind eine Pferdestärke. Wenn ich also in einer Sekunde fünfundsiebzig Kilogramm einen Meter hoch hebe, leiste ich eine Pferdestärke.«

Rasch gingen sie durch die Felsenwelt. Vor einer Sandsteinformation blieb der Rittmeister stehen: »Hier sehen Sie das sogenannte Stangenblech, das eine große Rolle spielt, denn im Krieg von 1866 hatte der preußische Troß diese Stangenbleche so angebracht, daß man die Pferde gleich ausspannen konnte. Der Felsen gegenüber stellt einen Heuwagen dar. Sie sehen deutlich den vorderen und den hinteren Teil und erkennen gleich, daß es sich um ein altes

System eines Heuwagens handelt, und zwar um ein Modell aus dem Jahre 1882. Heute ist der rückwärtige Teil etwas abgeschrägt. Das letzte Modell stammt aus dem Jahre 1898.«

Der Rittmeister sah sich in der Felsenstadt um und rief dann freudig aus: »Ich habe es ja geahnt – das entsprechende Modell aus dem Jahre 1898 zeigt der Sandstein dort. Sie sehen die modernen Exsäulen, den Leiterschwung und das Bremsspindellager. Und dort der kleine Bach sieht aus wie das zerlegte Hinterteil eines Munitionswagens. Das gegenüberliegende Dickicht ist der Korb, der an den komplett ausgerüsteten und gepackten Kompanie-Munitionswagen, Modell 1886, angeschnallt wird.«

Nach diesen Ausführungen ließ sich der Rittmeister auf einen Stein nieder und fuhr fort: »Diese Körbe haben allerdings eine große Veränderung erfahren. Heute können wir von einer Stutzform sprechen. Ich bin jedoch davon überzeugt, daß alle zum Transport von Munition dienenden Wagen über kurz oder lang mit Kisten ausgestattet werden. Damit ich Ihnen das anschaulich erklären kann, weise ich Sie auf den gegenüberliegenden Felsen hin. Dort sehen Sie einen ähnlichen Wagen. Was von dem Felsen überragt, sind die Kisten, das Ganze aber ist der rückwärtige Teil des neuen Modells eines Munitionswagens. Denken Sie daran, daß niemals das fehlen darf, was man an diesem Sandstein hier leider nicht sehen kann: Bremskurbel, Bremsspindellager, Bremswelle, Bremshebel und Reibschuhe.

Unter Reibschuhen, um Ihnen das kurz zu erklären, versteht man die Kette, die an den Wagen angedrückt wird, wenn das Gelände abschüssig ist. Diese Kette muß aus Stahl verfertigt sein, und nicht aus Gußeisen, wie es bei dem Modell 1882 des Wagens der Fall war, der Ihnen sicherlich gleich am Eingang in diese Felsenstadt aufgefallen ist. Nun aber weiter!«

Wie eine Schafherde folgte ihm die verdatterte Gesellschaft. Dem Rittmeister liefen ganze Schweißbäche von der Stirn, aber er wurde nicht müde und erläuterte an den Sandsteinformationen die Lehre vom Trainwesen. Er beschrieb genau, wie die Wagen im Kriege auszurüsten sind und wie im Frieden.

Jeder Stein war bei ihm eine besondere Art eines Sattels oder eines Zaumzeugs, er entdeckte Zügel, Riemensysteme und Geschirrteile, die Bächlein erschienen ihm als Stricke, mit denen das Heu auf die Wagen gezogen wird, und als sie an eine Höhle kamen, sagte er: »Hier sehen Sie das neueste Modell eines Kumts für den Train aus dem Jahre 1902. Beachten Sie den schönen Kumtgürtel, das Gestränge und den Geschirrgürtel! Das Immergrün bildet den Rand des Kumts, und das Gestrüpp vertritt den Schnallengürtel.«

Immer weiter schleppte er sie durch die Felsenstadt und hämmerte in ihre Köpfe die ganze erhabene Wissenschaft: Wagenlehre und Beschirrungslehre. Der poetische Lehrer war so durchgedreht, daß er bei einem Blick auf seine weißen Hosen das neueste Modell eines Munitionstransportwagens zu sehen glaubte.

Dann ragte die Ruine Trosky mit den charakteristischen beiden Türmen vor ihnen auf. Was konnte das sein? Rittmeister Dieffenbach war um die Antwort nicht verlegen: »Ein Doppelgespann beim Trainwagen, im Hintergrund gebildet von den Wäldern, gelenkt mit doppelten Riemen bei einfacher Beschirrung, neuestes Modell.«

Es war ein schöner und lehrreicher Ausflug.

Besonders Fremdenführer Petrásek lernte viel dabei. Ich bin davon überzeugt, daß er künftigen Besuchern nicht mehr den Mönch zeigt, dem ein Hund die Füße leckt, sondern statt dessen erklärt: »Hier sehen Sie einen komplett ausgerüsteten und gepackten Kompanie-Munitionswagen, Modell 1886.«

Eine Eselsgeschichte aus Bosnien

I

An der Grenze zwischen Bosnien und Serbien stand ein kleines österreichisches Fort. Unterhalb dieses Forts, noch in Bosnien, lag das Dorf Crna Bara, und dort befand sich der »Bunar«, der Brunnen, aus dem auch die Besatzung des österreichischen Forts das Wasser holen mußte. Dazu schickte man gewöhnlich einen Esel mit einem Unteroffizier und zwei Soldaten. Der Esel trug die Wasserschläuche und war ein Militarist.

Wer nämlich keine österreichische Uniform trug, durfte sich dem Esel nicht nähern, wenn die Soldaten die Schläuche am Brunnen mit Wasser füllten und sie dem Esel aufluden. Dann schlug er aus, schrie und biß, kurz und gut, er brachte auf jede Weise seinen Haß gegen die weiten Hosen der Bosniaken zum Ausdruck, worüber sich freilich kein vernünftiger Mensch wundern darf, denn der Esel lebte schon mehrere Jahre im Fort, in dessen Umkreis er auch froh und frei spazierenging.

Nachts aber bewachte er in seinem Stall die Grenze.

Wenn sich nämlich auf der serbischen Seite etwas bewegte, begann der liebe, brave Esel fürchterlich zu schreien, bis er die ganze Besatzung geweckt hatte.

Gemeinsam mit ihm zeterte der Hahn des Kantinenwirtes, der sich im Laufe der Zeit völlig in den militärischen Geist eingelebt hatte. Wenn beispielsweise bei Nacht auf der serbischen Seite ein Bauernwagen fuhr, begann er aus Leibeskräften zu krähen.

So lebten alle sicher in diesem Fort, denn Hahn und Esel bewachten sie.

Sie lebten in der Furcht Gottes, bis plötzlich ein Ereignis eintrat, das die Ruhe der ganzen Besatzung, ja die Ruhe des Kreisgebietes störte und die Landesverwaltung von Bosnien in große Erregung versetzte. Im Mittelpunkt dieser Hochverratsaffäre stand die Ziege des Branko Nušić.

II

Bevor ich zum Bericht über diese Hochverratsaffäre komme, bei der jedem braven Staatsbürger das Blut in den Adern erstarrt, erlaube ich mir, einige kurze Ausführungen über Bosnien und die Herzegowina und überhaupt über die okkupierten Länder zu machen.

Ich stütze mich dabei auf die Worte eines meiner Freunde, der diese Angelegenheit einem Franzosen folgendermaßen erklärte:

»Österreich-Ungarn besteht aus Österreich, Ungarn und den okkupierten Ländern. Diese wieder bestehen aus Bosnien, über das man nicht sprechen darf, und aus der Herzegowina, über die man erst recht nicht sprechen darf.«

»Und weiter?« fragte der Franzose.

»Über das weitere darf man überhaupt nicht sprechen«, beendete mein Freund seinen Vortrag.

III

In Crna Bara lebte zufrieden die Ziege des Branko Nušić.

Sie hatte vor Jahren durch eine besondere Fügung des Schicksals jene schreckliche Katastrophe überlebt, die alle anderen Ziegen in Bosnien und der Herzegowina ereilte. Die Landesregierung ließ nämlich die Wälder abholzen und erklärte dann, an der Vernichtung der Wälder seien die Ziegen schuld; diese nichtsnutzigen Tiere hätten die Sträucher und die Bäume angenagt, so daß sie eingingen. Deshalb erließ die Landesregierung den Befehl, bis zu einem bestimmten Termin müßten alle Ziegen in Bosnien und der Herzegowina verzehrt sein, sonst würde der Besitzer der Ziege vor ein Kriegsgericht gestellt.

Branko Nušić rettete seine Ziege dadurch, daß er sie über die Grenze nach Serbien brachte. Als später die Anordnung der Regierung aufgehoben wurde, weil dem Vetter eines Mitgliedes der Landesregierung vom Arzt Ziegenmilch verordnet wurde, brachte Branko Nušić seine Ziege wieder auf das bosnische Gebiet zurück.

Es war eine sehr schlaue Ziege, die die Anordnung der Landesregierung genau befolgte und es sich nicht einfallen ließ, Sträucher und Bäume anzuknabbern, weil dieses verbrecherische Tun in Bosnien und der Herzegowina unter Todesstrafe gestellt ist. Eine Ziege kann ja keine Berufung einlegen, was ihr in Bosnien ohnehin wenig nützen würde.

Die Ziege des Branko Nušić achtete also die Gesetze. Zwölf Jahre lang widerstand sie der Verlokkung, die auf Kosten des Landes gepflanzten Bäume und Sträucher anzuknabbern. Die Versuchung war manchmal schier übermächtig, aber die Ziege mekkerte immer ihr kategorisches »Ich darf es nicht«, denn sie war sich dessen bewußt, daß sie in einem Lande mit Militärverwaltung lebte.

Zwölf Jahre sind eine lange Zeit, besonders, wenn man bedenkt, daß Ziegen Geschöpfe mit einem schwachen Charakter sind.

Charakterlose Ziegen treiben sich viele auf den Hängen aller Länder herum, dazu braucht man nicht nach Bosnien oder der Herzegowina zu gehen.

Aber die Ziege des Branko Nušić blieb auf den Abhängen und den Felsen ihres Landes ehrlich. Oft lief ihr das Wasser im Maul zusammen, wenn sie das frische Grün der jungen Bäumchen sah, aber ihre ehrliche Bürgertugend trug immer den Sieg davon. Wenn es die Landesverwaltung in Bosnien befiehlt, darf eben selbst eine Ziege nicht naschhaft sein. Zwölf Jahre also hielt sie sich zurück. Sie war ein vorbildliches Tier.

Doch eines Tages geschah es, daß das vor wenigen Jahren zur Erinnerung an die Okkupation Bosniens und der Herzegowina vor dem Eingang zum Fort gepflanzte Lärchenbäumchen über Nacht angenagt worden war.

Dieses scheußliche Verbrechen wurde um fünf Uhr morgens entdeckt. Schon um sechs Uhr wurde Branko Nušić gefesselt zum Kreisgericht geschleppt.

IV

Der Fall schien klar: In Crna Bara hatte ein einziger Mensch eine Ziege, und das war Branko Nušić. Alle übrigen Ziegen waren bereits von den Soldaten erschossen worden. Ein weiterer Beweis: Branko Nušić war ehedem Abgeordneter gewesen. Wollen Sie noch mehr? Wir haben auch noch andere Beweise, die gegen Nušić sprechen. Als die Soldaten die Ziege des Branko Nušić holen wollten, war sie nicht zu finden. Sie war nach Serbien geflohen!

Auf dem ganzen Wege zum Kreisgericht jammerte Branko Nušić und schwor Stein und Bein, er sei unschuldig. Seine Ziege habe er über Nacht angebunden und erst eine halbe Stunde vor dem Eintreffen der Soldaten losgelassen.

»Also, wo hast du sie versteckt?«

»Sie ist nach Serbien gelaufen, weil sie dort einen Bock gesehen hat.«

Wir, die wir diese Ziege schon als ehrliches Geschöpf kennen, wären geneigt, das zu glauben. Sie wollte einfach dem Eindringen des serbischen Ziegenbocks auf bosnisches Gebiet zuvorkommen, weil sie sich sehr wohl dessen bewußt war, daß die bosnische Regierung den Grenzübertritt lebender Tiere aus Serbien verboten hatte und jede Zuwiderhandlung streng bestrafte.

Andererseits halten wir es jedoch für möglich, daß die Ziege des Branko Nušić das zur Erinnerung an die Okkupation Bosniens und der Herzegowina vor dem Eingang zum Fort oberhalb von Crna Bara gepflanzte Bäumchen angenagt hat. Vielleicht hatte sie es nicht mehr aushalten können und sich in unzurechnungsfähigem Zustande an Staatseigentum vergangen. Als ordentlicher Staatsbürger können wir uns einfach nicht vorstellen, daß die Ziege dies bei normalem Geisteszustand getan hätte.

Branko Nušić wurde also ins Gefängnis des Kreisgerichts geworfen, und gleichzeitig erfolgte bei ihm eine Hausdurchsuchung.

Wer den heißen Boden in Bosnien kennt, wird sich nicht darüber wundern, daß der Kommandant des Forts, Hauptmann Kraus, der wegen seiner Schulden aus Niederösterreich hierher versetzt worden war, sofort seine Überzeugung aussprach, diese Sache sei durchaus nicht so einfach, wie es scheinen könnte.

Er tat also, was er für notwendig hielt. Um das übrige würde sich schon die Landesregierung kümmern.

Daß es sich um eine Hochverratsaffäre handelte, war für ihn so klar wie die Tatsache, daß die Deutschen in den okkupierten Ländern verhaßt sind.

Deshalb suchte er das Kreisgericht auf, in dem Branko Nušić in Untersuchungshaft gehalten wurde.

Noch am gleichen Tage wurde Nušić zum Verhör geholt. Dabei kam es zu einer sensationellen Enthüllung. Branko Nušić bekannte nämlich nach längerem Kreuzverhör, er habe die Ziege vor zwölf Jahren von Milivoj Nešković gekauft.

Es wurde deshalb telegraphisch verfügt, Milivoj Nešković in Crna Bara zu verhaften. Dieser Befehl wurde unverzüglich ausgeführt, und am nächsten Tage wurde Nešković drei Stunden lang vor dem Kreisgericht verhört.

Zuerst wollte er von nichts wissen, doch schließlich gestand er: »Ich habe die Ziege von der Türkin Medshima Ćarapić gekauft und später an Branko Nušić weiterverkauft.«

Der Richter rieb sich die Hände. Er hatte sich nicht geirrt – auch die Mohammedaner waren also in die Sache verwickelt!

Sofort wurde ein Telegramm geschickt. »Die Türkin Medshima Ćarapić in Rakovica ist zu verhaften und beim Kreisgericht einzuliefern.«

Schon am Abend des gleichen Tages stand die Alte vor Gericht. Auf die Frage, wie alt sie sei, antwortete sie, hundert Jahre. Nach einem ergebnislosen Verhör – sie behauptete nämlich, sie könne sich an nichts erinnern – wurde sie ins Gefängnis gesteckt.

Der Kreisrichter aber gab die Hoffnung nicht auf. Zwar war der Faden hier zerrissen, aber dank seinem Scharfsinn gelang ihm am nächsten Tag eine neue, sensationelle Enthüllung.

Es bestand kein Zweifel, daß es sich hier um eine weitverzweigte Verschwörung handelte. Milivoj Nešković hatte, wie in der Untersuchung zweifelsfrei festgestellt wurde, einen Schwager namens Janko Veselinović, der in Žarkovo wohnte. Dieser war mit Evica Vasić aus Crna Trdžava verheiratet, deren Vater aber war ein vertrauter Freund des Petar Milutinović aus dem Dorfe Zukvarica. Dieser Petar Milutinović aber bezog die Zeitschrift »Srb-Obran«, die in Sarajevo erschien, ein regierungsfeindliches Blatt. Zwei Tage später waren alle hinter Gittern: Janko Veselinović, Evica Vasić, deren Vater und Petar Milutinović. Alle diese Personen wurden zusammen mit Branko Nušić, Milivoj Nesković und der Türkin Medshima Ćarapić vom Kreisgericht zum Oberlandesgericht nach Sarajevo überstellt, wo auch schon der Redakteur der Zeitschrift »Srb-Obran« eingeliefert worden war. In Kotor in Dalmatien nahm man auch noch den Sohn des Petar Milutinović, einen fünfzehnjährigen Gymnasiasten, fest.

Es war schrecklich. Die Verschwörung reichte, wie man sieht, bis nach Dalmatien!

V

Als der Kreisrichter die Akten des Falles studierte, bemerkte er zu seinem Entsetzen, daß die Zentralfigur der Anklage, die Ziege des Branko Nušić, fehlte; sie befand sich nicht unter den Verhafteten.

Er tat alles, was in seiner Macht stand. Er forderte die Besatzung von Crna Bara auf, die Grenze gut zu bewachen und die Ziege, falls sie die Absicht zeigen sollte, von Serbien nach Bosnien zurückzukehren, unverzüglich zu fangen und in das Fort zu bringen.

Nachdem er diesen Befehl erlassen hatte, überprüfte er noch einmal alle Akten über diese Affäre, und es bemächtigte sich seiner neues Entsetzen.

Es wurde ihm klar, daß er sich zu weit vorgewagt hatte. Weil sich die Sache aber nicht mehr rückgängig machen ließ, veranlaßte er, um sich nicht zu blamieren, zusätzlich die Verhaftung des Bürgermeisters Milković aus der Gemeinde Crna Bara, wo die Ziege des Branko Nušić gelebt hatte, wegen Vernachlässigung seiner Dienstpflichten. Welcher Pflichten, wußte freilich bisher weder der verhaftete Bürgermeister noch der Kreisrichter.

VI

Vom Kreisgericht kehren wir jetzt zu dem Esel zurück, der das Wasser aus dem Brunnen der Gemeinde Crna Bara in das Fort bringt.

Dieser Esel ging während der ganzen Zeit mit finsterem Gesicht einher, als fühle er Gewissensbisse.

Die Soldaten sprachen über den Fall ohne Scheu vor dem schlauen Esel, und zwar zumeist deutsch, was der Esel auch am besten verstand, denn er hatte früher in Tirol gelebt.

Er wußte also von der ganzen Affäre und schrie traurig, und sooft er an dem angeknabberten Bäumchen vorbeikam, das zur Erinnerung an die Okkupation Bosniens und der Herzogewina gepflanzt worden war, ließ er den Schwanz hängen, und seine Augen trübten sich.

Früher war er feurig und lebenslustig gewesen und hatte seine großen Ohren lustig aufgestellt, jetzt aber machte er einen unglücklichen Eindruck. Er stellte die Ohren nicht auf, sprang nicht umher und ging träge durch das Fort.

Eines Tages kam eine Kommission. Ihr gehörten der Kreisrichter sowie einige Herren vom Oberlandesgericht in Sarajevo an. Sie kamen, um den angenagten Baum zu betrachten.

Der Esel, der begriff, worum es ging, schloß sich der Kommission an. Er stand bei dem unglückseligen Baum, den Kopf gesenkt, den Schwanz zwischen den Beinen, die Ohren geknickt. Nur als er den Namen der Ziege des Branko Nušić hörte, spitzte er seine Ohren.

Und plötzlich drängte er sich durch die hochwohllöbliche Kommission, schrie hell auf und stürzte sich auf das Bäumchen, das zur Erinnerung an die Okkupation gepflanzt worden war.

Ehe die Herren der Kommission begriffen, was vorging, biß der unglückliche Esel die verbliebenen Blätter und die Rinde des Bäumchens ab.

Dann richtete er den Schwanz auf, spitzte die Ohren und schrie laut und feindlich: »I-A, I-A, ich war's!«

Das war die Beichte des unglücklichen, von Gewissensbissen geplagten Esels.

Die hochwohllöbliche Kommission aber verstand den Esel nicht . . .

VII

Was aus den Verhafteten wurde, weiß ich nicht, denn über die Herzegowina darf man nicht sprechen und über Bosnien ebenfalls nicht. Die Ziege des Branko Nušić ist aus Serbien noch nicht zurückgekehrt, und ich glaube, auch über sie darf man jetzt noch nicht sprechen.

Jaja, Landesverrat ist eine heikle Angelegenheit.

Der gute Herr Špirk

Welche Wirkung hatte der Ausbruch des Italienisch-Türkischen Krieges auf Herrn Špirk?

Der gute Herr Špirk, dessen einzige Sorge es war, täglich im Gasthaus »Zur goldenen Ähre« in bester Laune seine fünf Glas Bier zu trinken, hatte nur eine sehr unklare Vorstellung, wo die Türkei liegt.

Für Italien hegte er keine besonderen Sympathien, seit einmal ein italienischer Wanderhändler, der schrecklich mißgestaltete Abgüsse einer Madonna bei sich trug, mit einem Nachschlüssel in seine Wohnung eingedrungen war und dem erschrockenen Hausherrn gleich drei Statuen auf einmal zum Kauf angeboten hatte.

Was die Türken anlangt, liebte sie Herr Špirk nicht, haßte sie aber auch nicht. Er bemühte sich, mit aller Welt in Frieden zu leben, und sicherlich wäre es ihm einerlei gewesen, ob im Gasthaus täglich die Herren Lepšík, Hartl, Mühsam und Barvitius mit ihm am Tisch saßen oder irgendein türkischer Großwesir mit seiner Gefolgschaft.

Die Herren seiner Stammtischrunde hatten schon öfter versucht, dem dicken Herrn Špirk Furcht und Schrecken einzujagen, indem sie ihm von entsetzlichen Katastrophen, Raubüberfällen, Mordtaten und Betrügereien berichteten, aber Herr Špirk blieb immer ruhig, weil seine gute Seele bis auf versäumte Mietzahlung alle Verbrechen entschuldigte.

Bei diesem Charakter, der jeder Aufregung aus dem Wege ging, tat Herr Špirk überall kund, daß er mit der ganzen Welt in völliger Eintracht und Harmonie leben wolle.

Kam die Rede auf einen Mord, so sagte er: »Sie haben ihn also erschlagen. Warum hätten sie ihn auch nicht erschlagen sollen? Es war eben sein Schicksal, und gegen das Schicksal kann man nur schwer, sehr schwer ankämpfen!« Entsprechend sagte er bei einem Diebstahl: »Sie haben ihn also bestohlen. Warum hätten sie ihn auch nicht bestehlen sollen? Es war eben sein Schicksal! Und was kann man schon gegen sein Schicksal tun?«

Als ein Mensch, der niemanden verärgern wollte, nahm er die Nachricht vom Ausbruch des Italienisch-Türkischen Krieges ebenso ruhig auf: »Mein Gott, sollen sie sich schlagen, wenn es ihnen Vergnügen macht! Schicksal ist Schicksal, und gegen das Schicksal kann man nicht an.« Zufrieden trank er wie jeden Tag seine fünf Glas Bier und ging nach Hause, ohne sich den Kopf darüber zu zerbrechen, wer wohl siegen würde. Am nächsten Abend nahm er wie gewöhnlich bei den Herren Lepšík, Hartl, Mühsam und Barvitius Platz. Doch heute waren die Herren irgendwie sehr ernst.

»Nun ist es also soweit, Herr Špirk«, sagte Herr Lepšík.

»Was ist soweit?« fragte Herr Špirk mit seinem gewöhnlichen gutmütigen Lächeln.

»Die Mobilmachung.«

Herr Špirk machte eine wegwerfende Handbewegung, was soviel besagen sollte wie, sie könnten ihm mit der ganzen Mobilmachung den Buckel herunterrutschen.

»Wir ziehen gegen die Türken«, sagte Herr Mühsam.

»Und gegen die Italiener«, ergänzte Herr Hartl.

Herr Špirk lachte gutmütig.

»Sie haben gut lachen«, meinte daraufhin Herr Barvitius, »Sie haben ja keine Familie, und wenn man Sie dort erschießt...«

Herr Špirk lachte noch mehr. »Sie einfältiger Mensch, Sie! Ein Mann in meinen Jahren soll in den Krieg ziehen? Was fällt Ihnen ein? Sie wissen doch, wie alt ich bin und daß ich überhaupt nicht gedient habe.«

»Das ist es ja gerade, was uns so überrascht hat, Herr Nachbar! Die Regierung soll einen Erlaß herausgegeben haben, in dem es heißt, daß im Krieg, hören Sie gut zu, Herr Nachbar, Männer bis zu sechzig Jahren, die nicht gedient haben, verstehen Sie wohl, assentiert und an die Front geschickt werden können. Allerdings hängt es davon ab, wie jeder aussieht. Aber wir sind ja alle dick und gut genährt, da heißt es wohl für uns alle: Ab ins Feld!«

»Angeblich gibt es ein Verzeichnis der wohlgenährten Leute«, meldete sich jetzt Herr Mühsam zu Wort, »ein geheimes Verzeichnis! Einige Inspektoren sollen ja schon von Haus zu Haus gehen und alle alten Herren aufschreiben, die gut genährt sind.«

»Ich bitte Sie«, sagte Herr Špirk mit gezwungenem Lächeln, »was sollten sie dort mit solchen Leuten?«

»Was man dort mit ihnen macht? Es heißt, die Kräftigeren müssen Steine tragen, um eine Mauer gegen Italien und die Türkei zu errichten. Aber es kommt wohl ganz darauf an, wohin man jeden schickt.«

»Ja, Herr Nachbar, Sie haben es gut«, sagte nun auch Herr Hartl. »Sie haben für niemanden zu sorgen. Falls man, was Gott verhüten möge, auch Sie aushebt... Aber Schicksal ist Schicksal, Herr Nachbar! Sie haben es jedenfalls gut. Ob man Sie nun erschießt oder nicht erschießt, Sie machen sich nichts daraus, weil Ihretwegen keine Kinder weinen, wie hier bei Herrn Barvitius, oder Frau, Kinder und Mutter, wie bei Herrn Mühsam, alle muß er sie ernähren, und jetzt muß er plötzlich mit fünfzig Jahren in den Krieg ziehen.«

»Das ist noch nicht ganz sicher, Herr Hartl«, sagte Herr Mühsam, »aber daß ich auf die Liste der Todeskandidaten komme, ist nicht ausgeschlossen.«

»Wieso Todeskandidaten?« fragte Herr Špirk, der ganz bleich geworden war, denn sein menschenfreundliches Herz zitterte bei diesen Gesprächen wie Aspik, wenn er von einem Diener, der wenigstens drei Morde auf dem Gewissen hat, auf den Tisch gebracht wird.

»Nichts leichter als das, Herr Nachbar! So einen alten Herrn stellt man in die vorderste Linie. Wenn

Sie Deutsch können, wissen Sie sicher, was man unter ›Kanonenfutter‹ versteht. Das, Herr Špirk, heißt soviel wie: in den sicheren Tod gehen.« Herr Mühsam wischte sich über die Augen.

»Das ist klar, da werden wieder viele hängen«, sagte Herr Hartl. »Welcher Mann in Ihren Jahren, Herr Nachbar, geht denn schon gern in den Tod? Er verweigert den Gehorsam und wird deshalb an den nächsten Baum oder den erstbesten Laternenmast geknüpft. Sie führen ja in den Sanitätswagen schon für alle Fälle derartige Pfähle mit!«

»Wie diese Burschen unsereinen aber auch anschauen!« seufzte Herr Barvitius.

»Bei Ihnen waren sie wohl auch schon?« fragte Herr Mühsam.

»Gleich heute morgen, Herr Mühsam! Ich war gerade vom Frühstück aufgestanden, da klopft es an die Tür, und ein Herr tritt ein, so ein hübscher Mensch, wissen Sie, mit militärischem Auftreten. Er verneigt sich und sagt: ›Habe ich die Ehre mit Herrn Barvitius? Sie sind ein gesunder, starker Mann und sprühen nur so vor Gesundheit, aber Sie wissen weder den Tag noch die Stunde.‹ Dabei betrachtete er mich von Kopf bis Fuß und nochmals von Kopf bis Fuß. Da wußte ich schon, was das zu bedeuten hatte! Ich werde an der Grenze Steine schleppen müssen, damit wir einen Wall gegen die Türken bauen können, und dann stellt man mich auf die Schanze, und die Heidenhunde werden mich niedermähen. Herr Nachbar, bei Ihnen war wohl noch niemand?«

»Nein, meine Herren«, sagte Herr Špirk mit weinerlicher Stimme. »Gibt es denn da gar keinen Ausweg?«

»Ich weiß nicht, aber wohl schwerlich. Jedes Umgehen ist Landesverrat, und Sie wissen ja, Herr Nachbar, was das im Krieg bedeutet.«

In dieser Nacht konnte der gute Herr Špirk nicht einschlafen. Immer wieder stand er auf und ging zum Spiegel.

Er blickte hinein und brummte, als spräche er ein Gebet: »Mein Gott, mein Gott, ich sehe gut aus, ich sehe viel zu gut aus!«

Am nächsten Tag brachte ihm der Briefträger eine unliebsame Überraschung. Es war ein blauer Brief, in dem der vervielfältigte Text stand:

Militärsache!

An Herrn František Špirk, Hausbesitzer, 51 Jahre alt, ledig, katholisch.

Sie werden hiermit aufgefordert, sich binnen 14 Tagen, sauber gewaschen und mit geschnittenem Haar, im Militärlager in Peterwardein in Südungarn, an der serbischen Grenze, einzufinden. Bei Nichtbefolgung dieser Aufforderung erfolgt standrechtliche Bestrafung.

Als der gute Herr Špirk das las, trat er vor den Spiegel, fiel auf die Knie und rief: »Mein Gott, warum auch nicht? Ich sehe ja so gut aus!«

Noch am gleichen Vormittag fuhr er ins Riesengebirge, grub sich fern von jeder menschlichen Behausung im Moos eine Höhle und lebte eine Woche lang nur von Wurzeln. In dieser Woche verfiel er so, daß er sich kaum zum Bahnhof schleppen konnte. In Prag wankte er gleich zum Oberkommando.

Am Tor der Kaserne hielt er in diesem beklagenswerten Zustand einen Unteroffizier an und sagte zu ihm:

»Ich bitte Sie, ist es denn möglich, daß ich in diesem Zustand gegen die Türken ziehe? Ich kann ja nicht einmal ein Gewehr halten!«

Der gute Herr Špirk wurde zuerst wegen antimilitaristischer Umtriebe unter Anklage gestellt, später wegen Trunkenheit, obwohl er an diesem Tage ebenso wie an den sieben vorangegangenen nichts als reines Wasser zu sich genommen hatte.

Schließlich klärte sich alles auf, und der gute Herr Špirk sitzt nun wieder täglich im Wirtshaus »Zur goldenen Ähre«. Wenn aber die Rede auf den Krieg kommt, sagt er zu seiner Stammtischrunde: »Das ist Ihnen aber gelungen! Doch ich habe gleich, als Sie es erzählten, dahinter eine Spitzbüberei vermutet. Sie wissen ja, so leicht gehe ich keinem auf den Leim.«

Das traurige Ende des Kriegsberichterstatters des »Prager Tagblatts«

Der Redakteur des »Prager Tagblatts« leerte eben ein Seidel Bier. Das Bierseidel war höchst geschmackvoll mit der großdeutschen Trikolore geziert.

Dieser Redakteur des »Prager Tagblatts« war Kriegsberichterstatter seiner Zeitung und ein ungemein fähiger Mensch. Er saß in Ruhe im ersten Stockwerk seiner Redaktion, die sich in der Herrengasse im Zentrum Prags befand. Hier flogen keine Schrapnelle, das Smíchower Bier schmeckte ausgezeichnet, und statt der Regimenter, die das Schlachtfeld bevölkerten, sah er, wenn er zuviel getrunken hatte, weiße Mäuse.

Heute dachte er über die eingegangenen Telegramme nach.

Es waren lauter amtliche Meldungen vom Kriegsschauplatz, die Siege der vereinten Heere der Balkanstaaten über die Türken bekanntgaben.

Der Redakteur spuckte aus und lief erregt im Zimmer hin und her. Entschieden war es angenehmer, hier auf dem Teppich auf und ab zu gehen, als irgendwo durch die Schluchten des Balkans zu reiten.

Er war ein ehrlicher Mann. Weil er sich nicht unmittelbar auf dem Schlachtfeld befand, ersetzte er dies in seiner im »Prager Tagblatt« ständig erscheinenden Rubrik »Von unserem Kriegsberichterstatter« durch die spannende Schilderung der kriegerischen Zusammenstöße mit dem türkischen Heer.

Aus den heute eingegangenen Telegrammen ging hervor, daß die türkische Nordarmee von den Bulgaren und den Serben besiegt wurde, daß Griechenland Thessalien besetzte und daß die Montenegriner Enver Pascha aufs Haupt schlugen.

Der Redakteur des »Prager Tagblatts« spuckte viermal aus:

Zuerst beim Sieg der Bulgaren, dann dem der Serben, hernach dem der Griechen und schließlich dem der Montenegriner.

Er ging zum Haustelefon und rief den Redaktionsdiener.

Der erschien mit einem Salzhering in der Hand. Seit der Krieg ausgebrochen war, ernährte sich dieser gute Mann aus Verzweiflung von lauter Salzheringen. Er trank nämlich aus Wut, und am nächsten Tag richtete er seinen Magen durch einen Salzhering wieder ein; davon bekam er Durst und trank von neuem. Und das wiederholte sich ständig, bis er ganz verzweifelt war und sich aus diesem Zauberkreis nicht mehr herausfand. Langsam, aber sicher wurde er zu einem Alkoholiker.

Traurig blickte er jetzt den Redakteur an, und in seinem Blick stand Hoffnungslosigkeit geschrieben. »Die Türken sind geschlagen – der Rum liegt mir im Magen...«

»Bringen Sie mir eine Flasche Rum«, sagte der unglückliche Redakteur und setzte sich mit ernster Miene an den Schreibtisch, knipste die Schreibtischlampe an und begann zu schreiben:

Bakaršakabarac bei Drinopol, 3. Oktober.
(Von unserem Sonderberichterstatter)

Heute erschienen einige türkische Frauen in unserem Lager und berichteten weinend von den Roheiten der bulgarischen Armee...

Der Redakteur legte die Feder weg. »Ich warte, bis er mir den Rum bringt«, sagte er zu sich und kreuzte die Beine, als säße er auf dem Teppich einer türkischen Kaffeestube. »Ich werde sie Mores lehren«, fuhr er fort, »das mit den Slawen tränke ich ihnen ein, diesen Spitzbuben. Wer soll das ertragen, diese dauernden Siege?«

Endlich kam der Diener mit dem Rum. »Rußland mobilisiert«, sagte er mit schwerer Zunge. Ihm war anzumerken, daß die Mobilisierung bei ihm ins Rumglas gekrochen war. Die Flasche war bereits geöffnet.

Der unglückliche Redakteur des »Prager Tagblatts« tat einen kräftigen Schluck und begann wieder zu schreiben:

Wie ich bereits gestern erwähnte, hat die türkische Infanterie zwölf Kilometer von Bakaršakabarac einen großen Sieg errungen, die bulgarische Südarmee völlig aufgerieben und ihre Reste gefangengenommen. Von der ganzen bulgarischen Armee blieben nur fünfhundert Infanteristen übrig, die unter Führung des Generals Borisow, wutentbrannt über ihren Mißerfolg...

Wieder tat er einen tiefen Schluck aus der Flasche.

... schreckliche Grausamkeiten zu verüben begannen. Das Herz zittert einem im Leibe bei der Erinnerung an die Blutgier dieser slawischen Räuber, denn...

Ein neuer Zug.

...nicht nur, daß sie die gefangenen türkischen Soldaten nicht schonten, sondern sie auf der Stelle aufknüpfen ließen, stürzten sie sich auch auf die wehrlose Bevölkerung in den türkischen Dörfern, die sie niederbrannten. Ein junges Mädchen warfen sie bei lebendigem Leibe in die Flammen. Weinen und Wehklagen...

Ein kräftiger Schluck aus der Flasche beflügelte seine Phantasie.

... ertönt rings um Drinopol. Die Straßen von Bakaršakabarac liegen voll von geschändeten und ermordeten Frauen...

»Der Rum ist heute ausgezeichnet«, sagte er lobend, tat noch einen kräftigen Zug und schrieb weiter:

... Eben trägt man an dem Hause, in dem ich untergebracht bin, unter Wehklagen siebenhundert erdrosselte und erschlagene Säuglinge vorbei. Den meisten fehlen Beine, Arme, Augen, Mund, Kleider und Köpfe. Die Bulgaren haben wie die Berserker gewütet. Vor der Moschee kniet eine Türkin, die sieben Söhne und acht Töchter verloren hat. Sie spricht nicht, sondern seufzt nur. Sie weint auch nicht, denn die bulgarischen Reiter haben ihr den Kopf abgeschlagen...

»Der Rum ist heute aber prachtvoll!«

... Während alles weint und klagt, werden die Eingeweide erschlagener türkischer Offiziere vorübergefahren, dröhnt das Stampfen der Pferde. Die Schreie des Entsetzens dringen bis Saloniki. Die Bulgaren haben das Dorf umzingelt. Ein ungeschlachter, schmutziger Bulgare hat mir eben mit seinem Säbel den Kopf gespalten. Während ich diese Zeilen schreibe, schneiden bulgarische Soldaten meiner Leiche die Finger ab, an denen ich Ringe trage... Einen ausführlichen Bericht gebe ich morgen...

Dem unglücklichen Redakteur des »Prager Tagblatts« fiel die Feder aus der Hand, er ließ den Kopf sinken und begann zu schnarchen. Der Redaktionsdiener näherte sich auf Zehenspitzen dem Schreibtisch, nahm das Manuskript und brachte es in die Setzerei. Unterwegs trank er seufzend den Rest des Rums, der noch in der Flasche des Sonderkriegsberichterstatters verblieben war.

Die Beichte des Hochverräters *oder* Das Geheimnis der Bastei auf dem Laurenziberg

Auf dem Laurenziberg befand sich vor fünfzig Jahren hinter dem Tor II ein Pulvermagazin. Später wurde das Magazin aufgelöst. Auf der ganzen Bastei gibt es heute kein Körnchen Explosivstoff mehr. Deshalb gestattete die Militärverwaltung nach zwanzig Jahren gnädigst, daß Zivilpersonen das Tor II durchschreiten und auf dem Weg entlang den Grundstücken der Militärverwaltung zum Kloster Strahov gehen.

Natürlich trafen die Militärbehörden eine ganze Reihe von Vorkehrungen, damit kein Unberufener das Geheimnis der Bastei auf dem Laurenziberg entdecken und es etwa gar an eine fremde Macht verraten kann.

Sollte ein Spion den Weg betreten, der den Laurenziberg und Strahov verbindet, kann er sicher sein, daß er von allen Seiten beobachtet wird, denn nicht weniger als sechs Wachposten sind dort postiert.

Diese Stelle ist nämlich strategisch ungemein wichtig. Wenn es einem feindlichen Heer gelänge, bis hierher vorzudringen, hätte es natürlich die auf den Laurenziberg führende Zahnradbahn und den Lift auf den Aussichtsturm in der Hand.

Freilich, wenn es sich getraute, bis hierher vorzudringen. Dazu kann es jedoch gar nicht kommen, denn unterhalb der Schanzen, oberhalb der Schanzen, an den Schilderhäuschen neben dem Tor, kurz, überall würde es auf Tafeln stoßen mit der Aufschrift: »Rauchen strengstens verboten!« Kein Soldat einer feindlichen Macht würde es wagen, einen Ort zu betreten, an dem solche Tafeln untrüglich darauf hinweisen, daß hier Explosivstoffe gelagert sind. Das feindliche Heer würde seitlich ausweichen, und Zahnradbahn sowie Aussichtsturm blieben ruhmreich in den Händen der österreichischen Armee.

Warum ich das alles erzähle? Weil ich von Gewissensbissen geplagt werde, denn ich habe einer fremden Großmacht das Geheimnis der Bastei Nr. 6 verraten.

Als österreichischer Staatsangehöriger habe ich einer fremden Macht mitgeteilt, daß sich hinter dem Tor II auf dem Laurenziberg schon seit zwanzig Jahren kein Pulvermagazin mehr befindet und daß das Rauchverbot nur eine militärische List darstellt.

Wäre es nur dabei geblieben! Aber ich habe der fremden Macht auch noch verraten, daß an dieser strategisch so wichtigen Stelle zwei unbrauchbare Spritzen und drei zerbrochene Leitern liegen, daß sich dort ein Lagerschuppen mit acht Kilogramm Hafer und zwei zerrissenen Strohsäcken befindet, Werte, die von zwei Kompanien Militär und Posten mit scharf geladenem Gewehr bewacht werden.

Jawohl! Das alles habe ich an Italien verraten.

Mein Gewissen läßt mir seither keine Ruhe. Ich

betrachte mich als Auswurf der Menschheit, weil ich auf so schändliche Art und Weise meinen Staat verraten und mich des Hochverrats schuldig gemacht habe. Ich habe sogar aufgezeichnet, wo die Offiziere Tennis spielen, ich habe einen Plan entworfen, aus dem man erkennen kann, daß das Häuschen, vor dem der Wachposten steht, kein Festungsgeschütz birgt, sondern ein Pissoir, und daß das Rohr, das so düster herausblickt, nicht der Lauf eines Geschützes ist, sondern ein Abfallrohr.

Wenn ich es wenigstens unbewußt getan hätte, aber ich habe es mit vollem Bewußtsein getan!

Signor Vittore Bambino aus Mailand lockte es eines Tages aus mir heraus, während wir auf dem Laurenziberg spazierengingen und er mir italienischen Konversationsunterricht erteilte.

»Mein Freund«, fragte er vertraulich, »was ist dort hinter den Schanzen?«

Ich sah ihm in die Augen und teilte ihm, von seinem festen Willen hypnotisiert, alles mit. Ich erzählte ihm von dem Pulvermagazin ohne Pulver, von den drei unbrauchbaren Leitern und den zwei zerbrochenen Spritzen sowie von dem Lagerschuppen mit den beiden zerrissenen Strohsäcken und den acht Kilogramm Hafer. Und daß man das alles mit scharf geladener Waffe bewacht, Tag für Tag, Jahr für Jahr. Dann entwarf ich für ihn eine Skizze der Bastei, und schließlich erklärte ich, die Bastei sei der Schlüssel zur Zahnradbahn und zum Aussichtsturm.

»Warum schreiben Sie sich das auf?« fragte ich

ihn, denn ich bemerkte, daß er sein Notizbuch gezückt hatte und etwas hineinschrieb.

»Nur so, Signor«, erwiderte er und lachte teuflisch.

Als ich am nächsten Tag zu ihm zur Stunde kam, teilte mir die Zimmerwirtin mit, Signor Vittore Bambino sei plötzlich abgereist. In meiner Kehle würgte es. Ich mußte an sein sonderbares Verhalten tags zuvor denken, und die ersten Gewissensbisse stellten sich ein.

Eine Woche später bekam ich von ihm eine Karte aus Mailand, die mich völlig in Verzweiflung stürzte, denn darauf standen die Worte: »Molte grazie, Signor!« Vierzehn Tage später las ich im Café die »Tribuna« und fand darin die Nachricht, das Mitglied des italienischen Generalstabs Vittore Bambino sei nach Rückkehr aus dem Ausland ins italienische Kriegsministerium berufen worden.

Nun spricht man in letzter Zeit viel von der Möglichkeit eines Krieges zwischen Österreich und Italien.

Italien kann sich freuen! Bambino besitzt ja meinen Plan von der Bastei Nr. 6 auf dem Laurenziberg. Damit hat Italien den Schlüssel zu der auf den Laurenziberg führenden Zahnradbahn in der Hand.

Ich aber werde wie Judas unstet durch die Länder der Österreichisch-Ungarischen Monarchie irren, solange man mich nicht aufknüpft.

Nehmen Sie nur, Soldat

Die Geschichte einer Hausdurchsuchung

Herr Bayer wurde beschuldigt, die Soldaten zur Pflichtverletzung zu verführen. Dabei war er ein Mensch, dem bisher alles heilig gewesen war. Er war der unschuldigste Staatsbürger gewesen, der alles verehrte, selbst wenn es sich nicht mehr verehren ließ, der an nichts zweifelte und der sich für den ordentlichsten Menschen unter der Sonne hielt. Auch seine ganze Umgebung dachte von ihm ähnlich.

Er war ein ordentlicher und verläßlicher Staatsbürger, bis zu dem Augenblick, in dem er – es war an einem Herbsttag – Zwetschken kaufen ging, weil er Appetit auf Zwetschkenknödel hatte.

Neben ihm stand der Bursche des Herrn Hauptmanns Burkáč und kaufte bei der gleichen Marktfrau ebenfalls ein Kilo Zwetschken.

Herr Bayer betrachtete den jungen Soldaten mit Wohlgefallen und sprach mit ihm ein paar Worte: bei welchem Regiment er diene, wie es ihm beim Militär ergehe, welche Übungen er hinter sich habe usw.

Als der Bursche das Kilogramm Zwetschken abgewogen erhielt, das er für den Haushalt des Herrn Hauptmanns zu kaufen hatte, nahm er sich eine Zwetschke aus der Tüte.

Da sagte Herr Bayer zu dem Soldaten jene denkwürdigen Worte: »Nehmen Sie nur, Soldat!«

Und der Soldat nahm von den Zwetschken, die nicht ihm gehörten, sondern der Familie des Herrn Hauptmanns!

Er praßte also und aß, verführt von dem antimilitaristischen Ausspruch des Herrn Bayer: »Nehmen Sie nur, Soldat!«, eine Zwetschke nach der anderen. Als er zu der Wohnung des Herrn Hauptmanns kam, sagte er, durch diesen unglückseligen Umstand gezwungen, er habe das Geld für die Zwetschken verloren. Der Arme hatte nämlich alle Zwetschken unterwegs aufgegessen.

Da sieht man wieder einmal, wohin die antimilitaristische Propaganda führt! Ein von derartigen Elementen verführter Mensch wird sogar zum Lügner. Und beim Militär lügen – wohin sollte das führen...?

Natürlich wurde er einem Verhör unterzogen. Wo hatte er das Geld verloren? Staatsgelder noch dazu, denn es läßt sich nicht leugnen, daß das Geld, das ihm der Herr Hauptmann zum Kauf von Zwetschken anvertraut hatte, aus der Staatskasse stammte, weil von dem Kilogramm Zwetschken für die ganze Kompanie Zwetschkenknödel gekocht werden sollten. Immer eine Zwetschke für drei Mann.

Das ist Veruntreuung, und der Herr Hauptmann hat ein Recht zu vermuten, der Bursche habe das Geld vertrunken. Acht Kreuzer aus der Staatskasse verpraßt!

Wo bleibt denn da die militärische Disziplin? Kommt dieser Kerl ohne Zwetschken an und sagt:

»Melde gehorsamst, ich habe das Geld verloren!« Was ist da zu machen? Den Kerl einsperren – und damit basta! Was soll man sonst mit einem solchen Lumpen machen?

»Haben Sie das Geld wirklich verloren? Ich lasse Sie einsperren, bis Sie schwarz werden!«

»Ich...«

»Was unterstehen Sie sich, einfach zu sagen: Ich...?! Zuerst: Melde gehorsamst, dann: Ich!«

»Melde gehorsamst, ich habe sie aufgegessen.«

Eine Veruntreuung wie die andere! Den Kerl mußte man disziplinarisch bestrafen! Die Zwetschken für die ganze Kompanie aufzufressen, ein ganzes Kilo Zwetschken! Und diesem Menschen hatte der Hauptmann blind vertraut!

»Haben Sie etwas zu Ihrer Entschuldigung vorzubringen?«

Schließlich war es ja sein Bursche, den er nach Zwetschken geschickt hatte, und deshalb fragte er, womit er sein Vergehen entschuldigen wolle. Sonst fragt man beim Militär niemals, warum einer etwas getan hat.

Der arme verführte Soldat gestand alles ein: daß ein Herr zu ihm getreten sei und ihn aufgefordert habe: »Nehmen Sie nur, Soldat!«

Das Schicksal des Herrn Bayer war besiegelt.

Bei so ernsten Dingen kann man nicht mit Paragraphen spielen. Worte wie: »Nehmen Sie nur, Soldat!« sind nicht zu entschuldigen.

Herrn Bayer ausfindig zu machen gelang schnell.

Zuerst warf man die Obstfrau in Untersuchungshaft. Sie gab zu, den ihr beschriebenen Herrn zu kennen; er kaufe oft bei ihr Zwetschken und auch anderes Obst.

Gegen Ende der sechswöchigen Untersuchungshaft, die einzig und allein wegen der begründeten Annahme über sie verhängt wurde, sie könnte sich mit Zeugen und mit dem Angeklagten verständigen, bekannte sie, der betreffende Herr (Herr Bayer) habe in ihrer Gegenwart oft Soldaten angesprochen und dabei gesagt: »Ihr habt schon ein elendes Leben, ihr Soldaten! Ihr solltet trachten, euer Leben ein wenig zu versüßen.«

Langsam, aber sicher zog sich das Gewitter über Herrn Bayer zusammen.

Er war sonst ein stiller Mensch, aber stille Wasser sind tief. So wälzte sich denn ein unabwendbares Ereignis auf ihn zu: eine Hausdurchsuchung.

Herr Bayer war wirklich ein Bösewicht. Wer hätte das von ihm gedacht! Bei der Hausdurchsuchung kroch man selbst in den Ofen. Er war also tatsächlich ein gefährlicher Mensch. Seiner Wirtin schaute man sogar in den Mund.

Schon hatte es den Anschein, als finde man nichts, was auf antimilitaristische Gesinnung schließen ließ. Aber dann fand sich doch etwas:

Herr Bayer hatte seit zwölf Jahren keine Militärtaxe gezahlt!

Und so wurde durch diese Hausdurchsuchung offenbar, daß kein Verbrechen unentdeckt bleibt – nicht einmal die antimilitaristische Gesinnung eines nach außen hin so ordentlichen Staatsbürgers wie des Herrn Bayer . . .

Die Sache mit der Garantie

Der Kadett Hrabětín interessierte sich sehr für die tschechische Frage und ließ sich mit uns gern in ein Gespräch über die Aufgaben der heutigen tschechischen Politik ein. Befreundet mit ihm waren der Reserveoffizier Matějka sowie einige andere kriegsgefangene tschechische Offiziere, die überall als Tschechen auftraten, besonders, wenn es darum ging, ein besseres Quartier zu erhalten und ihre Versorgung aufzubessern. Dann betonten sie im Gespräch mit dem Kommandanten des Kriegsgefangenenlagers nachdrücklich, daß sie Tschechen und damit Slawen seien.

Als der entscheidende Augenblick kam und die Meldungen zur Tschechischen Armee abgegeben werden sollten, kam der Kadett Hrabětín in die Bataillonskanzlei. Er war offensichtlich sehr erregt. Trotzdem sprach er zuerst von ganz alltäglichen Dingen, zum Beispiel davon, wann wieder Jahrmarkt in Kirsanowka sein würde, doch dann brach es plötzlich, wie ein Blitz aus heiterem Himmel hervor: »Erledigen wir die Sache lieber gleich! Sie haben uns einen Anmeldebogen für die Tschechische Armee zur Unterschrift geschickt. Wir sind damit sehr einverstanden. Österreich kann und darf nicht länger bestehen. Wir müssen unsere alten Rechte mit unseren Bajonetten schützen. Aber ich brauche gewisse Garantien. Erläutern Sie mir den folgenden Satz:

›Ich erkläre mich bereit, als einfacher Soldat in die Armee einzutreten.‹ Ich bin so demokratisch, daß ich nicht die Abzeichen des Einjährig-Freiwilligen verlange, aber geben Sie mir die Garantie, daß ich, sobald die Tschechische Armee die Grenze Böhmens überschreitet, zum Oberleutnant befördert werde! Mein Vetter Brauner platzt dann vor Wut. Wie oft hat er mich ausgelacht, daß ich nur Kadett bin, er aber Leutnant. Und Emma, das ist meine Kusine väterlicherseits, hat sich mit ihm photographieren lassen, mit mir aber nicht. Die wird Augen machen! Die russische Offiziersuniform ist sehr schön... Also, die Garantie, und ich unterschreibe... Wir haben überhaupt beschlossen, Garantien zu verlangen. Noch heute abend kommen einige Kameraden zu Ihnen, die das näher erklären wollen. Ich verstehe ja, daß das Vaterland in Gefahr ist. Also geben Sie mir die Garantie, und mein Vetter Brauner platzt vor Wut. Und erst Emma! Die wird sich gar nicht zu fassen wissen.«

Er ging, und gleich darauf trat Matějka ein. Sein erstes war, mich zu bitten, die Tür zu verriegeln, denn was er mir mitzuteilen habe, sei streng vertraulich.

Nachdem ich die Tür verschlossen hatte, begann er: »Lange, sehr lange habe ich darüber nachgedacht, ob ich wohl stark genug sei, für meine Überzeugung, für die Verteidigung meines bedrohten Volkes auch mein Leben einzusetzen. Ich habe diese Frage mit Ja beantwortet. Ich besitze Zivilcourage und bin von persönlicher Tapferkeit beseelt, daran brauchen Sie nicht zu zweifeln. Aber ich kann mir nicht helfen und möchte es ganz offen sagen: Ich hätte gern gewisse Garantien. Ich habe die Schüler der ersten und der zweiten Klasse des Gymnasiums unterrichtet...«

»Die sind jetzt schon in der vierten Klasse, und bis wir nach Hause kommen, mindestens in der fünften«, warf ich ein.

»Das macht nichts«, erwiderte Matějka, »ich fürchte nur, ich könnte überhaupt meine Schüler verlieren. Wie, wenn ich nicht zurückkehrte? Mir drückt es das Herz ab, wenn ich mir vorstelle, daß meine Schüler vergebens auf mich warten und daß ich sie, wenn ich fiele, nicht zu ordentlichen Menschen erziehen könnte.«

»Was unterrichten Sie denn?«

»Zeichnen«, antwortete Matějka. »Ich lebe für die Kunst. Und ich möchte diese meine Liebe meinen Schülern ins Herz pflanzen. Ich habe soviel Poesie in meiner Seele. Geben Sie mir eine Garantie, daß ich zurückkehre! Versprechen Sie es mir, geben Sie es mir schriftlich, daß Sie mich, falls es schlecht ausgeht, irgendwohin bringen, wo Deutsche sind, damit ich nach dem Krieg mit andern Gefangenen ausgetauscht werde und zu meinen Schülern zurückkehren kann! Ich möchte in ihnen Verständnis für die Farben wecken. Darauf wird bei uns bisher noch nicht das nötige Gewicht gelegt. Ich möchte ihnen das Malen in Gelb und Violett beibringen. Dann wäre ich glücklich. Also, die Garantie...«

Es war Abend, ein stiller, reizvoller Abend über den weiten asiatischen Ebenen und Sandflächen. Die Sonne sank ungemein schnell, und mir kam es so vor, als schäme sie sich, dieses Kriegsgefangenenlager zu bescheinen, wo Landeskinder leben, die in diesem unserem großen Kampfe Garantien verlangen; der eine, daß er nach dem Kriege mit den Deutschen als Kriegsgefangener ausgetauscht wird, um Gymnasiasten beizubringen, wie man in Gelb und Violett malt, der andere wieder, daß er drei Sterne tragen darf, damit ein Vetter wegen einer gewissen Emma vor Wut platzt.

Bald darauf kam Herr Kubáč. Er hatte schon früher bei unseren informativen Zusammenkünften zum Ausdruck gebracht, daß er mit Österreich, das ihn im Verlaufe des Krieges nur bis zum Fähnrich befördert hatte, höchst unzufrieden sei. Er sagte, Österreich sei undankbar, eigentlich hätte er nach der Schlacht bei Gorlica Bataillonskommandant werden müssen, und nicht dieser Ochse von Zedwitz. Er war überhaupt in seinen Ausdrücken nicht wählerisch. So sagte er beispielsweise, bei Gorlica hätten die Russen einen Major und noch zwölf andere Rindviecher vom Stab der IV. Division gefangengenommen. »Ich schleiche nicht gern um den heißen Brei herum«, fing er an. »Sie haben uns heute dieses Blatt zur Unterschrift geschickt. Ich unterschreibe sofort, sobald ich die Garantie habe, daß mir das Gehalt, das ich bisher als Oberkontrolleur beim Steueramt bezogen habe, nach dem Kriege auch von der tschechischen Regierung gezahlt wird. Ich wünsche die staatliche Selbständigkeit, aber ich muß die Garantie haben, daß ich auch die Ortszulage bekomme. Und dann beunruhigt mich noch etwas: Bei der ersten österreichischen Kriegsanleihe habe ich vierhundert Kronen gezeichnet. Ich verlange nun eine Bestätigung, daß nur dieser Betrag zurückerstattet wird. Ich beanspruche keine Zinsen, denn ich will nichts daran verdienen, aber solange ich diese Garantien nicht erhalte, denke ich nicht daran, meine Meldung zur Tschechischen Armee zu unterschreiben. Diese vierhundert Kronen hatte ich für Vorhänge zurückgelegt. Ich habe auch bereits schöne zartgrüne Vorhänge ausgesucht, dreiteilige. Mehr habe ich Ihnen nicht zu sagen. Adieu!«

Der vierte Besucher war Leutnant Rázl. Der rühmte sich immer seiner psychologischen Feinheit im Ausdruck, und er war auch selbst aalglatt. Er schniegelte sich wie eine Zierpuppe und trug hier in Asien ständig Handschuhe. Öfter ging er ins nächste Dorf, wo er mit der Tochter des Posthalters, einer Armenierin, ein Verhältnis hatte.

»Gestatten Sie«, sagte er mit seiner feinen Stimme und wedelte mit seinem Taschentuch über die Bank, »mich führen zu Ihnen sozusagen persönliche Beweggründe. Sicherlich kennen Sie meinen guten Willen und meine logischen Ansichten in der Frage unserer nationalen Selbständigkeit. Ich bin für ein unverzügliches bewaffnetes Auftreten der Tschechen gegen Österreich und habe den festen Glauben an die endgültige Erfüllung unserer Wünsche. Gern wäre auch ich dabei und würde voll Freude unser großes Reich, den Tschechoslowakischen Staat, aufrichten helfen, aber als Kriegsgefangener erhalte ich monatlich fünfzig Rubel. Sicherlich wissen Sie, was heute in Rußland Zahnpasta kostet, wie teuer eine Zahnbürste ist, ferner Haarpomade oder gar das Parfüm Heliotrop. Ich würde gern in den Kampf ziehen. Aber das Problem ist: Wer ersetzt mir diese fünfzig Rubel, wenn ich als Soldat ins Feld gehe? Ich kann mir dann nicht einmal ganz gewöhnliches Patschuli kaufen, keine Zahnpasta, einfach nichts. Und was soll meine Tamara anfangen mit ihren Gazellenaugen? Sagen Sie, ließe es sich nicht irgendwie einrichten, daß ich diese so dringend benötigten Dinge zugeteilt erhalte?«

Und dann sprach Rázl noch weiter von seiner Tamara. Wir hatten gar nicht bemerkt, daß Freund Dudárek mit seiner Meldeliste zur Tschechischen Armee eingetreten war. Die Unterschriften hatte er in der Baracke gesammelt. Es war eine stattliche Reihe. Und es waren die Unterschriften von Menschen, von einfachen Bürgern, die ihre Heimat so innig liebten, wie ein Serbe oder ein Belgier die seine liebt – ohne Forderung nach Garantien.

Die Tragödie des k. u. k. Feldwebels Henry Haller vom 13. Infanterieregiment

Die wichtigste Eigenschaft eines guten Jagdhundes ist sein hervorragender Spürsinn. Allen Jagdhunden hilft beim Spürgang ihr bisher noch unerklärbarer, angeborener, das heißt instinktiver Orientierungssinn. Daran mußte jeder denken, der Henry Haller, Feldwebel im Gefangenenlager von Totzk, sah.

Lautlos schlich er sich an, wenn die tschechischen Gefangenen von der Heimat sprachen. War er dann »auf die Post«, das heißt, in seinen Unterstand zurückgekehrt, zog er sein Notizbuch heraus und schrieb auf, was jeder gesagt hatte. Sein Notizbuch trug die Aufschrift: »Aufzeichnungen des k. u. k. Feldwebels Henry Haller vom 13. Infanterieregiment«.

Henry Haller, in Zivil ein kleiner Kaufmann aus Prag, machte seine Aufzeichnungen ganz kaufmännisch. Er bediente sich dabei der doppelten Buchführung: Ein Notizbuch enthielt ein Verzeichnis aller jener Soldaten, die sich zur Tschechischen Armee gemeldet hatten, und zwar sorgfältig numeriert, mit Namen, Regiment usw. Und in dem anderen Notizbuch mit der Aufschrift »Aufzeichnungen des k. u. k. Feldwebels Henry Haller« war jeder Satz mit einer Nummer versehen, die sich auf den Namen bezog. Zum Beispiel stand in dem ersten Notizbuch: »2. Viktor Matyáš, 13. Infanterieregiment...« und im zweiten: »2 : Mit Österreich wollen wir nichts zu tun haben.« Die Ziffer 4 wieder bedeutete, daß eine Bemerkung von Viktor Rupert, Regiment soundso, stammte, der in dem Verzeichnis an vierter Stelle stand.

Wenn Haller einen guten Fang gemacht hatte und viel aufzeichnen konnte, kroch er nach beendeter Arbeit erfreut aus seiner Erdhütte und blickte in der Stille des schlafenden Lagers zur Baracke Nummer 11 hinüber, in der die Revolutionäre untergebracht waren. Dabei lachte er leise vor sich hin. Wieviel Material hatte er doch schon angehäuft! Dann schweifte sein Blick nach Westen. Dort, hinter den Gouvernements Samara, Kursk und einer ganzen Reihe weiterer Gebiete, lag Österreich. Eines Tages würde man in der Heimat erfahren, was hier geschehen war. Und wer hatte es entdeckt und buchhalterisch festgehalten? Er, Henry Haller, k. u. k. Feldwebel vom 13. Infanterieregiment.

Henry Haller war ein vortrefflicher Patriot.

Seine Frau war ihm ebenbürtig; sie trug in Prag dem Polizeikommissariat alles zu, was ihre Kunden beim Einkauf von Krawatten und Strümpfen redeten.

Er selbst hatte in Przemysl gedient, und zwar bei einer Nachschubtruppe. Als sich die Festung ergab, stahl er aus der Regimentskasse zwölftausend Kronen und begab sich in Gefangenschaft. Im Lager Trotzk gelang es ihm, das Lagerpostamt zugeteilt zu bekommen. Dort öffnete er die Sendungen, die für die Kriegsgefangenen eingingen, und als die ungarischen Sanitäter den toten Gefangenen die Stiefel auszogen, kaufte er sie im großen auf und schmuggelte sie hinaus ins Städtchen. Außerdem war er politisch tätig, wie man aus seinen Aufzeichnungen ersehen kann. Kurz und gut, er war ein vortrefflicher Mann. Eines Nachts träumte er zwar vom Strick, und ein anderes Mal sogar, daß man ihn vor seinem Geschäft in der Heinrichgasse an eine Laterne geknüpft habe, doch als er erwachte, stellte er fest, daß er noch nicht baumelte.

Eine sternenklare Nacht lag über dem Lager. Der Fluß Samarka floß unten zwischen den winzigen zerstörten Häuschen dahin, in denen vor Jahren gefangene japanische Offiziere gewohnt hatten, und Henry Haller folgte wieder seinem Spürsinn. Ich habe ja schon eingangs erwähnt, daß die wichtigste Eigenschaft eines guten Jagdhundes sein hervorragender Spürsinn ist.

Am Ufer des Flusses erblickte Haller unter den kosenden Zweigen der Trauerweiden die bekannte Gruppe aus der Baracke Nr. 11. Ganz deutlich konnte er sie erkennen, seine Nummern 1, 2, 4, 7, 5, 8, 12, 16 und 13.

Es war eine jener herrlichen Nächte am Rande Asiens. Der Himmel war von Sternen übersät. Wie frei fühlte man sich doch in diesem unendlichen Raum! Was war dagegen Österreich, was Mackensen, was waren die k. u. k. Divisionsgerichte?

Henry Haller lauschte. Er lauschte lange. Dann begab er sich in seinen Unterstand und trug in sein Notizbuch alles ein, was er noch in frischer Erinnerung hatte:

2: Die heutige bewegte Zeit, in der es um Sein oder Nichtsein unseres Volkes geht und unsere Heimat an der Schwelle einer neuen, vielversprechenden Epoche steht oder zum völligen Untergang verdammt ist, zwingt uns, das Gewehr in die Hand zu nehmen und den schwarzgelben Adler abzuschießen.
1: Es gibt viele Tschechen, die ihre Selbständigkeit am liebsten von anderen erkämpfen lassen würden.
4: Mit denen wird dann kurzer Prozeß gemacht.
7: Österreich muß verschwinden. Von ganz Österreich bleibt nur eine Seite im Geschichtsbuch.
5: Ich habe mich vor einem Monat zur Tschechischen Armee gemeldet. Das ist meine Antwort auf...
8: ...die österreichische Bestialität.
12: Ja, wenn erst Revolution ist, genügt es nicht, im Lager die tschechische Hymne zu singen.
13: Dann nehme ich mein Gewehr mit aufgepflanztem Bajonett und marschiere gegen Wien.
16: Und aufs Korn nehme ich...

Wen wollte er aufs Korn nehmen? überlegte Henry Haller und ergänzte die Bemerkung: »...den Kaiser.« Aber das erschien ihm doch zu unehrerbietig, und deshalb setzte er noch die Worte davor: »Seine Majestät«.

Eines Tages kam unter dem Zeichen des Roten Kreuzes die Gräfin Revertera aus Österreich in das Lager, um bei den Gefangenen mit Hilfe von blauen Hosen, neuen Blusen und anderthalb Rubel das erlöschende Interesse an der Österreichisch-Ungarischen Monarchie neu zu beleben. Sie wurde von einem schmächtigen Herrn begleitet, von dem die romantisch veranlagten Ungarn erzählten, er sei ein Graf. Dieser Herr unterhielt sich lange mit dem ungarischen kriegsgefangenen Militärarzt Kákonyi über zwei tschechische Offiziere, die im Lager geblieben waren und von denen einer zu den tschechischen Gefangenen über den revolutionären Dichter Havlíček gesprochen hatte.

Henry Haller war in seinem Element. Sein instinktiver Orientierungssinn führte ihn der Gräfin Revertera in den Weg, die durch die Baracken ging und immer aufs neue wiederholte: »Österreich hat euch nicht vergessen, der Kaiser läßt euch grüßen.«

Henry Haller sprudelte eine Reihe seit langem zurechtgelegter Sätze hervor. Es sei wirklich schrecklich, was heute geschehe, und es wachse wie eine Lawine an, aber zum Glück sei ja noch er da, und er verfüge über Material. In Wien werde man daran seine Freude haben.

Er schnaufte wie ein Jagdhund, der einen Hasen

gestellt hat. Morgen, wenn die Gräfin nach der Verteilung der Geschenke aus Österreich weiterreise, würde er ihr seine beiden Notizbücher übergeben. Die Ziffern in dem einen fänden ihre Ergänzung durch das Verzeichnis in dem anderen.

»Gut«, sagte die Gräfin Revertera bedeutungsvoll, da sie merkte, daß sich einige Gefangene näherten, »ich werde in Österreich von Ihnen Grüße bestellen.«

Henry Haller lachte zufrieden.

Am nächsten Tag erfolgte die Verteilung der Geschenke. Die Ungarn brüllten »Eljen!« und boten gleich darauf hinter den Baracken die neuen Hosen und Blusen den Tataren an: »Karascho, Pan, drei Rubel, geben, Pan!«

Henry Haller aber schloß sich auf dem Weg zur Schreibstube der Gräfin Revertera an und überreichte ihr zwei Notizbücher.

Dann nahmen die Gräfin und der schmächtige Herr in der Britschka Platz und fuhren zum Bahnhof.

Henry Haller blickte ihnen lange nach, wie sie hinter dem Kriegsgefangenenfriedhof verschwanden und wie sich die Britschka durch den roten Sand zum Städtchen durchkämpfte. Seine Knöpfe glänzten, er hatte sich neue Achselstücke angenäht und war zutiefst davon überzeugt, hier, an der Grenze Asiens, die Interessen Österreichs würdig vertreten zu haben.

Als er am Abend in seinen Unterstand kam, zündete er sich zufrieden eine Memphis an, die er in einem für einen Gefangenen bestimmten Päckchen gefunden hatte. Da erstarrte sein Blick. Auf dem Tisch lag ein Notizbuch. Unwillkürlich griff er danach, öffnete es und las: »Namensverzeichnis.«

Er begann am ganzen Körper zu zittern und tastete die Taschen an seiner Bluse ab. Warum er das tat, wußte er selbst nicht. Dann sank er auf sein improvisiertes Holzbett, und es begann ihm zu dämmern. Er hatte drei Notizbücher besessen. In der Eile hatte er das leere, bisher noch nicht mit den Namen der Rebellen befleckte Notizbuch und das andere mit der Aufschrift »Aufzeichnungen des k. u. k. Feldwebels Henry Haller vom 13. Infanterieregiment« übergeben. Diese beiden brachte nun die Gräfin Revertera nach Österreich, das Verzeichnis der Rebellen aber lag noch auf dem Tisch.

Er sprang auf und lief hinaus. Hastig eilte er auf den Hügel und sah, wie sich in der Ferne der Funkenschweif des davonfahrenden Zuges durch die nächtliche Dunkelheit in Richtung Samara bewegte. Und er hörte, wie dieser Zug, der seine Aufzeichnungen entführte, spöttisch pfiff.

Tatsächlich gelang es der Gräfin Revertera, die Aufzeichnungen des k. u. k. Feldwebels Henry Haller vom 13. Infanterieregiment über die Grenze zu schmuggeln. Auffällig war ihr nur, warum ihr der Feldwebel auch noch das leere Notizbuch mitgegeben hatte.

Bei den zuständigen Stellen in Österreich wieder erschienen jene Ziffern auffällig, die vor den einzelnen revolutionären Äußerungen des k. u. k. Feldwebels Henry Haller vom 13. Infanterieregiment standen.

Aber man zerbrach sich deswegen nicht lange den Kopf. Kürzlich las ich in einer Zeitung, die auf Umwegen aus der Heimat kam, daß das gesamte Vermögen des k. u. k. Feldwebels Henry Haller vom 13. Infanterieregiment beschlagnahmt worden sei – wegen des Verbrechens des Hoch- und Landesverrates.

Die Verdienstmedaille

Er ist heute fünfundsechzig Jahre alt, dabei aber bemerkenswert munter, und sein Verstand ist so klar und scharf wie bei einem Dreißigjährigen. Er ist von gedrungener Gestalt, sein Schnauzbart ist noch nicht ganz ergraut, und er heißt Alois Příhoda. Von Bohnice bis Čimice und von Čimice bis Vehež ist er der Schrecken aller Zieselmäuse. Dieser Mann verzehrt nämlich leidenschaftlich gern unschuldige Zieselmäuse. Er schießt sie während seiner abendlichen Kontrollgänge mit kommunalem Pulver und aus einem kommunalen Gewehr, denn dieser Mann ist der Gemeindepolizist von Čimice.

Seine Uniform besteht allein aus einer Mütze, auf der das Gemeindewappen befestigt ist; einen Säbel trägt er nicht, als einzige Waffe dient ihm ein Knotenstock, und am Abend trägt er bei seinem Rundgang manchmal ein Gewehr. Weswegen, wissen wir bereits.

Aber er ist noch wegen einer anderen Sache berühmt, die sein mörderisches und feinschmeckerisches Gelüst auf die reizenden Zieselmäuse völlig in den Hintergrund treten läßt. Das ist seine Verdienstmedaille, eine Gedenkmünze, die er im Jahre 1866 erhielt, als er bei Jičín Gefangene machte.

Wen er gefangennahm, ist ein Rätsel. Beim dritten Glas Bier erzählt er, es sei ein preußischer Ulan gewesen, beim sechsten Glas tauchen hinter dem ersten Ulan noch weitere acht Preußen auf. Ihre Zahl wächst mit der Zahl der Striche auf dem Bierteller und endet mit der Gefangennahme eines ganzen Generalstabs.

»Sobald er vom Generalstab spricht, weiß ich, daß er genug hat«, sagt der Wirt. »Was er nur immer mit dieser Medaille hat!«

Übrigens, warum sollte Alois Příhoda nicht Freude an seiner Medaille haben? Sie war ja das einzige, was von seiner ganzen Garderobe ihm gehörte, sein einziges Besitztum. Alles übrige gehörte der Gemeinde.

Wie sie gleißte, wenn er am Sonntag durch die Felder ging! Warf die Sonne ihre Strahlen darauf, so glänzte und funkelte sie, als wäre sie aus purem Gold.

Übrigens putzte er sie auch die ganze Woche blitzblank, denn er trug sie nur am Sonntag. Sie war sein ganzer Stolz. Bei den Gästen im Gemeindewirtshaus aber verursachte sie ein Grausen, denn ihre Geschichte war ungemein kompliziert, und der Bericht darüber, wie sie ihm der Major an die Brust heftete, war so interessant lang, daß dem Herrn Lehrer einmal der Kopf dabei ganz wirr wurde.

Noch schlimmer war es, wenn er davon erzählte, wie er mit ihr zum ersten Mal durch das Armeelager ging, was jeder zu ihm sagte, was er jedem darauf erwiderte, kurz, die Geschichte dieser Medaille war so umfangreich, daß jeder Angst hatte, die Medaille auch nur mit einem Wort zu erwähnen.

Wegen dieser Medaille vergaß er mit der Zeit selbst sein Leibgericht, die Zieselmäuse, und ging er doch einmal auf Jagd, so schlief er auf dem Feldrain ein und erlebte im Traum alle die wunderbaren Dinge, vor denen die Bauern von Čimice solche Angst hatten.

Wegen dieser Medaille versäumte er in letzter Zeit sogar seine dienstlichen Pflichten: die Kirschbäume der Gemeinde zu bewachen und auf die vagabundierenden Bettler zu achten, die, besonders am Sonntag, wenn die Ausflügler aus Prag in den Hain von Čimice kamen, alle Wege und die von Bohnice nach Čimice führende Straße belagerten.

Am Sonntag sollte er Bettler festnehmen? Am Sonntag, wo an seinem Rock die Bronzemedaille glänzte! Am Sonntag sollte er die der Gemeinde gehörende Kirschallee bewachen? Am Sonntag sollte er, mit der Gedenkmünze für sein Heldentum im Krieg geschmückt, die Gänse von den Gemeindefeldern verjagen und die Mützen der Hütejungen als Pfand behalten? War das nicht eine Mißachtung, eine schreckliche Profanierung aller Militärorden? Und er als ausgedienter und ausgezeichneter Korporal sollte seine Hand dazu hergeben, daß seine Medaille derart in Mißkredit geriet? Nie und nimmer!

Der neue Herr Bürgermeister von Čimice wußte sicherlich nicht, was eine Militärmedaille bedeutet, wußte sicherlich nicht, daß er, Alois Příhoda, mit eigener Hand Landesfeinde gefangengenommen hatte... Daß ihm der Herr Major, der noch dazu deutsch sprach, eigenhändig diese Medaille anheftete, daß dabei Hurra-Rufe ertönten, die Musik spielte und die Fahne gesenkt wurde! Das alles wußte der neue Herr Bürgermeister von Čimice sicherlich nicht, sonst hätte er ihn nicht kürzlich ins Gemeindeamt rufen lassen und zu ihm gesagt: »Hören Sie, Příhoda, es liegen allerlei Beschwerden über Sie vor. Am Sonntag wimmelt es bei uns nur so von Vagabunden und Bettlern. Und wissen Sie, was die Pflicht des Gemeindeamtes ist? Die Gendarmen bei ihrem Dienst zu unterstützen. Schauen Sie, das tun Sie nicht. Am Sonntag gehen Sie mit Ihrer Medaille in der Umgebung spazieren, erzählen im Gasthaus lange Geschichten und lassen die Landstreicher betteln und die Leute belästigen!«

»Herr Bürgermeister!«

»Ich sage Ihnen, titulieren Sie mich nicht! Damit machen Sie nichts besser. Trachten Sie lieber danach, am Sonntag jemanden festzunehmen! Verstehen Sie mich doch! Wir sind schrecklich hintendran. In Klecany wird am Sonntag immer einer eingesperrt, in Veltrusy auch, in Vodolka ebenfalls, nur bei uns nicht. Bettler in Hülle und Fülle, und es geschieht nichts. In der Umgebung sagt man schon: ›Ach, in Čimice – dort haben sie ja den Alois Příhoda!‹ Begreifen Sie, wo da der Respekt vor Ihnen bleibt? Oder haben Sie ein so gutes Herz? Als Polizist ...«

»Nein, das habe ich nicht! Pflicht ist Pflicht!«

»Nun gut! Am Sonntag wird also jemand eingelocht! Sie können sich ja einen von den Landstreichern aussuchen. Wir dürfen nicht zurückstehen. Sie als alter Soldat...«

Immer hatte sich Alois Příhoda auf den Sonntag gefreut, wo er sich mit seiner glänzenden Medaille den Ausflüglern zeigen konnte, doch auf diesen Sonntag freute er sich nicht. Diesmal sollte er, mit seiner Medaille geschmückt, einen bettelnden Landstreicher festnehmen!

Trotzdem tat er es. Am Nachmittag lauerte er geschlagene zwei Stunden vor dem Dorfeingang, auf dem Wege zum Hain von Čimice, bis er einen älteren Mann erblickte, der die vorübergehenden Ausflügler anbettelte. »Lieber erledige ich die Sache gleich«, sagte er zu sich, »warum erst lange warten?« Er sprang über den Graben, hinter dem er, durch einen Zaun gedeckt, die Lage beobachtet hatte, und nahm den Bettler fest. Doch wohin mit ihm? Er würde ihn doch heute, am Sonntag, nicht zur Gendarmeriestation nach Bohnice eskortieren! In Čimice aber gab es bisher kein Gemeindegefängnis.

»Das ist ganz einfach«, dachte Příhoda, »ich sperre den Kerl einfach bei mir zu Hause ein, am Fenster befinden sich ja Gitter, ich stecke ihn einfach in die Kammer, da kann er mir nicht entwischen.«

Gesagt, getan.

Im Gemeindegasthaus erlebten die Gäste in dieser Nacht wahre Seelenqualen, denn Příhoda tötete, erfreut über das an diesem Tage erfolgte Lob des Bürgermeisters, in abscheulichen Sätzen und völlig gegen jedes Völkerrecht den ganzen preußischen Generalstab, den er selbst gefangengenommen hatte, weswegen er ja die Medaille . . .

An diesem Tage hatte ihm auch gegen allen bisherigen Brauch nicht der Major die Medaille angeheftet, sondern der Feldmarschall persönlich . . .

Später erzählte er den Gästen, er habe heute in seiner Kammer einen gefangenen Major vom preußischen Ulanenregiment.

Nach diesem Satz goß ihm der Wirt nicht mehr ein, und Příhoda, der Held, war gezwungen, nach Hause zu gehen.

»Steh auf, du elender Kerl«, brüllte er, als er nach Hause kam, seinen Gefangenen wach, »du bist . . . !«

Er brachte den Satz nicht zu Ende, da er rülpsen mußte. Schließlich stotterte er: »Du Spitzbube bist ein gefangener preußischer Major!«

Er zog die Jacke aus, an der die Medaille blitzte, und suchte etwas neben der Tür. Es war das Gewehr, mit dem er die Zieselmäuse schoß. »Siehst du das Gewehr?« fragte er den verschlafenen Gefangenen. »Siehst du – das Ge-wehr? Ich be-wa-che di-dich und i-ich werde dich . . .«

Der betrunkene Held sank auf den Fußboden.

Kaum drangen die ersten Sonnenstrahlen nach Čimice, war ein schrecklicher Aufschrei zu hören. Und gleich darauf lief der Held Alois Příhoda in Hemdsärmeln durchs Dorf und brüllte: »Um Himmels willen, Leute, helft mir! Meine Jacke mit der Medaille ist weg – und der Landstreicher auch!«

Der Fall des Veteranen Kokoschka

Herr Kokoschka, Respizient a. D., war der einzige Veteran in Chorušice. Das ist für die Herren Veteranen eine äußerst betrübliche Tatsache, weil Chorušice mehr als zweihundert Häuser hat. Auf zweihundert Häuser ein einziger Veteran – das ist für Österreich doch ein bißchen wenig. Als Herr Kokoschka die konstituierende Versammlung des neuen Veteranenvereins in Chorušice einberief, erschien ein einziger Interessent, nämlich Herr Kokoschka selbst, was sehr traurig ist, wenn man bedenkt, daß wenigstens achtzig Einwohner von Chorušice gediente Soldaten sind.

Trotzdem ließ sich Herr Kokoschka nach dieser Versammlung, die so unbefriedigend ausging, in der nahen Kreisstadt eine Veteranenuniform schneidern.

Die Uniformen der Veteranen sehen, soweit sie nicht hinten geflickt sind, immer recht kämpferisch aus, die Uniform des Herrn Respizienten a. D. aber übertraf alle Erwartungen, ja sie forderte direkt zum Kampf heraus.

So kam es, wie es kommen mußte: Als der Herr Respizient in seiner neuen Uniform aus der Kreisstadt zurückkehrte, liefen alle Jungen aus dem Dorf zusammen und warfen Kotklumpen nach seiner Veteranenuniform, so daß sich der Herr Respizient nur durch die Flucht in seine Wohnung retten konnte.

Der Gemeindepolizist, der bisher der einzige Uniformträger in der Gemeinde gewesen war, zog sich, als er die Konkurrenz für seine Uniform bemerkte, rasch ins Gemeindegasthaus zurück, um nicht einschreiten zu müssen.

Von dieser Zeit an war Herr Kokoschka auf die Einwohner von Chorušice schlecht zu sprechen. Die Männer ließen sich durch nichts verlocken, Mitglieder des Veteranenvereins zu werden, und einige wurden sogar frech, beispielsweise der Schmied, der im Verlauf einer heftigen Auseinandersetzung zu ihm sagte: »Wissen Sie, Herr Respizient, ich muß nicht erst eine Veteranenuniform anziehen, um daran zu denken, daß man mich beim Militär nur immer mit ›böhmische Sau‹ tituliert hat.«

Der einzige, der mit Herrn Kokoschka sympathisierte, war der Kirchendiener. Das war die übliche Übereinstimmung zwischen der betenden und der streitenden Kirche. Leider hatte der Kirchendiener einen Buckel und war deshalb nie Soldat gewesen, sonst hätte der Veteranenverein in Chorušice jetzt zwei Mitglieder gezählt. So aber war Herr Kokoschka Vorsitzender, Kassierer, Schriftführer, Revisor und Mitglied in einer Person.

Bedauerlich war, daß Herr Kokoschka niemals Gelegenheit hatte, seine Veteranenuniform auszuführen. In Chorušice fanden nämlich keine Feste statt, bei denen seine Uniform hätte zur Geltung kommen können.

Alle Bemühungen, die Einwohner von Chorušice

auf seine Seite zu ziehen, endeten mit einem Mißerfolg.

Der Kirchendiener, der öfter zu ihm auf einen Schnaps kam, sagte, diese Bande wüßte nicht einmal, was Österreich sei.

»Und dabei waren sie beim Militär«, stellte Herr Kokoschka bitter fest, »aber alle Belehrungen gingen wohl zu einem Ohr herein und zum anderen wieder hinaus.« Beide tranken also Schnaps und schimpften über die Verhältnisse. Herr Kokoschka erzählte, er habe einmal, als er auf Posten stand, auf einen Überläufer geschossen und ihm ein Bein zerschmettert; der Herr Major habe ihm dafür auf die Schulter geklopft: »Sehr gut, Kokoschka, gut gemacht, dieser verfluchte tschechische Taugenichts!«

»Ja, die Tschechen sind elende Kerle«, sagte der Respizient a. D., »die Deutschen dagegen – das ist ein Volk! Die Offiziere sind Deutsche, die Hauptleute, die Majore, die Generäle – alle sind Deutsche, gute Deutsche und Österreicher. Aber fragen Sie doch einmal einen Tschechen, ob er ein Österreicher ist! Wissen Sie, was Ihnen so ein Kerl antwortet? Sie sollen ihm den Buckel hinunterrutschen.«

»Ich bin kein Tscheche«, sagte der angeheiterte Kirchendiener, »ich bin ein österreichischer Küster und diene der Kirche. Heute fürchtet man hier nicht einmal mehr den Herrgott, und in die Kirche gehen nur noch die alten Weiber und die Greise, junge Leute sieht man kaum. Früher, da war es anders.

Der erste in der Gemeinde war der Herr Pfarrer, und dann kam ich. Dem Herrn Pfarrer küßten sie beide Hände und mir eine. Heute küssen sie uns nicht und wollen noch, daß wir ihnen in den Hintern kriechen.«

»Und keiner will Veteran werden«, brachte Herr Kokoschka die Rede wieder auf sein Gebiet. »Wissen Sie, was mir der Schneider geantwortet hat? Er mache sich nicht selbst zum Narren. Natürlich habe ich ihn wegen Beleidigung der Veteranen verklagt. Sie werden es nicht glauben wollen, was der junge Richter beim Kreisgericht äußerte: ›Wenn Herr Skuček zu Ihnen persönlich gesagt hätte, Sie seien ein Narr, dann hätte ich ihn aburteilen müssen, doch so liegt keine strafbare Handlung vor, wenn er nur sagt, die Veteranen seien Narren.‹ – ›Aber er hat doch damit die Armee geschmäht‹, wandte ich ein. – ›Lieber Freund, Sie wollen doch nicht etwa behaupten, daß die österreichische Armee aus Veteranen besteht! Wissen Sie, lieber Freund, wenn Herr Skuček beispielsweise behauptet hätte, die Veteranen morden und stehlen, dabei aber nicht auf Sie gewiesen hätte, könnte ich ihn auch nicht verurteilen. Somit weise ich die Klage als gegenstandslos ab.‹«

Dann folgten wieder Erinnerungen an die schöne Militärzeit, und Herr Kokoschka hielt dem Kirchendiener seine Hand unter die Nase: »Sehen Sie, diese Hand hat ein Gewehr getragen! Spüren Sie nicht noch heute den Pulverdampf?«

Diese loyalen Gespräche dauerten so lange, wie

der Kirchendiener noch sprechen konnte. Wenn er aber nur noch unverständlich lallte, schob ihn der Herr Respizient zur Tür hinaus und hing nun allein, die Flasche Schnaps in der Hand, seinen Erinnerungen an glorreiche Militärparaden nach, bis er endlich auf dem Sofa einschlief.

Den härtesten Kampf aber führte er im Gasthaus »Zum Goldenen Ofen«. Dort zog man ihn mit seiner österreichischen Gesinnung immer so lange auf, bis er das Feld räumte und feierlich erklärte, diese Witze seien nicht imstande, die Ehre seiner Veteranenuniform in den Schmutz zu ziehen. Warum er sie nicht trage, er habe wohl keine Gelegenheit dazu? »Meine Herren, einmal werde ich meine Uniform doch tragen, dann werden Sie aber Augen machen!«

Als Herr Kokoschka am nächsten Tag ins Gasthaus »Zum Goldenen Ofen« kam, setzten die Gäste eine geheimnisvolle Miene auf.

»Wissen Sie schon das Neueste, Herr Respizient?« fragte der Lehrer.

»Was denn?«

»Morgen fährt doch durch den Bahnhof von Vrbčany eine bekannte Persönlichkeit, allerdings inkognito!«

Herrn Kokoschkas Augen leuchteten vor Freude. »Was für eine bekannte Persönlichkeit?«

»Eine sehr bekannte, Herr Kokoschka! Der Stationsvorsteher hat es uns anvertraut.«

»Und wann trifft der Zug ein?«

»Um zehn Uhr vormittag. Aber er hält nur drei Minuten. Gehen Sie zum Bahnhof?«

»Selbstverständlich, meine Herren, ich bringe gleich meine Uniform in Ordnung.«

Auf dem Wege nach Hause ging er beim Kirchendiener vorbei: »Morgen fährt eine hochgestellte Persönlichkeit auf dem Bahnhof Vrbčany durch. Endlich kann ich einmal zeigen, was in mir steckt! Es ist ein Geheimnis, keiner ist informiert, und so werde ich als einziger die hochgestellte Persönlichkeit begrüßen. Wer weiß, was für ein hoher Würdenträger das ist! Und wenn er mich fragt: ›Wer sind Sie?‹, dann sage ich: ›Melde gehorsamst, ich bin Franz Kokoschka aus Chorušice.‹« Der Kirchendiener versprach, ihn bei der festlichen Begrüßung zu begleiten.

»Wissen Sie«, erklärte Herr Kokoschka, »ich stelle mich in Uniform auf, Sie hinter mich, und sowie der Zug einfährt, treten wir vor das Abteil, in dem der hochgestellte Herr zu reisen geruht. Ich rufe: ›Hoch, hoch, hoch!‹ und Sie hinter mir ebenfalls: ›Hoch, hoch, hoch!‹ Werden Sie sich das merken?« Der Kirchendiener nickte erfreut, denn er war davon überzeugt, daß sie nach der festlichen Begrüßung ein Gasthaus des Städtchens aufsuchen würden.

Gegen zehn Uhr ging es auf dem Bahnhof Vrbčany sehr lebhaft zu. Der Stationsvorsteher ging auf dem Bahnsteig auf und ab und rieb sich die Hände. Sooft er zu dem Platz schaute, wo Herr Kokoschka und der Kirchendiener standen, konnte er sich das Lachen nicht verkneifen.

Herr Kokoschka trug seine Veteranenuniform, alle Goldmedaillen glänzten, der Kirchendiener neben ihm aber einen schwarzen Gehrock. Beide wirkten ungemein bleich, denn sie fühlten das Herannahen eines wichtigen Augenblicks in ihrem Leben.

Da ertönte das Signal, und aus der Ferne war das Fauchen des sich nähernden Zuges zu vernehmen.

Auf dem Bahnsteig standen viele Neugierige. Nur Herr Kokoschka und der Kirchendiener hielten sich abseits. Sie würden sich doch nicht unter das Gesindel mengen! Der Zug fuhr ein. Herr Kokoschka trat, gefolgt vom Kirchendiener, zum Bahnhofsvorstand und salutierte: »Bitte sehr, in welchem Wagen befindet sich die bekannte Persönlichkeit?«

»Dort, wo die Gendarmen am Fenster zu sehen sind! Sie begleiten den Herrn.«

»Ach, die Gendarmen! Um so besser!«

Im Nu stand Herr Kokoschka mit dem Kirchendiener vor dem angegebenen Wagen und salutierte, und beide riefen aus Leibeskräften: »Hoch, hoch, hoch!«

»Trara!« Der Zug fuhr wieder an, und einer der Gendarmen schaute fragend aus dem Fenster.

»Hoch, hoch, hoch!« rief Herr Kokoschka begeistert und blickte sich stolz auf dem Bahnsteig um.

Alle prusteten los, und der Stationsvorsteher hielt sich sogar den Bauch vor Lachen.

»Worüber lachen Sie?« fragte der Herr Respizient streng und wölbte stolz die Brust vor.

»Ach, bitte«, sagte der Stationsvorsteher, noch immer lachend, »warum rufen Sie eigentlich ›Hoch!‹ auf den Raubmörder, den die Gendarmen dort begleiten?«

»Sie haben doch selbst gesagt, es sei eine bekannte Person«, entgegnete der Veteran niedergeschlagen.

An Seine Exzellenz, den Herrn Finanzminister Ritter Bilinski, in Wien

Der ehrfurchtsvoll Unterzeichnete gestattet sich hiermit, geleitet von patriotischer Gesinnung, dem hochwohllöblichen Finanzministerium den Entwurf eines Gesetzes zur Einführung einer *Todes- und Begräbnissteuer* zu unterbreiten.

Der ungewöhnliche Aufschwung in der Gründung von Beerdigungsinstituten nötigte mir den Gedanken auf, wie es möglich wäre, die Finanzlage des Vaterlandes durch *Monopolisierung des Todes* zu verbessern. Weil ständig Menschen sterben, wäre dadurch dem Staat eine regelmäßige Jahreseinnahme gesichert, die zur Zeit einer Epidemie oder eines Krieges entsprechend den Umständen erfreulich ansteigen würde.

Die vorgeschlagene Gesetzesvorlage hat folgenden Wortlaut:

§ 1

Jeder Staatsangehörige der Österreichisch-Ungarischen Monarchie gehört nach seinem Tode ohne Unterschied des Geschlechts dem Finanzministerium und bezahlt bei seinem Ableben eine Gebühr von 2 bis 24 Kronen, je nach den festgestellten Umständen seines Todes und seines Begräbnisses.

§ 2

Diese Gebühr wird von den betreffenden Verstorbenen zu ihren Lebzeiten eingehoben, und zwar nach den im § 6 lit. c) angeführten Umständen. Den Angehörigen des Verstorbenen steht das Recht zu, wenn der Verstorbene infolge unverschuldeter Umstände die Todes- und Begräbnissteuer nicht zu seinen Lebzeiten entrichtet hat, an das k. u. k. Finanzministerium ein Gesuch um Ermäßigung der vorgeschriebenen Steuer zu richten. Dieses Gesuch muß mit einer Zwei-Kronen-Stempelmarke versehen sein.

§ 3

Der *Todessteuer* unterliegt jeder Staatsangehörige der Österreichisch-Ungarischen Monarchie ohne Rücksicht auf Geschlecht und Alter, auch wenn sich die Bestimmungen des § 4 dieses Gesetzes nicht auf ihn beziehen.

§ 4

Der *Begräbnissteuer* unterliegt jeder Staatsangehörige der Österreichisch-Ungarischen Monarchie ohne Rücksicht auf Geschlecht und Alter, der auf ordnungsgemäße Weise beerdigt wurde. Wurde jemand lebendig beerdigt, haben seine nächsten Angehörigen das Recht, von den in § 2 näher bezeichneten Vergünstigungen Gebrauch zu machen.

§ 5

Zur Zahlung der Begräbnissteuer ist jeder Staatsangehörige der Österreichisch-Ungarischen Monarchie zu seinen Lebzeiten verpflichtet, und zwar gemäß § 9 lit. a) – g). Minderjährige, schwachsinnige und einem Vormund unterstellte Personen sind von der Zahlung der Steuer befreit, doch müssen ihre nächsten Angehörigen die Steuer für sie bezahlen; falls sie keine Angehörigen haben, die Gemeinde, in der sie Heimatrecht besitzen.

§ 6

Die Einhebung der Gebühren erfolgt nach den für die Höhe des Betrages maßgebenden Umständen:

a) bei gesunden Personen,
b) bei kranken Personen,
c) bei Personen, die mit körperlichen Gebrechen behaftet sind.

ad a) bei gesunden Personen durch die Finanzämter,
ad b) bei kranken Personen durch die zuständigen Ärzte, die dazu unter Eid verpflichtet werden, und zwar wann und wo immer,
ad c) bei Personen, die mit körperlichen Gebrechen behaftet sind, durch die Polizeibehörden.

§ 7

Todes- und Begräbnissteuer sind voneinander zu trennen. In jenen Fällen, in denen der Zahlungspflichtige nicht beerdigt wird, seine Leiche nicht aufzufinden ist oder er als verschollen erklärt wird und zu seinen Lebzeiten nicht die vorgeschriebene Steuer bezahlt hat, wird die Begräbnissteuer von seinen Angehörigen beziehungsweise seiner Heimatgemeinde nicht eingetrieben.

§ 8

Die Todessteuer ist in allen Fällen zu zahlen, auch wenn die betreffende Person als verschollen erklärt wird.

§ 9

Die Bemessung der Todes- und Begräbnissteuer richtet sich nach folgenden Gesichtspunkten:

a) Säuglinge und Kleinkinder bis zu einem Jahr zahlen 2 K,
b) Kinder von 1 bis 5 Jahren 4 K,
c) Kinder von 5 bis 14 Jahren 6 K,
d) Jugendliche von 14 bis 20 Jahren 8 K,
e) Personen von 20 bis 30 Jahren 16 K,
f) Personen von 30 bis 40 Jahren 18 K,
g) Personen über 40 Jahre 24 K.

Diese Gebühren gelten doppelt, je einmal als Todes- und als Begräbnissteuer.

§ 10

Die Einhebung der Steuer erfolgt in allen Ländern der Österreichisch-Ungarischen Monarchie auf folgende Weise: Die nach § 9 lit. a) – g) festgesetzten Beträge sind nach und nach zu zahlen, jedoch so, daß der Gesamtbetrag 24 K Todessteuer sowie

24 K Begräbnissteuer nicht überschreitet. Die erste Rate ist innerhalb von 8 Tagen nach der Geburt eines Kindes fällig. Eine unangemeldete Geburt wird je nach den Umständen mit einer Strafe von 10 bis 200 K beziehungsweise mit Gefängnis bis zu 3 Wochen bestraft.

§ 11

Wer seinen Tod oder sein Begräbnis nicht anzeigt, wird mit dem doppelten Betrag der Höchstgebühr, also mit 96 K, beziehungsweise Gefängnis bis zu 14 Tagen, verschärft durch 4 Fasttage, bestraft.

Ich hoffe, daß das hochwohllöbliche Finanzministerium meinen untertänigsten Vorschlag wohlwollend annimmt und dadurch die Finanzen des Reiches verbessert.

In untertänigster Hochachtung
Jaroslav Hašek

Das Märchen vom tragischen Ende eines ordentlichen Ministers

Ich bin mir dessen bewußt, daß der k. u. k. Zensor, wenn er die Überschrift dieses meines Märchens liest, die Stirn in strenge Falten legt und sagt: »Das Wort ›ordentlich‹ müßte ich eigentlich konfiszieren, denn damit wird bei der Bevölkerung Österreich-Ungarns die Meinung erweckt, es könnte auf der Welt auch unordentliche Minister geben. Wenn ich es aber konfisziere, so kommt es zu einer Interpellation, und man wird den Herrn k. u. k. Minister fragen, ob es eine Beleidigung sei, von einem Minister zu behaupten, er sei ordentlich ...«

Ich weiß, das ist eine sehr heikle Angelegenheit, aber was tut's – der Herr Zensor kann ja höchstens die österreichischen Minister schützen, sonst aber niemanden. Meine Erzählung aber spielt nicht in Österreich, ja sie spielt überhaupt in keinem bekannten Land, sondern betrifft das Reich der Fabel; deshalb habe ich ihr auch die Bezeichnung »Märchen« gegeben.

Beginnen wir also! Es war einmal ein König, der hatte einen Minister, und dieser Minister war ein ehrlicher und ordentlicher Mann. Daß er freilich ein besonderes Licht gewesen wäre, hatte bisher niemand behauptet. Anfänglich unterschied er sich auch in nichts von seinen Vorgängern. Er freute sich ungemein darüber, daß er Exzellenz geworden war, nahm die Gratulationen entgegen, warf sich stolz in die Brust und war glücklich. Aber es dauerte keinen Monat, und schon erzählten sich die Sektionsleiter, die Seiner Exzellenz referieren mußten, schier unglaubliche Dinge: Der Herr Minister höre beim Vortrag kaum zu, sitze stundenlang am Schreibtisch und blicke gedankenverloren in die Ferne. Dabei sei er immer sonderbarer.

Was man im Amt bemerkte, entging natürlich auch der Familie des Herrn Ministers nicht. Aber auf alle Fragen, was ihm fehle, ob er krank sei oder ob er irgendwelche Sorgen habe, antwortete er ausweichend oder gar nicht.

Eines Tages aber, als er aufgeräumter war als sonst, tat er, als er nach dem Frühstück das Eßzimmer verließ, den für eine Exzellenz schrecklichen Ausspruch: »Heute vormittag lasse ich mich beim König melden. Ich reiche meine Demission ein!«

Die Frau Minister fiel vor Wut in Ohnmacht. Ehe sie sich wieder erholt hatte, war der Herr Minister bereits fort und beim König. »Mein Herr und König«, sagte er, »ich bitte aus wichtigen Gründen, von meinem Amt als Minister entbunden zu werden.«

»Menschenskind«, sagte der König, »bist du verrückt geworden? Hat man jemals gehört, daß ein Minister ohne jeden Grund seine Demission einreicht?«

»Majestät, ich tue es nicht ohne Grund, ich bitte nur, dir diesen Grund nicht mitteilen zu müssen. Es fiele mir schwer, ihn dir zu nennen, ja, ich müßte mich schämen.«

»Ich bitte dich«, sagte der König, »was ist denn geschehen? Ich befehle dir, mir deine Gründe zu sagen, und zwar auf der Stelle!«

»Gut, Herr König«, sagte der Minister bedrückt, »wenn du befiehlst, so muß ich es sagen.« Und mit leiser Stimme fügte er hinzu: »Ich bitte, vom Amt eines Ministers befreit zu werden, weil ich völlig unfähig bin, es zu versehen.« Dann ließ er den Kopf sinken und erwartete ergeben das Donnerwetter, das sich über seinem Haupt entladen würde.

Als er aber schließlich die Augen hob, weil der König beharrlich schwieg, bemerkte er zu seinem Entsetzen, daß der König lachte, wie er noch nie gelacht hatte.

Der Minister blickte verwundert zu ihm auf. »Bin ich also entlassen, mein Herr und König?« fragte er zaghaft.

»Dich, dich sollte ich entlassen?« sagte der König. »Und nur deshalb, weil du für dein Amt unfähig bist? Da müßte ich ja fast alle Beamten entlassen, die ich habe. Und was die Minister betrifft – weißt du überhaupt, daß du der erste ordentliche Minister bist, den ich je gehabt habe? Und kannst du dir auch denken, warum? Weil du aufrichtig gewesen bist. Gut, ich will es auch sein. Soweit ich zurückdenken kann, hatte ich noch keinen einzigen fähigen Minister. Aber keiner hat sich bisher dazu bekannt, obwohl das nicht nur er selbst wußte, sondern das ganze Königreich. Und jetzt kommst du und bittest deshalb um deine Entlassung. Das ehrt dich, und ich habe daran meine Freude. Wie gesagt, du bist der erste ordentliche Minister, den ich je gehabt habe. Jeder andere hat seine Unfähigkeit hinter einem unglaublichen Schwall von Worten und Phrasen versteckt und nur danach getrachtet, möglichst lange im Amt zu bleiben. Du tust das gerade Gegenteil. Und ein solches Kleinod sollte ich mir entgehen lassen? Fällt mir gar nicht ein! Du bleibst Minister, mein Lieber, und wirst weiter dienen, bis zum Zerreißen! Hast du mich verstanden?«

Der Minister mußte gehorchen. Als die Nachmittagszeitungen die Meldung brachten, die Demission des Herrn Ministers sei abgelehnt, atmete die Frau Minister tief auf und befahl, zum Abendessen die Lieblingsspeisen Seiner Exzellenz zu bereiten.

Aber alles half nichts. Der Herr Minister war nachdenklicher und trauriger als je zuvor. Das war auch kein Wunder. Die ganze Frage seines Ministerseins begann ungeahnte Ausmaße anzunehmen, ja zu einer Gewissensfrage zu werden. Der Herr Minister stellte nämlich folgende Erwägung an: Reiche ich noch einmal meine Demission ein, so ist das nach dem persönlichen Ausspruchs des Königs ein Versuch, das Land um den ersten ordentlichen Minister zu bringen, den es je besaß, und ein solcher Versuch ist eigentlich Verrat, ja Hochverrat. Reiche ich jedoch meine Demission nicht ein, obwohl ich weiß, daß ich für das Amt eines Ministers unfähig bin, nun, wenn das kein Hochverrat ist, dann mag mich meiner Seel der Teufel holen! Ich begehe also Hochverrat, mag ich tun, was ich will. Es ist zum Verzweifeln! Mit einem Wort – ich gehöre ins Gefängnis, und statt dessen sitze ich da und lasse mir Komplimente machen. Die Leute sprechen mich mit »Exzellenz« an, mich, einen Hochverräter! Ach, und ich weiß nicht, was ich beginnen soll!

Ihre Exzellenz die Frau Minister rechnete damit, daß, wenn der König die Demission ihres Gatten nicht annahm, die volle Ministerpension und vielleicht sogar eine besondere materielle Anerkennung von seiten des Königs zu erwarten sei. Als ihr der Herr Minister neuerlich seine Zweifel zu sagen wagte, rührte sie deshalb fast der Schlag.

Als sich ihr Mann keinen Rat wußte, war auch sie selbst mit ihrer Weisheit am Ende. Was sollte sie tun? Schließlich fiel ihr ein: Wozu gibt es eigentlich Psychiater auf der Welt? Dieser Gedanke rettete sie. Ja, die Psychiater mußten helfen. Nach allem war ihr Mann nicht normal. Der Arme! Infolge der schweren Regierungssorgen hatte er eine seelische Störung erlitten. Dann war die Ministerpension gerettet, die Dankbarkeit des Königs gesichert, mit einem Wort – alles!

Und so wurde denn ein Konzilium der ersten Psychiater des Reiches einberufen.

Ihre Exzellenz wartete gespannt, wie die Dinge ausfallen würden. Und sie fielen gut aus.

»Ist er also wirklich nicht normal?« fragte sie.

Die Ärzte zuckten die Achseln. »Als Mensch könnte und müßte er als normal angesehen werden. Als Minister aber ist er wirklich abnormal.«

»Und ist das sicher?«

»Natürlich! Hat es denn auf der Welt schon jemals einen Minister gegeben, und wäre er noch so dumm gewesen, der sich als unfähig zur Wahrnehmung seines Amtes bezeichnet hätte?« antworteten die Ärzte einstimmig.

Der Herr Minister endete also im Irrenhaus.

Ein solch tragisches Geschick ereilte mithin den ersten ordentlichen Minister in jenem Königreich hinter den sieben Bächen und den sieben Bergen.

Der Roman des Herrn Chocholka von der Lebensmittelakzise

Herr Chocholka, Beamter der Lebensmittelakzise, der Zollstelle an der Stadtgrenze von Prag, war ein äußerst gewissenhafter Mensch. Im Amtsverkehr kannte er kein Erbarmen. Wenn er eine verdächtige Person zur Schreibstube brachte, weil sie etwas über die Akzisegrenze schmuggeln wollte, glänzten seine blauen Augen vor Freude und voll Begeisterung über den Erfolg seines Amtseifers.

Ihm entging nichts. In der Straßenbahn, die über die Stadtgrenze fuhr, bedachte er die Fahrgäste mit einem Blick, der so fürchterlich und mißtrauisch war, daß selbst Menschen, die gar nichts mitführten, vor Verlegenheit rot wurden und sich wie die größten Verbrecher vorkamen.

Mit Tigerblick schaute er unter die Sitze, und wenn er dort ein Paket fand, das die erschrockenen Fahrgäste hinter ihren Beinen zu verstecken suchten, zog er es mit triumphierender Miene hervor und durchbohrte die überführte Person mit seinen Blikken. Höhnisch klang seine Stimme, wenn er dann fragte: »Ha, und was ist das?«

Diese Worte wurden in einem so furchterregenden Ton hervorgestoßen, daß die Überraschten ihr Unrecht zugaben und die Dinge nannten, die dem Lebensmittelzoll unterlagen. Wollten sie sich aber herausreden, sie hätten darin nichts als Wäsche, zitterte ihnen, wenn es nicht stimmte, die Stimme – und sie waren verloren. Chocholka brachte sie dann zur Schreibstube der Akzise. Dabei warf er sich stolz in die Brust.

Und er siegte, auch wenn sich die Frauen über das allzu vertrauliche Abtasten ihrer Mäntel beschwerten. »Dem Reinen ist alles rein«, sagte sich dieser tapfere Mann, »versuchst du aber, eine Gans durchzuschmuggeln, dann gnade dir Gott!«

Ohne auf die Tränen der Dienstmädchen zu achten, denen ihre Arbeitgeberinnen aufgetragen hatten, dieses oder jenes über die Akziselinie zu bringen, führte er sie in die Baracke.

Unerbittlich war er gegenüber dem verlegenen Lächeln der Damen, die er an der Grenze stellte und die mit verdächtigem Lächeln flüsterten, sie hätten nichts in der Tasche. Mit energischem Griff öffnete er das Schloß, bohrte seinen Blick in die Tasche, dann griff er mit der Hand zu und trommelte siegesgewiß sein schreckliches Wort: »Ha, und was ist das da?«

Wieder brachte er sein geknicktes Opfer in die Schreibstube, die schon so viele Klagen der Übertreter des Gesetzes über den Lebensmittelzoll gehört und so viele weinende Frauen aller möglichen Stände gesehen hatte, die sich gerade in dieser Hinsicht durch Raffinesse auszeichneten.

»Die Weiber sind allesamt Schlangen«, sagte Herr Chocholka, »selbst eine noch so bieder erscheinende Frau will die Akzise betrügen. Da schaut sie wie ein Engel aus, und dabei hat sie unter ihrem Rock Rebhühner versteckt!«

So wurde Herr Chocholka im Laufe der Zeit ein erbitterter Weiberfeind.

Die Reize der Frauen vermochten ihn nicht zu fesseln. Ein üppiger Busen erweckte in ihm nur den Verdacht, daß unter der Bluse Hühner über die Grenze gebracht werden sollten, und ein Blick auf breite Hüften ließ in ihm die Erinnerung an jene Schöne wach werden, die unter dem Deckmantel verführerischer Formen fünf Kilogramm Fleisch und ein Kilogramm Schmalz nach Prag schmuggeln wollte. »Ich faßte sie um die Hüften«, erzählte Herr Chocholka gern, »und schon wußte ich, wieviel es geschlagen hatte. Das Weibsbild brüllte wie ein Stier, als die alte Fousková sie hinter einer spanischen Wand auszog. Sie war Lehrerin. Nun mußte sie 20 Kronen Strafe zahlen, und aus war es mit der Schönheit.«

Trotzdem heiratete Herr Chocholka. Das kam so: Eines Tages, als er gerade wieder seinen Dienst am Schlagbaum versah, erblickte er ein junges, rotbackiges Mädchen mit einer großen Tasche in der Hand. Es kam über die Straße auf ihn zu. Noch bevor er fragen konnte: »Was haben Sie denn da?«, sah sie ihn mit ihren schwarzen Augen an und sagte: »Bitte sehr, wo kann ich die Akzise bezahlen? Ich habe einen Hasen und etwas Fleisch.«

Diese einfachen und aufrichtigen Worte rührten das Herz des Herrn Chocholka. So etwas war ihm noch nicht vorgekommen, daß ein weibliches Wesen ihm freiwillig meldete, es habe etwas zu verzollen.

»Da gehen Sie nur dorthin zum Schalter, mein Fräulein«, sagte er sonderbar freundlich, und den ganzen Tag mußte er an das charaktervolle Mädchen denken, an diese absonderliche Erscheinung unter den Frauen. In der Nacht aber erwachte er plötzlich, und es bemächtigte sich seiner das alte Mißtrauen gegenüber dem weiblichen Geschlecht. Welche Frau würde nicht gern die Männer von der Akzise hinters Licht führen? Vielleicht wollte gerade sie ihn in dem Glauben wiegen, bei ihr brauche er keine Angst zu haben, daß sie die Beamten vom Lebensmittelzoll hintergehen wolle, und wenn ihr das gelang, würde sie ihn in einem günstigen Augenblick betrügen, wie es ja das elende weibliche Geschlecht immer tut.

Sobald er aber am nächsten Tag ihr aufrichtiges Gesicht sah, schwand wieder alles Mißtrauen ihr gegenüber, besonders, als sie ihm offenherzig meldete, sie habe ein Kilogramm Zwetschken mit und wisse nicht, ob man dafür Akzise bezahlen müsse. Wie sie ihm ihr gutes Herz öffnete, so öffnete sie auch die Tasche. Als er die Handvoll Zwetschken sah, konnte er sich nicht enthalten und sagte: »Dafür ist nichts zu bezahlen, Fräulein«, und er begann, wobei er von ihr weg- und wieder zu ihr hinlief, so wie die Menschen mit ihren Gepäckstücken und Paketen über die Akziselinie gingen, ihr zu erklären, für welche Waren Zoll zu bezahlen sei, von welcher Menge an, und daß jeder Betrug in dieser Hinsicht streng bestraft werde.

»Lügen ist immer eine Sünde, Fräulein«, sagte er mit Nachdruck, »die schwerste Sünde aber ist es, die Männer von der Akzise zu betrügen!«

An diesem Tage war er gut gelaunt, denn er freute sich darüber, daß er diesem hübschen Mädchen vom Lande alles so gut erklärt und sie damit für die Zukunft vor der Versuchung bewahrt hatte, etwas über die Akziselinie zu schmuggeln, die Behörde zu betrügen.

Für Herrn Chocholka kamen jetzt glückliche Augenblicke, wenn er sie sah und mit ihr sprach. Er erkannte, daß dieses Mädchen einen hervorragenden Charakter hatte, denn sie meldete sofort, was sie mitführte und wieviel, und dieser ihr Charakter änderte sich auch nicht, selbst als sie einmal in einer Flasche ohne Etikett Wein hatte, den sie doch ohne weiteres hätte als Essig deklarieren und damit akzisefrei einführen können.

Schon glaubte er ihr aufs Wort, doch sie hielt ihm trotzdem immer alles unter die Nase, was sie über die Akziselinie brachte. Dieses goldige, ehrliche Mädchen, die einzige ehrliche Frau unter der Sonne!

Ein halbes Jahr lang jauchzte seine Seele ob der entdeckten weiblichen Ehrlichkeit, und dann nahm er sie zur Frau, nachdem er bei mehreren Spaziergängen an den freien Sonntagen erkannt hatte, daß sie die Lüge nicht liebte, die Behörde fürchtete und zu ihm voll Verehrung aufblickte.

Bei der Hochzeit lernte er auch ihre Eltern kennen, ehrliche Menschen vom Lande, die nach der Hochzeit sofort wieder abreisten. Beim Abschied auf dem Bahnhof versprach ihm seine Schwiegermutter, sie werde nach der Ernte einmal nach Prag kommen.

Es war schon recht lange nach der Ernte. Herr Chocholka auf seinem Posten verfolgte mit Adlerblick die Fußgänger, die die Akziselinie überquerten.

Eben kam eine dicke Frau vom Lande in einem weiten Rock auf ihn zu, ein Körbchen am Arm. Es war seine Schwiegermutter.

»Grüß Gott, Frau Mutter«, sagte Herr Chocholka, »willkommen in Prag! Was habt Ihr denn da?«

»Ich bringe euch Brot vom neuen Korn«, sagte die Schwiegermutter und deckte den Korb auf, »eine schöne Gabe Gottes.«

Herr Chocholka verabschiedete sich herzlich von ihr und blickte ihr eine Weile nach.

Dann wurde er plötzlich blaß, und ein fürchterlicher Gedanke schoß ihm durch den Kopf. Seine Schwiegermutter hatte ungewöhnlich breite Hüften.

Mit wenigen Schritten holte er sie ein. »Gestattet, Frau Mutter!« stieß er hervor und begann ihr den Rock abzutasten. »Jesus Maria!« schrie er auf. »Eine Gans, und noch eine Gans!«

»Mitkommen!« sagte er streng und zog die zitternde Schwiegermutter am Arm in die Baracke. Dort zerrte er sie hinter die spanische Wand und rief die alte Fousková herbei: »Ausziehen, diese Hexe vom Land!«

Dann wandte er sich der Frau zu und sagte mit weinender Stimme. »Was habt Ihr mir da angetan, Frau Mutter?« Nun war er wieder der unglückliche Schwiegersohn.

Als die Unaussprechlichen zu Boden fielen und gleich darauf die zwei Gänse zum Vorschein kamen, schluchzte die Frau: »Márinka hat mir geschrieben, ich solle die Gänse bei der Akzise durchschmuggeln.«

»Márinka!« rief der verzweifelte Herr Chocholka, und seine Stimme brach: »Noch heute muß sie aus dem Haus!«

Und der unerbittliche Herr Chocholka, der in diesem Augenblick jedes Vertrauen zu seiner Frau verloren hatte, hielt sein Wort. Er jagte seine verkommene Frau aus dem Hause, und seither tastet er noch strenger als bisher die Mäntel der Frauen und der Dienstmädchen ab, die über die Akziselinie kommen, und mit schrecklicher, noch weit schrecklicherer Stimme brüllt er in jede Straßenbahn: »Haben Sie etwas zu verzollen?«

Der Kreishauptmann von Hořice

Ich weiß nicht, ob ich mit meiner kleinen Geschichte nicht jenen Herrn beleidige. Doch was soll ich machen? Schreibe ich: Der Kreishauptmann von Kolín, von Kuttenberg oder von Budweis, würden sich diese ebenfalls getroffen fühlen. Die Kreishauptleute in Böhmen und Mähren gleichen einander mit kleinen Abweichungen wie die Roßäpfel, nur hat der eine einen größeren Bauch, der andere einen kleineren. Schneiden wir also heute dem Herrn Kreishauptmann von Hořice den Kopf ab!

Der Kreishauptmann von Hořice sagte eines Abends leichthin zu seinem Konzipisten: »Apropos, morgen vormittag um zehn Uhr soll der Redakteur unseres Lokalblattes bei mir sein!«

In der Nacht holten also Gendarmen den Redakteur aus dem warmen Bett und brachten ihn auf die Gendarmeriestation. Pünktlich um zehn Uhr lieferten sie ihn auf der Kreishauptmannschaft ein.

Der arme Herr Redakteur mußte seine rutschende Hose halten, denn man hatte ihm die Hosenträger abgenommen, um zu verhindern, daß er sich erhänge. Er trug auch keinen Kragen; in der Nacht hatte man ihm nicht gestattet, sich einen umzubinden. Der Redakteur war außer sich und machte den Eindruck eines Gehenkten. Der Kreishauptmann stand vor ihm wie die verkörperte Gewalt, reckte sich zur ganzen Größe seiner Majestät auf und blickte mit großer Strenge auf diesen Erdenwurm von einem Redakteur herab.

Mein Gott, dachte der Redakteur bei einem Blick auf den ungeheueren Bauch des Kreishauptmanns, der die Uniform mit den glänzenden Knöpfen fast zu sprengen drohte, wenn er auf mich losstürzt und mich mit seinem Bauch gegen die Wand drückt, zerquetscht er mich wie Quark!

Der Kreishauptmann durchbohrte mit seinen Blicken den Redakteur, der fühlte, daß diese Blicke soviel bedeuteten wie: »Ich habe dich in meiner Gewalt, du Wurm! Wenn ich will, drücke ich dir die Kehle ab, ich habe die Macht dazu!«

Es war ein Kampf zweier Welten. Der Kampf der Behörde mit einem Nichts im Kosmos. Der Kampf eines Elefanten mit einer Wanze.

Ja, das war das richtige Wort, das der Herr Kreishauptmann so lange gesucht hatte! Nun donnerte er in die Grabesstille: »Sie sind eine Wanze, Herr Redakteur! Was haben Sie letzthin wieder in Ihrer Rubrik ›Ratschläge und Winke für Landwirte und Hausfrauen‹ geschrieben? Das Verzeichnis vortrefflicher Obstsorten ist Ihnen wirklich hervorragend gelungen! Von Apfelsorten empfehlen Sie die Goldparmäne und schreiben, in Frankreich heiße sie Reine des Reinettes. Dann propagieren Sie die Äpfel Belle de Boscop und Fondante de Bois, schließlich die amerikanische Idaho-Birne und die englische Birne Wilder early. Das ist Hochverrat! Warum empfehlen Sie die französische Riesenpflaume? Wir wissen Bescheid, Herr Redakteur! Sie rühmen die große grüne Washington-Reineclaude, die aus Amerika stammt. Es ist auffallend, wie Sie die heimischen Sorten übergehen. Warum schreiben Sie nicht, daß der Tiroler Apfel ein guter Apfel ist? Weil Sie denken, die Tiroler können Ihnen den Buckel herunterrutschen. Weil es sich dabei um einen Volksstamm handelt, der bereit ist, für unseren allergnädigsten Kaiser sein Leben zu opfern. Warum empfehlen Sie nicht den Kasseler Königsapfel? Weil Sie wissen, daß Kassel eine Stadt in Deutschland ist, und weil Sie wünschen, unsere deutschen Verbündeten sollen den Krieg verlieren. Und den Gravensteiner Apfel ignorieren Sie, weil die Gravensteiner Husaren den Wahlspruch haben: ›Für Gott, Kaiser und Vaterland!‹ Natürlich gefällt Ihnen die Graf-Althan-Pflaume nicht, denn Graf Althan war ja ein österreichischer General, also einer von denen, die Sie am liebsten zum Teufel wünschen. Ich wiederhole: Sie empfehlen die französische Riesenpflaume, französische Äpfel, englische Birnen und amerikanische Zwetschken, damit die Leute ununterbrochen daran denken, wann wohl Frankreich, Amerika und England endlich Deutschland und Österreich schlagen. Oder lesen Sie nur einmal aufmerksam Ihren Artikel: ›Für welchen Boden eignen sich die verschiedenen Gerstensorten?‹ Da schreiben Sie, für die Erde in Böhmen sei am besten die französische Chevaliergerste. Also wieder: Tschechen und Franzosen! Das verstehen wir sehr gut, und das lesen auch alle aus Ihrem Artikel heraus. In Ihrem Aufsatz ›Winke für die Blumenzüchter‹ empfehlen Sie rote, blaue und weiße Pelargonien – also die verbotene panslawische Trikolore! Und in dem Artikel ›Ein ausgezeichnetes Düngemittel für Kartoffeln ist Chilesalpeter‹ wollen Sie Österreich um den wichtigsten Bestandteil des Schießpulvers bringen: ›Auf schweren Böden kann man Chilesalpeter bei der Kartoffelaussaat unmittelbar in die Furchen schütten.‹ Wir werden Ihnen etwas säen! Mit Ihnen werden wir schon fertig! Glauben Sie nur ja nicht, daß wir nicht die Hinterhältigkeit des folgenden Satzes durchschauen: ›Angefrorenes Obst muß rasch verbraucht werden, denn es verfällt leicht der Fäulnis und dem Verschimmeln.‹ Wir verstehen schon, wen Sie bei diesem angefrorenen Obst im Auge haben. Sie untergraben die staatliche Autorität, Herr Redakteur! Welche Wirkung Ihre Artikel haben, zeigt folgende Zuschrift des Gendarmeriewachtmeisters aus Vodáneč:

Ich erlaube mir, die löbliche k. u. k. Kreishauptmannschaft auf folgenden Artikel in der in Hořice erscheinenden Zeitung aufmerksam zu machen: ›Die Verwendung von Alaun‹. In besagtem Artikel heißt es: ›Manchmal setzt sich an den Johannis- und an den Stachelbeersträuchern eine große Zahl kleiner Raupen an, die innerhalb weniger Tage alle Blätter und Früchte auffressen.‹ In den jetzigen schweren Zeiten ist ein solcher Satz imstande, in unserer Obstgegend eine Panik hervorzurufen, und ich vermute, daß dabei gewisse politische Ziele verfolgt werden. In derselben Nummer findet sich eine Bemerkung über das Reinigen gelber

Wäsche und gleich darunter: ›Über die Herstellung schwarzer Tinte‹.

Diese beiden Farben stechen jedem sofort in die Augen, was geeignet ist, die schwarzgelbe Fahne unserer Monarchie in einem lächerlichen Licht erscheinen zu lassen. Die Zeitung läßt überhaupt jegliche patriotische und loyale Gesinnung vermissen. In dem Artikel ›Nasses Schuhwerk‹ steht der Satz: ›Zieht man nasse Schuhe aus, ist es am besten, sie mit trockenem Hafer anzufüllen.‹ Ich gestatte mir, darauf aufmerksam zu machen, daß dies eine direkte Aufforderung zur Umgehung der Haferrequisition darstellt.

Sehen Sie, Herr Redakteur, so stehen die Dinge! Sie erkennen wohl selbst, wohin das führt!«

Der Kreishauptmann verstummte und blickte den nichtswürdigen Redakteur durchdringend an. Es war ein so bewegter Augenblick, wie wenn sich ein Elefant anschickt, im nächsten Moment einen armseligen Käfer zu zertreten.

Doch der Elefant wandte sich ab. Der Kreishauptmann öffnete die Schublade seines Schreibtisches, drückte dem verdutzten Redakteur einen Stoß von Manuskriptblättern in die Hand und verkündete feierlich: »Patriotisches Empfinden und Loyalität müssen alle Ihre Artikel wie ein roter Faden durchziehen. Ich habe hier einige Ratschläge und Winke für die Landwirte und Hausfrauen in patriotischem Geiste zusammengestellt. Die müssen in der nächsten Nummer erscheinen! Sie sind entlassen!«

Als der Redakteur diesen bedeutungsvollen Beitrag durchblätterte, las er:

Ein billiger Wetterprophet. Wir hängen eine Ansichtskarte mit dem Bild unseres allergnädigsten Monarchen an die Wand. Dann schlagen wir dem Monarchen einen Nagel durch die Stirn, befestigen an dem Nagel einen kurzen Faden und an dessen Ende ein schwarzgelb gefärbtes leichtes Büschel aus Hühner- oder Gänsefedern. Mit einem Bleistift zeichnen wir auf der Ansichtskarte an, wie weit das Federbüschel reicht. Wenn sich das Wetter aufheitert, steigt das Büschel bis zur Nase Seiner Majestät empor. Neigt das Wetter zu Regen, senkt es sich.

Billiges Pfropfwasser bereitet man aus 50 g Fichtenharz und 250 g zerlassenem Rindertalg. Der Lösung werden 26 g Terpentin beigemischt und das Ganze so lange gerührt, bis man zweimal hintereinander die österreichische Hymne gesungen hat.

Um das Sauerwerden der Milch im Sommer zu verhindern, lege man ein Blatt wilden Meerrettich hinein und bringe ein dreifaches Hoch auf unseren geliebten Monarchen aus.

Als der Redakteur das gelesen hatte, nahm er einen gelben Strick und erhängte sich im schwarzen Schornstein.

Luftfahrt in Böhmen

Welche Ansichten kann ein Kreishauptmann über die Luftfahrt haben? Das läßt sich schwer sagen. Uns allen, die wir letzten Endes froh sind, daß wir einen Menschen haben, der uns nicht unnötig zu einer Flugvorführung hinauslockt, ist nur soviel klar, daß die Behörden bisher die Flugvorführung nicht verboten haben.

Als die Kreishauptmannschaft im Jahre 1893 für das gesamte Kreisgebiet das Fußballspielen verbot, gab sie gewiß einen wertvollen Beweis dafür, daß sich die Ministerialverordnung Nr. 198 G. Bl. vom 30. September 1857 sehr gut gegen Leute anwenden läßt, die sich etwas ausdenken, was den Vertretern der löblichen Behörden nicht in den Kopf will.

In diesem Jahre war es wiederum die Kreishauptmannschaft, die dem Ingenieur Kašpar beinahe verboten hätte, in Lysá an der Elbe zu fliegen.

Und das ist ganz richtig. Wer fliegt, tut etwas, was im Jahre 1857, als unter der bereits erwähnten Nr. 198 vom September 1857 das Verkehrsgesetz erlassen wurde, undenkbar war. Damit verstößt er gegen die Bestimmungen des Buchstaben a), und zwar aus folgenden Gründen: Es handelt sich um eine Bewegung in unvorstellbaren Grenzen, nämlich einen Verkehr mit Hilfe ungewöhnlicher Fahrzeuge, die nicht die Fähigkeit haben, sich auf Straßen innerhalb vorgeschriebener Grenzen zu bewegen.

Hier kommt es also lediglich auf das Gutachten an: Erkennen die löblichen Behörden, es sei nicht möglich, daß ein Mensch fliegt, so kann niemand etwas dagegen tun. In der für die österreichischen Länder gültigen Verkehrsordnung steht nichts vom Fliegen.

Der Fall ist analog jenem Vorgang vom Jahre 1812, als in London ein Verrückter behauptete, man könne mit Gas leuchten. Die Behörden brachten ihn hinter Schloß und Riegel, denn damals war in der Beleuchtungsordnung für London kein Wort von der Beleuchtung mit Leuchtgas enthalten.

Wäre Henri Farman mit seiner Erfindung eines Doppeldeckers angekommen, so hätten ihn die Behörden wegen Täuschung verfolgt. Und das mit Recht, denn was bedeutet die Täuschung von Behörden? Der Tatbestand einer Behördentäuschung ist gegeben, wenn jemand so handelt, daß er die Behörde ins Unrecht setzt. Ins Unrecht setzen aber kann man eine Behörde, wenn man gegen das Gutachten einer Behörde handelt.

Wenn also eine Behörde feststellt, es sei nicht möglich, daß sich jemand mit Hilfe eines geistreich konstruierten Gerätes in die Luft erhebt, und er es trotzdem tut, so ist das eine Behördentäuschung höchsten Grades. Und wenn der Kreishauptmann erklärt: »Das ist nicht möglich, mag er sagen, was er will, ich glaube einfach nicht, daß ein Mensch fliegen kann!«, so sind diese Worte unbedingt richtungsweisend auch für das weitere Verhalten der Flieger.

Für diese Angelegenheit bedarf es einer Sonderkommission, die nach Rücksprache mit dem Kreishauptmann ihr Gutachten abgibt, ob man fliegen kann oder nicht. Es sind sehr wichtige Rechtsfindungen dieser Kommissionen, die über die Genehmigung einer Flugvorführung zu befinden haben.

Aber man braucht sich nicht zu wundern. In der Umgebung von Alt-Bunzlau lebten die Behörden bisher in absoluter Ruhe. Von einem Kreishauptmann kann schließlich niemand verlangen, daß er selbst ein Flugzeug konstruiert. Und das tut auch keiner. Niemand erwartet von ehrlichen Staatsbeamten, die im Laufe vieler Jahre, in denen es noch keine Flugzeuge gab, im Dienst ergraut sind, daß sie mit Flugvorführungen beginnen und sich volle fünf Minuten in einer Höhe von mindestens dreißig Metern in der Luft halten. Ich glaube auch, es ist keinem dieser Staatsbeamten je eingefallen, vor Tausenden und aber Tausenden Zuschauern mit einem solch wunderbaren Apparat aufzusteigen, Kurven zu beschreiben und aus luftiger Höhe wieder an die Abflugstelle zurückzukehren. Ich glaube, das würde für sie das Ende ihrer Karriere bedeuten, wenigstens in Böhmen.

Bei uns dürfen die Behörden die Luftfahrt schon deshalb nicht unterstützen, weil die Propeller die politische Atmosphäre aufwirbeln könnten.

Freilich, die amtlichen Kommissionen, die überprüfen, ob man fliegen kann, denken bei ihren Gutachten vorläufig noch nicht an Politik. Sie richten sich nur nach den neuesten amtlichen Anordnungen, und die besagen:

§ 1 Wer fliegen will, muß durch ein Zeugnis belegen, daß er unbescholten ist, muß seine Muttersprache angeben, einen Impfschein beibringen und Kenntnis der deutschen Sprache nachweisen.
§ 2 Der Flugplatz muß so breit sein, daß die Gendarmerie aus dem ganzen Kreisgebiet ringsum postiert werden kann.
§ 3 Hinsichtlich der eigentlichen fliegerischen Leistung ist ein Gutachten des Kreishauptmanns erforderlich, bis zu welcher Höhe sich der Flieger erheben darf.
§ 4 Das Publikum muß auf Verlangen der Behörden bereitwillig mithelfen, den Flieger aus der Luft herunterzuholen, falls er die von der Kreishauptmannschaft bewilligte Höhe überschreitet.
§ 5 Der Flieger muß durch Handschlag den Vertretern der Behörden beim Probeflug geloben, auf amtliche Aufforderung hin unverzüglich zu landen. Falls er dies nicht tut, wird er wegen Meineid belangt.
§ 6 Falls es die Kreishauptmannschaft für gut erachtet, kann sie die Flugvorführung lediglich zu ebener Erde gestatten.

Armer Flieger, Ingenieur Kašpar! So ein lieber, bescheidener Mensch, der ohne jegliche Reklame sein Gelöbnis hält und durch seine meisterlichen Leistungen die Zuschauer begeistert! Wie traurig ist es, wenn ihm die Behörden die Flügel stutzen. Und so wünschen wir ihm auf seiner Fliegerlaufbahn bessere Kreishauptleute und bessere Kommissionen, als er sie in Lysá an der Elbe gefunden hat.

Der Praktikant Žemla

Seit Jan Žemla in den Staatsdienst getreten war, hatte er nur den einen Wunsch: die Gunst des Herrn Präsidenten zu erlangen.

Für einen jungen begabten Mann ist es gewiß nicht leicht, sich in einer Behörde durchzusetzen. So war es kein Wunder, daß der Praktikant Žemla eines Tages voll Schrecken feststellen mußte, daß ihm sein Vorhaben bisher nicht gelungen war.

Und doch wollte Jan Žemla dem Staate nützlich sein, der ihn mit zweiundsechzig Kronen monatlich ernährte. Als braver Staatsbürger murrte er jedoch nicht.

So vergingen zwei Jahre, und er hatte es nicht mehr weit zum »wirklichen Praktikanten«. Dann würde er zwar nur ein Gehalt von fünfzig Kronen haben, also zwölf Kronen weniger als jetzt als »unwirklicher Praktikant«, dafür aber das Recht, den Titel eines »wirklichen Praktikanten« zu führen, wodurch ihm zugesichert war, daß er bei guter Führung eines Tages mit einer definitiven Anstellung rechnen durfte.

»Wirklicher Praktikant« mußte er fünf Jahre sein. Dann würde sich ihm plötzlich das Tor zum Paradies öffnen. Er könnte schwören! Er dürfte den Diensteid ablegen und würde »vereidigter wirklicher Praktikant erster Stufe« werden.

Spielend vergingen dann weitere drei Jahre. Nach

dieser Zeit würde er »vereidigter wirklicher Praktikant erster Stufe mit vierteljährlicher Kündigung«.

Nach Ablauf der folgenden zwei Jahre würde er sodann »nicht definitiver Aspirant« und somit Anwärter auf die Stelle eines »wirklichen Aspiranten«. Er würde dann gerade in den Jahren sein, in denen bei einem normalen Sterblichen die Weisheitszähne schlecht zu werden beginnen.

Dann aber... dann... Seine Phantasie kannte keine Grenzen. In Gedanken durchlief er bereits alle Stufen der Besoldungsklassen.

»Herr Žemla«, sagte da der Offizial Makula zu ihm, »Sie starren ja dauernd zur Decke! Sie tun ja ganz so, als wären Sie der Herr Präsident.«

Von diesem Tage stammt die erste Eintragung im »Schwarzen Buch« des Praktikanten Žemla: »Der Offizial Makula sagte vom Herrn Präsidenten, er tue nichts anderes, als zur Decke starren.«

Das war kein schlechter Einfall mit diesem Schwarzen Buch! Obwohl Žemla ein geduldiger Mensch war, hatte er doch erkannt, daß es auch noch andere Wege zur endlichen Ernennung zum »definitiven Aspiranten mit vierteljährlicher Kündigung« geben müßte.

Der Staat war der Brotgeber. Aber wenn man in eine solche Behörde Einblick nimmt, erkennt man, daß gerade die am besten gefütterten und genährten Menschen am meisten auf ihren Brotgeber, den Staat und seine Vertreter im Amte, schimpfen.

Eines Tages, als Jan Žemla gerade über den Übermut der Untergebenen nachdachte, war in seiner ehrlichen Seele der Gedanke aufgekeimt, ein Schwarzes Buch anzulegen, ein Buch über die Sünden des Personals, ein Buch, in dem alle bösen Taten und Handlungen seiner Kollegen im Amte, alle schlechten Gedanken, Grimassen und Gesten verzeichnet werden sollten, all das, was man als Aufruhr, Geheimbündelei und als üble Nachrede gegenüber dem Herrn Präsidenten, dem Vertreter seines Brotgebers und des Brotgebers aller jener, bezeichnen konnte, die heimtückischerweise nicht das Lied dessen sangen, dessen Brot sie aßen.

In diesem Buche sollte also alles vermerkt werden. Jeder Praktikant, Diener, Aspirant, ob definitiv oder nicht definitiv, Adjunkt und Offizial würde darin seine Rubrik haben.

Zeitlebens hatte Praktikant Žemla nie so viel Mühe auf eine Arbeit verwandt wie nun auf die sorgfältige Ausfüllung aller dieser Rubriken in seinem Schwarzen Buch.

Wie schon erwähnt, galt die erste Eintragung Offizial Makula. Sie lautete:

Name: Offizial Makula
Tag: 14. März
Tat: Er erklärte, der Herr Präsident tue nichts anderes, als zur Decke starren.
Eindruck auf das übrige Personal: schlecht, alle lachten, nur der nicht definitive Praktikant Žemla verzog keine Miene.

»Warte nur, mein Freund Makula!« dachte Žemla bei sich. »Das hast du davon, daß du zwar selbst rauchst, mir aber das Rauchen in der Öffentlichkeit nicht gestattest!«

In dem Schwarzen Buch wuchsen die Bemerkungen, die ein schlechtes Licht auf die Disziplin in der Behörde warfen, erfreulich an:

Der wirkliche Praktikant mit vierteljährlicher Kündigung Jurajda sagte am 21. März: »Hier ist ja das reinste Narrenhaus!« Alle stimmten zu, nur Žemla ging auf den Flur.

Der Diener Karas erklärte am 21. März mit gedämpfter Stimme: »Dies ist ein Platz für Esel!« Wenn das den anderen zu Ohren gekommen wäre, hätte es einen schlechten Eindruck gemacht, und viele hätten gelacht. Der Praktikant Žemla ermahnte aber den Diener Karas: »Sie sind noch nicht definitiv angestellt, denken Sie daran, was Sie sagen!«

Am 22. März sagte der Aspirant Klučina: »Der Herr Präsident ist ein Ochse!« Alle stimmten zu, nur der Praktikant Žemla sagte kein Wort und vertiefte sich in seine Arbeit.

Am gleichen Tage sprach der Herr Oberoffizial Heller unehrerbietig über die Gattin des Herrn Präsidenten: »Ich habe diese alte Schraube mit unserem Alten im Auto gesehen. Der wäre auch froh, wenn der Fahrer in einen Teich führe. Dann würden er und der Fahrer sich retten.« Das machte auf Jan Žemla, der immer noch nicht definitiver Praktikant war, einen niederschmetternden Eindruck. Am meisten lachten der Diener Bilek und der Konzipist Biner. Offizial Makula sagte: »Bitte Ruhe, mir tut schon der Bauch vom Lachen weh!«

23. März: Die Praktikanten Kander und Šeba unterhielten sich miteinander. Šeba machte laut abfällige Bemerkungen über den ganzen Behördenapparat. Es war etwas so Schreckliches, daß sich der noch immer nicht definitive Praktikant Jan Žemla die Ohren zuhielt, um die folgenden Worte nicht zu vernehmen: »In der Behörde verliert man die jungen Jahre, bevor man das ersehnte Ziel erreicht...«

»Sie haben recht«, sagte darauf Praktikant Kander, »hier kann man nichts, als die Menschen ausnützen, und dabei sind die hohen Herren alle Esel.«

Bei diesen Worten räusperte sich der Praktikant Jan Žemla und meinte: »Hier ist es aber heiß!« Darauf sagten beide laut: »Der Herr Präsident würde es verdienen, daß man ihm gründlich einheizt.«

24. März: An diesem Tage hatte der Praktikant Žemla einen Streit mit einem Menschen aus dem Amt. Dieser Mensch ist nur ein Diener, hat zwei Kinder und noch keine definitive Anstellung. Trotzdem erlaubte er sich folgende Bemerkung: »Der Herr Präsident bildet sich ein, die Weisheit mit dem Löffel gefressen zu haben, dabei ist er ein rechter Trottel. Heute hat er mich nach Prager Salami geschickt und weiß gar nicht, daß er Wurst von Karabec gegessen hat.« Als der nicht definitive Praktikant Jan Žemla fragte, was das Wort »Karabec«

bedeute, wurde ihm gesagt, das sei eine bekannte Roßschlächterei. Daraufhin verließ Jan Žemla augenblicklich die Kanzlei, um nicht den allgemeinen Heiterkeitsausbruch mit anhören zu müssen. Hinter der Tür hörte er den Adjunkten Klazar am lautesten lachen und ausrufen: »Da weiß dieser Trottel nicht einmal, was er frißt!«

25. März: Offizial Peška machte schlechte Witze und äffte den Herrn Präsidenten nach, wobei er seine Redeweise und seine Gesten nachahmte. Er machte eine lächerliche Figur und sagte: »Äh, äh, äh, meine Herren, ja, ja, ja, es freut mich, daß Sie arbeiten. Ja, ja, ja, immer tüchtig sein!« Nach diesen Worten ergab sich eine allgemeine Heiterkeit, an der sich jedoch der nicht definitive Praktikant Žemla nicht beteiligte, weil er an diesem Tage wie immer eifrig mit der ihm übertragenen Arbeit beschäftigt war, um sie rechtzeitig fertig zu haben und keine »Reste« übrigzubehalten wie andere Herren in dieser Abteilung, die direkt aus Nachtcafés und anderen Lokalen, in denen sie bestimmt kein anständiges Wort hören, zum Dienst kommen.

26. März: An diesem Tage kam der Oberoffizial Koudelka von der Abteilung fünf zu uns und sagte zu unserem Oberoffizial so laut, daß wir es alle hörten: »Es ist doch wahr! Der Herr Präsident hält ein Fräulein aus. Gestern begegnete ich ihm zufällig, als er mit ihr in eine Kutsche stieg. Wenn das publik würde, gäbe es einen großen Skandal . . .«

Am nächsten Tag »verlor« der Praktikant Žemla sein Schwarzes Buch in der Kanzlei des Herrn Präsidenten . . .

»Herr Žemla, sofort zum Herrn Präsidenten!« ertönte es zwei Stunden später aus dem Telefon.

Hocherfreut eilte Herr Žemla zur Kanzlei des Präsidenten, wo er ganz außer Atem ankam. Endlich! Ihm winkten Belohnung und Aufstieg.

»Herr Žemla«, sagte der Herr Präsident, »was Sie da geschrieben haben, ist ja alles ganz hübsch, bis auf das letzte! Mensch, so etwas machen Sie während der Amtsstunden? Sie sind fristlos aus dem Staatsdienst entlassen. Damit haben Sie sich Ihre Karriere verscherzt. So etwas zu schreiben, statt amtliche Schriftstücke auszufertigen! Kerl, verschwinden Sie, aber augenblicklich . . . !«

Die Korruptionsaffäre des Magistratspraktikanten Bachůra

Der Magistratspraktikant Bachůra war ein junger, unerfahrener Mann, der noch nicht wußte, daß für Menschen seines Schlages beim Magistrat tausenderlei Gefahren lauern und daß es eines festen Charakters bedarf, wenn ein Praktikant nicht unterliegen und in eine Korruptionsaffäre verwickelt werden will. Mit seinen Vorgesetzten oder auch ohne sie.

Der Magistratspraktikant Bachůra wußte nicht, daß die Hydra Mammon nur darauf lauert, die zarten Seelen der Magistratspraktikanten zu verschlingen, so wie sie bereits manches graue Haupt eines Stadtverordneten verschlungen hat.

Keine der großen Korruptionsaffären im Rathaus, die die öffentliche Meinung erregten, läßt sich jedoch auch nur im entferntesten mit der Affäre des Praktikanten Bachůra vergleichen.

Heute irrt der korrumpierte Bachůra wie einst Judas durch die Welt, denn er hat die reine Fahne des Rathauses in den Schmutz gezerrt, ja sogar sie selbst befleckt.

Um in die ganze unangenehme Geschichte einzudringen, müssen wir bei der Prager Kleinseite beginnen.

Auf der Kleinseite befindet sich im Wirrsal altertümlicher Gäßchen das Gasthaus des Herrn Šedivý.

Dieser Herr Šedivý war einer jener altväterischen Menschen, die den Gesundheitsvorschriften des Magistrats keine Beachtung schenkten und die Ventilationsrohre vielleicht jahrzehntelang im Pissoir münden ließen.

Die Gäste beschwerten sich niemals, denn das Bier war gut, und im Pissoir war es ohnehin ständig dunkel.

Dieses Pissoir, das in der Korruptionsaffäre des Praktikanten Bachůra eine wichtige Rolle spielt, besaß kein Fenster zum Lichtschacht, ja überhaupt keine Öffnung, die wenigstens einen Strahl Tageslicht in das Innere des traurigen, feuchten Raumes eingelassen hätte, um diesen düstren Ort lichter und heiterer zu machen.

Diejenigen aber, die das Gasthaus aufsuchten, um hier ihr Bier zu trinken, waren durchaus zufrieden. Die konservative Kleinseite protestierte in ihrer steinernen Erstarrung nicht dagegen.

Aber es kam eine Zeit, in der das moderne zivilisierte Leben nach dem Pissoir des Herrn Šedivý griff. Eine Baukommission stellte die beiden fürchterlichen Dinge fest: die in das Pissoir mündenden Ventilationsrohre (was sofort der Gesundheitskommission gemeldet wurde) und das unbeleuchtete Pissoir ohne eine ins Freie führende Öffnung.

Und so geschah es, daß der Magistratspraktikant Bachůra als Schriftführer der Baukommission die Bekanntschaft des Herrn Šedivý machte.

Mit einem vernichtenden Blick verfolgte er alle

Bewegungen des Gastwirts, der fest und kampflustig erklärte, die ganze löbliche Kommission sei noch nicht auf der Welt gewesen, als man in diesem Pissoir bereits seine Notdurft verrichtete, und es sei auch gegangen; dazu brauche man kein Licht. Wenn eine Abflußrinne vorhanden sei, genüge das vollkommen. Der Raum habe ja eine Tür; das sei eine genügend große Öffnung, um Luft einzulassen.

»Mäßigen Sie sich!« sagte man ihm. »Damit Sie sich nicht noch eine Beamtenbeleidigung zuziehen! Glauben Sie denn, es ist ein Vergnügen, von einem Pissoir zum andern zu gehen?«

Dann wurde ihm aufgetragen, die Mauer durchbrechen und in das Pissoir ein Fenster einsetzen zu lassen. Da es sich jedoch um eine bauliche Veränderung eines gastgewerblich genutzten Raumes handle, müsse er einen Bauplan sowie ein Gesuch einreichen, die Wand durchbrechen zu dürfen.

Das war am Vormittag. Am Nachmittag kam die Gesundheitskommission und ordnete an, die Entlüftungsrohre durch die neuzuschaffende Öffnung in den Lichtschacht zu führen.

Herrn Šedivý drehte sich der Kopf. Da sollte also die Mauer durchbrochen werden, so war es angeordnet. Zuerst aber mußte er einen Plan vorlegen und um die Bewilligung nachsuchen, die Mauer durchbrechen zu dürfen. Und nun sollte er, angeblich aus Gesundheitsrücksichten, auch noch die Ventilationsrohre in den Lichtschacht leiten, in den doch die Fenster aller Aborte aus dem ganzen Hause führten.

Nach einer schlaflosen Nacht ging er zu einem Maurermeister und bat ihn, einen Plan für den Fensterdurchbruch zu entwerfen. Hierauf ließ er durch einen Schreiber, der gewerbsmäßig Behördengesuche verfaßte, ein Gesuch einreichen, der hochwohllöbliche Magistrat möge die das Pissoir betreffenden Pläne binnen kürzester Frist genehmigen und die Durchbrechung der Mauer zwecks Anbringung eines Fensters gestatten, wofür er gelobe, sich durch gutes Betragen im Alter dankbar zu erweisen.

Es vergingen drei Wochen, und das Gesuch war noch immer nicht erledigt.

Herr Šedivý begab sich also zum Magistrat, um die Angelegenheit zu beschleunigen.

Im Baureferat traf er nur den Praktikanten Bachůra an, denn die anderen saßen seit neun Uhr im gegenüberliegenden Gasthaus beim Frühstück. Jetzt war es gerade zwölf Uhr.

»Was wünschen Sie?« fragte der Praktikant Bachůra.

»Junger Herr, wissen Sie, ich komme wegen meines Pissoirs, wegen Šedivýs Pissoir auf der Kleinseite. Sie erinnern sich doch?«

»Ja, ich entsinne mich«, erwiderte Bachůra feierlich, »ich glaube jedenfalls, mich zu entsinnen. Und was wollen Sie eigentlich?«

»Es sind nun schon drei Wochen vergangen, seit ich mein Gesuch eingereicht habe, und es würde nicht schaden, die Sache zu beschleunigen. Meine Gäste freuen sich schon wie die kleinen Kinder auf das Fenster, bei uns geschieht nämlich nie etwas, und das ist ein Ereignis.«

Bachůra wußte, daß das Gesuch längst erledigt war und in einem Fach lag. Man brauchte es nur noch zu expedieren. Aber der Bürovorsteher hatte zu ihm gesagt: »Schicken Sie es noch nicht ab! Soll dieser Kerl von einem Gastwirt warten! Der Magistrat muß solche Leute fest an der Kandare halten.«

Bachůra schwieg eine Weile und sagte dann mit ernster Miene: »Nun, wir werden sehen, was sich machen läßt.«

Etwa eine Woche nach diesem Besuch ging Bachůra privat über den Franzenskai. Er hatte dort nämlich ein Stelldichein mit einem Fräulein, das froh war, einen Herrn vom Magistrat gefunden zu haben.

Es war ein schöner Nachmittag, warm und heiter. Bachůra blieb bei einem Erfrischungskiosk stehen, ließ sich je ein Glas Himbeer- und Zitronenlimonade einschenken und ging dann in Gedanken an sein Mädchen, mit dem er sich bald treffen würde, weiter.

Am Horizont grüßte der Hradschin, der Laurenziberg war in frisches Grün getaucht, und auf der Schützeninsel blühten die Kastanien. Aber inmitten all dieser Schönheit bekam Bachůra plötzlich Bauchschmerzen. Er hatte kurz vor dem Verlassen seiner Wohnung ein Glas Joghurt, die Nationalspeise der geschlagenen Bulgaren, getrunken; nun hatten Himbeer- und Zitronenlimonade den unerbittlichen Prozeß im Labyrinth seiner Därme vollendet.

Am Moldauufer steht im Park ein kleines Häuschen. Zwar ist es nur klein, aber wichtiger als alle anderen Häuser in der Umgebung. Es trägt zwei Aufschriften. Vom Kai aus kann man die Tafel »Für Herren«, vom Kinderspielplatz im Park aus die diskreter angebrachte Aufschrift »Für Damen« lesen.

In dieses Häuschen stürzte Bachůra, wie ein Löwe, wie ein durstiger Araber in der Wüste zu einer Zisterne, wie die Assentierungskommissionen auf die Rekruten.

»Erste oder zweite Klasse?«

»Zweite«, stieß Bachůra bescheiden, aber schnell hervor.

Die Alte blickte ihn an und sagte: »Sie kenne ich doch von irgendwoher, junger Herr?« und riß einen Zettel vom Block.

Bachůra griff ins Portemonnaie und rief entsetzt: »Das ist doch nicht möglich! Ich dachte, ich hätte noch einen Sechser!«

Die Alte schaute ihn noch einmal an und sagte dann bedächtig, wodurch sie die entsetzliche Situation Bachůras noch verschlimmerte: »Wissen Sie, woher ich Sie kenne? Von meinem Bruder, dem Gastwirt Šedivý auf der Kleinseite. Ich war damals gerade bei ihm, als Sie mit der Kommission wegen des Pissoirs dort waren. Nehmen Sie nur den Zettel! Bei Ihnen sind wir sicher!«

Bachůra sprang erleichtert in das kleine Séparée.

Als er sich glücklich und fröhlich entfernte, rief

ihm die Alte nach: »Und vergessen Sie nicht, junger Herr, meinem Bruder die Erledigung wegen des Aborts zu schicken!«

Ohne den Bürovorsteher zu fragen, schickte Bachůra gleich am nächsten Tag das erledigte Gesuch und die bereits seit Wochen schlummernden genehmigten Pläne an Herrn Šedivý und atmete daraufhin erleichtert auf.

Jeden Morgen gegen neun Uhr suchte der Herr Magistratsrat Staněk das kleine Häuschen am Franzenskai auf, den Schauplatz jener abscheulichen Korruptionsaffäre des Magistratspraktikanten Bachůra. Er tat dies, um sich darüber zu informieren, wie die Öffentlichkeit die Arbeit des Magistrats beurteile, denn die Alte vom Toilettenhäuschen war für ihn die Stimme des Volkes. Das war nun einmal sein Stekkenpferd.

»Sehen Sie, Euer Gnaden, die Korruption erfaßt jetzt schon die Kleinsten«, erzählte die Alte, »ja, so sind diese Herren vom Rathaus, wenn man sie einmal umsonst läßt, gehen sie einem gleich an die Hand, so wie meinem Bruder...« Und sie berichtete dem Herrn Rat bis in alle Einzelheiten die ganze abscheuliche Korruptionsaffäre des Magistratspraktikanten Bachůra.

Heute sitzt an Bachůras Platz bereits ein anderer Praktikant, denn Bachůra wurde nach Beendigung des Disziplinarverfahrens, in dessen Verlauf man ihm in der Angelegenheit des Gastwirts Šedivý Bestechlichkeit nachwies, entlassen.

Nun irrt er wie einst Judas durch Europa. Zuletzt wurde er in Hamburg dabei beobachtet, wie er verdächtig in das schwarze Wasser eines Kanals blickte.

Jemand hat eines seiner Selbstgespräche belauscht: »Wenn ich wenigstens ein Abonnement für das ganze Jahr bekommen hätte ... Aber so ... Jaja! Kleine Diebe hängt man ...«

Von einem Zensor

Zu der Zeit, als noch nicht eine solche Pressefreiheit herrschte wie heute, in einer Zeit, als noch Druckwerke konfisziert wurden, was heute auf der Welt nirgends mehr geschieht, lebte in einem gesegneten Lande ein Zensor, der einen Wasserkopf hatte.

Vom medizinischen Standpunkt war dieser Zensor dadurch interessant, daß das Wetter einen gewissen Einfluß auf die Ausdehnung des Wassers in seinem Kopf hatte. Wie das Wetter spielten auch Sonne und Mond eine wichtige Rolle im Leben des Zensors, da sie das Volumen des Wassers in seinem Kopf veränderten.

Er selbst nannte diese Erscheinung »Ebbe und Flut«. Entweder nahm das Wasser in seinem Kopf zu, oder es nahm ab, stets aber war genug Wasser im Gehirn.

Er war Mitglied eines Klubs, dessen Mitglieder voll Verachtung auf jene Menschen blickten, die kein Wasser im Kopf hatten. »Idiotenklub« stand über der Tür des Klubraums, und in diesem Klub war der Herr Zensor Vorsitzender.

In dieser Eigenschaft kümmerte er sich unermüdlich um die geistige Entwicklung der Klubmitglieder und hielt selbst oft gern für sie Vorträge: was Zensoren sind, warum es Zensoren gibt, weshalb Zensoren sein müssen und wie es wäre, wenn es keine Zensoren gäbe. Die Vorträge waren äußerst geistreich, schon deshalb, weil der Herr Zensor nur dann sprach, wenn das Wasser in seinem Kopf stieg.

In diese geistvollen Vorträge über seinen erhabenen Beruf streute er Erwägungen über die Ordnung in der Welt sowie Gedanken über den Staat und über gute Staatsbürger ein, wobei er seine Ausführungen mit einer Reihe von Aphorismen würzte, die von ihm selbst stammten.

In jedem seiner Vorträge legte er dar, daß es auf der Welt Menschen und Tiere gäbe. Diesen Satz belegte er, indem er mit markanten Worten auf sein eigenes Dasein verwies.

Er sagte, die Menschen könne man in zwei Gruppen einteilen, in solche, die kein Wasser im Kopf hätten, und in Menschen mit einem Wasserkopf. Im Staate erfreuten sich allein Menschen dieser zweiten Gruppe der verdienten Wertschätzung. Dafür gab er Beispiele. Er nannte sich selbst und die übrigen Klubmitglieder und sagte, bei diesen geschätzten Bürgern erfreuten sich die Zensoren größter Beliebtheit, ja sie seien noch beliebter als die Polizisten, die sich zwar ebenfalls großer Beliebtheit erfreuten, wenn auch nicht so großer wie sie. »Jeder Zensor«, sagte er, »weiß um diese Beliebtheit, deren er sich erfreut, und ist stolz darauf.«

Dann erläuterte er, was jeder Zensor habe: einen Kopf, zwei Ohren, eine Nase, einen Mund, Arme und Beine, Hals, Haare und Schnurrbart, einen Nabel, oft einen Penis und mitunter auch ein Muttermal. Von den Vierfüßlern unterschieden sich die

Zensoren dadurch, daß sie in der Mehrzahl der Fälle paarweise gehen, keine körperliche Berührung mit Tieren haben, sprechen, rauchen und Schnaps trinken – und auf die Reinheit der Presse achten.

Jeder Zensor trüge Socken, Unterhosen, ein Hemd, alles mit seinem Namen gezeichnet. Taschentücher brauche er nicht, denn jeder anständige Zensor sei verpflichtet, sich die Nase mit dem Papier konfiszierter Druckschriften zu putzen.

Ferner trüge jeder Zensor eine Hose, möglichst so genäht, daß sie nicht Anstoß erregte. Sie dürfe also nicht so eng sein, daß sie hinten aufplatzen könne. Die Zensoren trügen ferner Weste und Jacke, und zwar deshalb, damit sie etwas an sich hätten, was ihnen der ärgste Feind nicht vorwerfen könne. Bei Bedarf könne jeder seine Wäsche wechseln. Ferner gäbe es Mäntel und Hüte. Auch diese benütze ein Zensor wie jeder andere. Warum gäbe es dann also Menschen, die die Zensoren am liebsten anspucken wollten?

Er legte sich diese Frage vor und beantwortete sie in seinem Vortrage gleich ungemein scharfsinnig und witzig: nur deshalb, weil diese Menschen kein Wasser im Kopf hätten. Ein Mensch, der Wasser im Kopf hätte, verfüge über einen weit schärferen Verstand als ein Mensch ohne Wasserkopf, man sage ja, Wasser reinige den Verstand. Die Überlegungen der Zensoren seien deshalb weit geistreicher als die von Menschen ohne Wasserkopf.

Nun gab der Zensor Beweise aus seiner Tätigkeit,

berichtete von Menschen, die naiverweise etwas druckten, obwohl sie, wenn sie wie er einen Wasserkopf besäßen, den Verfasser des Artikels schon längst aus der Redaktion hinausgeprügelt, ihn dann wieder in die Redaktion hineingezerrt und in den Papierkorb geworfen hätten, damit man ihn am Morgen mit in den Ofen stecke.

Für diese seine Behauptungen führte er auch ein Beispiel an: In einer Zeitung habe man sich erdreistet, folgenden Satz zu drucken: »Die Exkremente der Fledermäuse sind schwarzbraun.« Diesen Satz habe er wegen grober Verletzung der öffentlichen Sittlichkeit konfiszieren müssen. Jeder denkende Mensch werde zugeben, daß das Wort »Exkremente« nicht in eine Zeitung passe, da es die Moral weitgehend verletze. Wenn jemand dieses Wort lese, und sei es auch in der Verbindung »Exkremente der Fledermäuse«, müsse er gleich an einen Abort denken, und weil das entschieden eine unmoralische Sache sei, müsse dieser Begriff ausgemerzt werden.

Sei es etwa nicht seine heiligste Pflicht gewesen, folgenden Vers zu konfiszieren: »Der Frühling ist voll Fruchtbarkeit, es atmet alles Liebe.« Auf den ersten Blick würde darin niemand eine Aufforderung zu Taten sehen, die die Scham und die öffentliche Sittlichkeit verletzen. Analysiere man aber diese Verse, so fielen einem die Worte »Fruchtbarkeit« und »Liebe« ins Auge. Also: fruchtbare Liebe und Frühling. Er, der Zensor, habe zu Hause einen Kater und eine Katze, und sobald der

Frühling anbreche, würden der Kater und die Katze ..., kurz und gut, der Zensor wisse, was der Dichter mit seinem fruchtbaren Frühling und der Liebe sagen wollte. Schaut euch den Kater und die Katze des Herrn Zensors an und macht es wie diese Tiere!

Einmal habe er sich auch gezwungen gesehen, in einer anderen Zeitung folgenden Satz zu konfiszieren: »Ein armer Mann schleppte sich mühsam über die Straße, während eine Equipage an ihm vorüberfuhr. Der arme Mann blickte versonnen dem sich entfernenden Gefährt nach.« Wieder könnte man sagen, das sei ganz unschuldig geschrieben. Gewiß, aber man müsse zwischen den Zeilen lesen. Das Wort »versonnen« beinhalte den Tatbestand eines Verstoßes gegen die öffentliche Ruhe und Ordnung, denn der arme Mann habe ja dabei nachgedacht. Worüber er nachdachte, werde in dem Artikel zwar nicht gesagt, aber man könne es sich leicht denken. Sicherlich habe er gedacht, er könnte auf den Wagen springen, den Lakaien töten, mit seiner schmutzigen Faust die Herrschaft im Wagen erschlagen und sich ihres Geldes bemächtigen.

Und was sagten die Mitglieder des Klubs zu folgendem Satz: »Bei uns gibt es 127600 Schnapsbuden und 18200 Schulen. Auf eine Schule kommen also sieben Schnapsbuden.« Hochansehnliche Versammlung! Was gibt es in einer Schule außer Schülern, Lehrern und Bänken? Das Kreuz. Und ferner? Das Bild des Monarchen. Nun lese man diesen einen konfiszierten Satz nochmals: Auf eine Schule kommen sieben Schnapsbuden! Begreifen Sie, was man damit sagen wollte? Der Monarch ist ein Schnapsbruder! Aus diesem Grunde ist das Verbrechen der Majestätsbeleidigung und das Verbrechen der Verächtlichmachung der Religion gegeben, weil heimtückischerweise auch das Kruzifix mit einbezogen ist.

Die Vorträge des Herrn Zensors über seine Tätigkeit lösten allgemeine Erregung aus. Mehrere Psychiater schickten einander grobe Briefe, weil jeder als erster nachweisen wollte, daß der Herr Zensor ein Irrer oder ein Idiot sei.

Allen diesen Redereien machte der Herr Zensor durch folgende im Regierungsblatt veröffentlichte Erklärung ein Ende:

Im Hinblick auf den nicht abreißenden Streit der Herren Psychiater, ob ich ein Irrer oder ein Idiot bin, erkläre ich folgendes: Ich wurde mit einem so großen Kopf geboren, daß ich einige Jahre hindurch ein Bleipüppchen spielen konnte, das immer auf den Kopf fällt. Mit Recht konnte also jeder sagen, ich sei auf den Kopf gefallen. Damit möchte ich nicht behaupten, daß ich die Bezeichnung »Idiot« ablehne. Sonst würde ich ja nicht im Interesse des Klubs handeln, dessen Vorsitzender ich bin. Warum soll man mich aber als »Narr« oder als »Trottel« bezeichnen? Man kann mich doch so ansprechen, wie es die meisten Menschen tun: »Herr Zensor!«

Diese seine Erklärung im Regierungsblatt konfiszierte er selbst und hängte dem Redakteur ein Verfahren wegen Ehrabschneidung, begangen in einem

Presseorgan, an. Seither hieß es von ihm, er sei unparteiisch. Sorgfältiger als zuvor begann er, auch die »direkte Aktion« zu beachten. Der Teufel mag wissen, wie viele Menschen von einer »direkten Aktion« schrieben! Er kam kaum nach, alle Artikel zu konfiszieren, in denen diese beiden Wörter auftauchten. Sie brauchten auch nicht nebeneinander zu stehen, ja nicht einmal auf derselben Seite. Es genügte beispielsweise, wenn auf der ersten Seite stand: »Die direkte Reihenfolge läßt sich nicht genau feststellen«, und auf der nächsten: »Die Aktion zum Ankauf einer größeren Menge von Aktien entwickelt sich erfreulich.« Er fand es trotzdem heraus. Dabei ließ er sich auch nicht dadurch täuschen, daß die beiden Sätze auf den ersten Blick nichts miteinander zu tun hatten.

Ebenso sah er sich gezwungen, einen fünfhundert Seiten langen Roman zu konfiszieren, weil sich darin folgende Sätze fanden: Reisen bildet. Der Fremde war in der Stadt unbekannt. In einem Gasthof stieg er ab. Zehn Meilen von der Stadt ragte ein hoher Berg empor. Orinoko ist der Name eines Flusses. Sieben Meilen wanderte er auf der Landstraße. Um neun Uhr erreichte er die Stadt. Nirgends fand er Ruhe. Selten war ihm das Glück so hold. Eva war schön. Mutterseelenallein stand sie in der Welt. Tulpen blühten im Garten. Mein Vater wurde neunzig Jahre alt. Ruhe ist die erste Bürgerpflicht. Die Nase ist ein Körperteil. Eine Hand wäscht die andere.

Unschuldige Sätze? Wenn man sie richtig ordnet, erhält man:

Der Fremde war in der Stadt unbekannt.
Eva war schön.
Ruhe ist die erste Bürgerpflicht.
Zehn Meilen von der Stadt ragte ein hoher Berg empor.

Eine Hand wäscht die andere.
Nirgends fand er Ruhe.
Sieben Meilen wanderte er auf der Landstraße.
Orinoko ist der Name eines Flusses.
Reisen bildet.
In einem Gasthof stieg er ab.

Selten war ihm das Glück so hold.
Tulpen blühten im Garten.
Die Nase ist ein Körperteil.
Um neun Uhr erreichte er die Stadt.
Mein Vater wurde neunzig Jahre alt.
Mutterseelenallein stand sie in der Welt.

Und nun ergeben die Anfangsbuchstaben: »Der Zensor ist dumm.« Welche Frechheit!

Als das bekannt wurde, hieß es, der Zensor sei verbohrt und unsittlich. Das muß einer ja wohl sein, der sich die Arbeit macht, aus fünfhundert Seiten einzelne Sätze herauszusuchen und sie so anzuordnen, daß man dem Schriftsteller etwas am Zeuge flicken kann.

Und doch schlug auch für den Herrn Zensor das letzte Stündlein. Eines Tages erhielt er folgenden Brief:

An den Herrn mit dem Wasserkopf!

Sobald irgendwo die Rede von einer direkten Aktion ist, konfiszieren Sie gleich die Stelle. Sie Unglücklicher! Eine direkte Aktion führen Sie ja schon längst selbst durch. Sie essen, um nicht Hungers zu sterben, Sie trinken, um nicht vor Durst umzukommen. Sie gehen auf die Toilette, um nicht zu platzen. Herr Zensor! Wenn Sie ein Mensch sind, der die direkte Aktion wirklich haßt, richten Sie sich danach!

Seit dieser Zeit war der Zensor traurig. Er, der so oft das verdammte Wort konfisziert hatte, führte selbst eine direkte Aktion durch! Er aß, er trank, er suchte die Toilette auf.

Und er beschloß, sich selbst zu konfiszieren. Er aß nicht mehr, trank nicht mehr und ging nicht mehr auf die Toilette. Als er es nicht mehr aushalten konnte, sprang er vom dritten Stock auf die Straße. Und er erschlug sich, konfiszierte sich selbst auf eine neue Weise.

Aus seinem Körper floß das Blut in Strömen, wie bei einem geschlachteten Ochsen, und aus seinem Kopf ergoß sich so viel Wasser, daß ein vorüberhumpelnder Invalide darin ertrank.

Eine Berufungsverhandlung

Vor dem Berufungs-Presse-Senat wurde eben über den Einspruch gegen die Konfiskation einer Broschüre verhandelt. Die Staatsanwaltschaft hatte in der Broschüre einen Verstoß gegen die öffentliche Ordnung erblickt.

Die Mitglieder des Senats saßen an einem langen Tisch, und von der Stelle aus, an der sonst ein Rechtsanwalt steht, verteidigte der junge, begeisterte Autor, Redakteur einer sozialistischen Tageszeitung, seine Broschüre. Die Worte flossen ihm wie Honigseim von den Lippen, und er redete wie mit Engelszungen. Eben erläuterte er die Begriffe »Revolution« und »Evolution« und sagte, gerade dieser und jener Satz hätte niemanden verletzen können, weil er eine bloße Zitierung der Geschichte darstelle, wie sie in der Schule gelehrt werde.

Der Vorsitzende des Senats blickte ihn an, hörte ihm aber nicht zu. Im Laufe seiner langjährigen Praxis hatte er gelernt, jemandem auf den Mund zu schauen, ohne hören zu müssen, was der Betreffende sprach. Es war ihm auch völlig gleichgültig, was hier vorgetragen wurde. Er schaute und schaute – und befand sich im gleichen Zustand wie ein ermüdeter Soldat, der schläft, aber trotzdem weitermarschiert. Auch jetzt blickte er den jungen Mann unverwandt an, dachte aber an etwas ganz anderes.

Der begeisterte junge Mann, der seine Sache verteidigte, glaubte, seine Worte interessierten den Herrn Vorsitzenden ungemein, und öffnete die Schleusen seiner Beredsamkeit noch mehr. Er sprach mit allem Elan und blickte ihm dabei gespannt in die Augen.

Der dachte gerade angestrengt darüber nach, was eigentlich seinem heutigen Morgenkaffee gefehlt haben könne. Die Sahne sei einwandfrei gewesen, hatte seine Frau gesagt, der Kaffee wie gewöhnlich frisch aus der Kaffeebrennerei, der Zusatz aus dem Werk in Kolin – und trotzdem war es nicht der gleiche gute Kaffee gewesen wie sonst.

Wieder verweilte sein Blick auf dem Redner, und er dachte: Du könntest auch Manschetten tragen!

Der begeisterte junge Mann sprach weiter und gestikulierte heftig mit den Händen.

Aha, die Manschetten hat er auf den Tisch gelegt! stellte der Herr Vorsitzende schließlich fest, und sein Blick wanderte nun zu seinem Nachbarn, einem Gerichtsrat, dem zweiten Mitglied des Senats.

Dessen Augen ließen klar erkennen, daß ihm der Einspruch allzu lang erschien und daß er wohl ein bißchen schlummern müsse. Er stützte also den Kopf in die Hände, so daß es aussah, als vergleiche er den Text der beschlagnahmten Broschüre; damit man ihn nicht beobachten konnte, baute er zuvor die Gesetzbücher wie eine Barriere vor sich auf und begann zu schnarchen.

Das dauerte jedoch nicht lange, denn das dritte Mitglied des Senats stieß ihn an und flüsterte: »Jetzt habe ich wieder ein Stechen im Kreuz verspürt, Herr Kollege!« Er hatte Rheumatismus und mußte sich gegen die Rückenlehne des Sessels stützen, so daß er die Augen nicht schließen konnte, ohne daß es der Redner bemerkte.

So machte er denn ein gequältes Gesicht, gähnte herzhaft und beschäftigte sich sodann mit den vor ihm liegenden Akten. Auf eines der Blätter hatte er einen Hund gemalt, und nun radierte er ihm nacheinander Schwanz, Beine und Kopf weg. Dies tat er gedankenverloren, denn er war bereits mit einer neuen Kritzelei beschäftigt.

Dann stieß er wieder den Rat zur Linken an und flüsterte ihm ins Ohr: »Was meinen Sie, Herr Kollege, wäre darauf nicht ein Glas Branntwein gut?«

Der erwachte und brummte verschlafen: »Den Bleistift lassen Sie ihm!« Dann schlummerte er weiter.

Und der junge Mann redete fort und fort und verteidigte scharfsinnig seine Sache, während an der anderen Seite des Vorsitzenden das vierte Mitglied des Senats laut gähnte. Sodann beugte sich dieser über den Vorsitzenden hinweg, nahm dem zweiten Mitglied des Senats schlauerweise seinen Wall aus Gesetzbüchern weg, wobei er verbindlich sagte: »Sie gestatten doch, Herr Kollege?«

Der erwachte und blickte mit vorquellenden Augen auf den Berufungskläger, wie die amtliche Bezeichnung eines solchen Mannes lautet.

Das vierte Mitglied des Senats baute nun aus den

Gesetzbüchern selbst einen Wall vor sich auf, stützte das Kinn in die Hände und träumte. So ein Schlaf ist auf den ersten Blick nicht ruhig, aber wer darin längere Praxis hat, so wie dieses Mitglied des Senats, befreit sich leicht von der Sorge, er könnte während der Verhandlung wie ein Holzklotz schlafen. Ein solcher Schlaf ist eine wahre Kunst, und der Gerichtsrat war ein Meister auf diesem Gebiet. Ab und zu wurde er wach, nahm vom Schutzwall ein Gesetzbuch, blätterte darin, legte es auf seinen Platz und schlief weiter.

Der Redner bemerkte diesen Transport der Gesetzbücher und sprach um so nachdrücklicher, um die Herren davon zu überzeugen, daß die Konfiskation der Broschüre grundlos erfolgt sei. Das Hin- und Herwandern der Folianten erschien ihm als ein untrügliches Anzeichen dafür, daß sich die Herren für seinen Fall lebhaft interessierten.

Der Vorsitzende beugte den Kopf vor und drehte die Daumen unter dem Tisch. Ihn quälte jetzt die Frage, ob er am Morgen beim Kauf der Zigarren nicht zuviel bezahlt habe. Deshalb zog er unter dem Talar sein Portemonnaie aus der Hosentasche und zählte den Inhalt nach. Dabei stellte er fest, daß ihm eine Krone fehlte, doch als er wieder einmal auf den Redner blickte, erinnerte er sich, daß er am Morgen fünf Kuba-Zigarren mehr gekauft hatte als gewöhnlich.

Nun wandte er seine Aufmerksamkeit wieder den Mitgliedern des Senats zu. Nur der eine hinter den

Gesetzbüchern schlummerte tief und fest, während die beiden zu seiner rechten Seite wie die Hasen mit offenen Augen schliefen.

Dann vernahm er aus dem Gerichtssaal wie von fern ein Murmeln. Rasch überzeugte er sich davon, daß der junge Mann immer noch seine Broschüre verteidigte. Bei einem Blick auf seine Uhr stellte er fest, daß die Begründung des Einspruchs schon zwei Stunden dauerte. Links von dem schlafenden Rat, der sich in seinem Bau verkrochen hatte, war der Protokollführer immer noch eifrig tätig. Er malte mit Bleistift verschiedene Männchen auf ein Blatt Papier und übte aus Langeweile seine Unterschrift. Einzig und allein aus Langeweile stenografierte er ab und zu auch einen Satz aus der Rede des begeisterten jungen Mannes mit, z. B.: »Hohes Gericht, der Satz ›Die schwieligen Hände reckten sich mit einem Fluch zum Himmel empor‹ enthält doch nichts, was die Öffentlichkeit erregen könnte . . .«

Bums! Ein Krach! Das vierte Mitglied des Senats war vom Stuhl gefallen. Er hatte gerade von den Chinesen geträumt. Doch er verlor nicht die Geistesgegenwart, hob ein Blatt Papier vom Boden auf und sagte laut: »Jetzt wäre uns beinahe ein Akt davongeflogen!«

Der Redner wandte, durch das Geräusch gestört, seinen Blick ihm zu, schaute ihm in die Augen und redete wieder wie ein Buch. Der Gerichtsrat glotzte, hoch aufgerichtet, den Redner an und setzte sich dann wieder bequem zurecht, doch inzwischen hatte der Vorsitzende den Bücherstapel vor sich aufgeschichtet.

Es war aber zu spät zu einem Nickerchen. Der Redner schloß gerade mit der Bitte, der hohe Senat möge den begründeten Einspruch berücksichtigen und die Konfiskation aufheben.

Die Mitglieder des Senats nahmen ihre Barette vom Tisch, und der Vorsitzende erklärte feierlich: »Das Gericht zieht sich zur Beratung zurück.«

Sie betraten das Beratungszimmer und schlossen hinter sich ab. Voran ging der Vorsitzende, dahinter die Mitglieder des Senats. Der Protokollführer ging als letzter.

In der Mitte des Raumes stand ein langer grüner Tisch. Diesen Tisch umschritten sie schweigend, ernst und würdevoll, und schon faßte der Vorsitzende wieder die Klinke der zum Gerichtssaal führenden Tür, als er sich eines Besseren besann und sagte: »Noch einmal herum, es war recht lang!«

So gingen sie denn noch einmal um den Tisch, dann zur Tür und betraten wieder den Gerichtssaal.

Voller Hoffnung blickte der begeisterte junge Mann auf sie, als sie die Barette aufsetzten.

Der Aufseher sagte zu ihm: »Aufstehen!«

Und der Vorsitzende las von einem leeren Bogen ab: »Im Namen Seiner Majestät des Kaisers hat der Pressesenat als Berufungsgericht nach eingehender Beratung zu Recht erkannt, daß dem hier vorgebrachten Einspruch nicht stattgegeben werden kann und die Konfiskation im vollen Umfang bestehenbleibt. Die Begründung dafür wird schriftlich erteilt.«

So – und damit: Leben Sie wohl!

Das kleine körperliche Bedürfnis und die Justiz

Gestern traf ich einen alten Bekannten, der sich ganz sonderbar benahm: Er murmelte etwas vor sich hin, und schließlich merkte ich, daß er auf die Gesetze schimpfte. In solchen Fällen ist es Pflicht jedes ordentlichen Staatsbürgers, nicht die Geistesgegenwart zu verlieren und ganz loyal zu sagen: »Nun, ganz so schlimm wird es wohl nicht sein!«

Das tat ich auch, aber mein Bekannter fluchte nur noch mehr und verstieg sich sogar zu beleidigenden Äußerungen. Er schimpfte über die Polizisten, dann über den Magistrat, darauf zog er wieder über die Polizei her, sodann über die Kreishauptmannschaft, spuckte immer wieder aus und verdammte schließlich das ganze Gerichtswesen in Grund und Boden. Als er auf solche Weise alle diese zum Schutze der Menschheit, der Städte, der Tiere und des Staates geschaffenen Institutionen der Reihe nach vorgenommen hatte, reichte er mir folgendes bereits leicht vergilbte Blatt:

Vorladung

Sie werden hierdurch aufgefordert, die Ihnen durch Beschluß des Magistrats der Königlichen Hauptstadt Prag vom 7. Oktober 1904, G.Z.P. 23714/3, wegen Verstoßes gegen §3 der Magistratsverordnung vom 7.3.1888, Nr. 165538, auferlegte

Gefängnisstrafe von sechs Stunden bei Androhung der Zwangsgestellung binnen drei Tagen anzutreten.

Prag, 9. Januar 1907

Das k. u. k. Kreisgericht
in den Königlichen Weinbergen, Abt. VI
Unterschrift (unleserlich)

»§ 3 der Magistratsverordnung vom 7. März 1888, Nr. 165538, da soll sich einer auskennen! Was bedeutet denn das, mein Lieber?«

»Vor drei Jahren habe ich mich gegen diese Verordnung vergangen. Ich habe in der Nacht mein kleines Bedürfnis auf der Straße verrichtet. Das ist in den Augen der Behörde eine schreckliche Sache! Aber ich will dir alles der Reihe nach erzählen.

Vor drei Jahren also, es war an einem Abend um halb elf Uhr, kam ich aus dem Theater. Der Teufel mag wissen, was damals gegeben wurde. Schon im Theater hatte ich die Notwendigkeit verspürt, mein kleines körperliches Bedürfnis zu verrichten, aber ich wollte dort nicht aufs Pissoir gehen, weil ich die Gegenwart anderer Leute nicht vertrage, gern meine Ruhe habe und dabei am liebsten vor mich hinpfeife: Fiufi! Fiufi! Ich ging also rasch durch die Ferdinandstraße, und es fiel mir gar nicht ein, mich etwa zu einem Gully zu stellen, wenn die Leute aus dem Theater kommen und das elektrische Licht brennt. Höre aufmerksam zu, es ist ein interessanter Fall!

Damals wurde gerade die Polizeidirektion in der Karolina-Světlá-Gasse renoviert. Vor dem Gebäude lagen Balken aufgestapelt, es war ganz ruhig, kurz, der geeignetste Platz. Ich stellte mich also an den Stapel und tat, was meine Gesundheit erforderte. Dabei pfiff ich wie gewöhnlich vor mich hin: Fiufi! Fiufi!

Plötzlich schoß aus dem Tor der Polizeidirektion ein Wachtmeister auf mich zu, packte mich am Kragen und sagte: ›Was machen Sie da?‹

›Ich verrichte mein kleines Bedürfnis‹, erwiderte ich wahrheitsgemäß.

›Dann kommen Sie mit auf die Wache!‹ schnauzte mich der Wachtmeister an.

›Sofort‹, sagte ich, ›ich möchte nur meine Kleidung in Ordnung bringen.‹

›Das dürfen Sie nicht‹, entgegnete der Wachtmeister, ›in diesem Falle ist die ungeordnete Kleidung ein Corpus delicti!‹ Als er mich abführte, knöpfte ich trotzdem einige Knöpfe zu.

In der Wachstube führte er mich dem Inspektor vor, der, nachdem er von meinem Vergehen gehört hatte, mit mir ein Protokoll aufnahm.

›Ich kann unter Eid aussagen‹, meldete der Wachtmeister mit fester Stimme, ›daß dieser Herr sein kleines körperliches Bedürfnis nicht über dem Gully verrichtete, sondern an den Balken, die vor der Polizeidirektion liegen.‹

›Schildern Sie den Hergang!‹ forderte der Inspektor den Wachtmeister auf.

Dieser salutierte und erzählte: ›Ich beobachtete von der Durchfahrt aus, wie sich eine Gestalt den dort aufgeschichteten Balken näherte. Gleich vermutete ich, daß hier eine gesetzwidrige Handlung vorgenommen werden sollte. Kurz darauf hörte ich ein Zischen und Pfeifen. Ich lief hinzu und ertappte den Übeltäter gerade, als er sich die Hose zuknöpfen wollte.‹

›Machte es auf Sie den Eindruck, daß der Beschuldigte absichtlich dafür einen Platz in unmittelbarer Nähe der Polizeidirektion wählte?‹ fragte der Inspektor.

›Mir war seine ungewöhnliche Ruhe auffällig‹, erwiderte der Wachtmeister.

Nun wandte sich der Polizeiinspektor mir zu: ›Können Sie etwas zu Ihrer Entlastung anführen, oder bekennen Sie sich schuldig?‹

Ich bekannte mich schuldig.

›Ihr Name?‹ – ›Josef Konvelský.‹ – ›Sie wohnen?‹ – ›Weinberge NC. 1862.‹ – ›Zuständig nach?‹ – ›Schlan.‹ – ›Sind Sie vorbestraft?‹ – ›Nein.‹ – ›Wirklich nicht vorbestraft?‹ – ›Gewiß nicht.‹ – ›Wie hieß Ihr Vater?‹ – ›Antonín Konvelský.‹ – ›Und Ihre Mutter?‹ – ›Marie.‹ – ›Geborene?‹ – ›Kautská.‹ –

›Leben noch Großvater oder Großmutter?‹ – ›Nein.‹ – ›Wie alt sind Sie?‹ – ›Dreißig Jahre.‹

Der Inspektor ging zum Telefon und rief das Polizeikommissariat in den Weinbergen an: ›Schicken Sie sofort einen Mann zum Haus NC. 1862! Er soll feststellen, ob dort ein gewisser Josef Konvelský wohnt, dreißig Jahre alt, zuständig nach Schlan. Name des Vaters Antonín Konvelský, Name der Mutter Marie, geb. Kautská.‹

Eine halbe Stunde später kam die telefonische Antwort:

›Der Betreffende wohnt tatsächlich in diesem Haus. Die Hausmeisterin sagt, er sei ein recht unordentlicher Mensch.‹

›Sie können gehen‹, sagte nun der Inspektor zu mir, ›für künftige Fälle merken Sie sich aber, daß die Straße am Polizeikommissariat kein Ort ist, wo man sein kleines Bedürfnis verrichtet!‹

Vierzehn Tage später bekam ich von der Kreishauptmannschaft Weinberge eine Vorladung. Ich ging hin und wunderte mich, wie sehr ein Mensch, der nur einmal sein kleines Bedürfnis nachts auf der Straße verrichtet, entehrt ist.

›Klug war das von Ihnen nicht‹, sagte der Beamte auf der Kreishauptmannschaft, ›Sie hätten ja, wenn Sie es nicht aus Luxus oder aus Frivolität getan haben, Ihr kleines körperliches Bedürfnis über einem Gully erledigen können. Die Stadt Prag fordert nun von uns, die Angelegenheit zu untersuchen. Haben Sie es in der Absicht getan, die Stadt Prag als Betreuerin des Pflasters zu schädigen?‹

›Nein.‹

›Gut. Dann haben Sie es also ohne jede böse Absicht getan?‹

›Ja.‹

›Na gut. Sie können nach Hause gehen, aber ich

weise Sie ausdrücklich darauf hin, daß die Straße am Polizeikommissariat kein Ort ist, wo man sein kleines Bedürfnis verrichtet!‹

Wieder vergingen drei Wochen. Da erhielt ich eine neuerliche Vorladung zur Kreishauptmannschaft. Dort wurde mir gesagt: ›Die Stadt Prag hat am siebenten März 1888 die Verordnung Nr. 165 538 erlassen. Ist Ihnen der Inhalt dieser Verordnung bekannt?‹

›Nein.‹

›Auch nicht der Paragraph drei dieser Verordnung?‹

›Ebenfalls nicht.‹

›Unkenntnis des Gesetzes schützt nicht vor Strafe!‹ sagte der Beamte zu mir und entließ mich wieder.

Aber aller guten Dinge sind drei. Ich bekam eine dritte Vorladung.

›Nun sind Sie also zum dritten Male hier‹, sagte der strenge Beamte der Kreishauptmannschaft. ›Die Stadt Prag verlangt, daß wir nach eingehender Untersuchung Ihres Falles ein Gutachten erstatten, inwieweit der Magistrat der Königlichen Hauptstadt Prag durch Ihr Verhalten geschädigt worden ist. Erinnern Sie sich nicht vielleicht, wieviel Quadratdezimeter des Pflasters von Ihnen genäßt wurden?‹

›Das ließe sich feststellen‹, sagte ich, ›lassen Sie mich doch aufhängen und sezieren Sie meine Leiche! Sie brauchen ja nur die Blase herauszuschneiden und den Inhalt zu berechnen. Ich mache Sie noch darauf aufmerksam, daß man auch berücksichtigen muß, ob das Pflaster vielleicht geneigt ist und wie viele Löcher sich darin befinden. Wichtig sind ferner die Witterungsverhältnisse ...‹

›Sie können gehen!‹

Und ich ging.

Einen Monat später bekam ich ein Schreiben des Magistrats der Königlichen Hauptstadt Prag, und darin stand, ich hätte mich gegen Paragraph drei der Magistratsverordnung vom siebenten März 1888, Nr. 165538, vergangen und würde deshalb mit einer Strafe von zwei Kronen belegt, im Nichteintreibungsfalle mit Gefängnis von sechs Stunden. Berufung könnte ich innerhalb von acht Tagen bei der Statthalterei einlegen.

Das tat ich auch und schrieb:

An die hochwohllöbliche Statthalterei.

Der Magistrat der Königlichen Hauptstadt Prag verurteilte den Unterzeichneten zu einer Strafe von 2 Kronen beziehungsweise zu Gefängnis von sechs Stunden wegen Verstoßes gegen den § 3 der Magistratsverordnung vom 7. März 1888. Der Unterzeichnete bittet um Aufhebung dieses Urteils und verweist dabei auf folgende Umstände:

a) Mein kleines körperliches Bedürfnis verrichtete ich im Interesse meiner Gesundheit. Sicherlich sind der hochwohllöblichen k. u. k. Statthalterei Fälle bekannt, in denen die Harnblase platzte.

b) Ich habe dadurch nicht gegen die öffentliche Sittlichkeit verstoßen, denn es war zur Nachtzeit, und es wurde nur von einem Wachtmeister beobachtet.

c) Schließlich habe ich dadurch nicht die Stadt Prag geschädigt, denn ich habe mein kleines körperliches Bedürfnis an einen Stapel Balken verrichtet, die vor dem Gebäude der Polizeidirektion lagen.

Ein Jahr darauf erhielt ich von der Statthalterei den Bescheid, meiner Berufung könne nicht stattgegeben werden, die Erledigung des kleines körperlichen Bedürfnisses auf öffentlicher Straße müsse als Verstoß gegen eine Magistratsverordnung betrachtet werden.

Dann schickte man den Gerichtsvollzieher zu mir, der einen Gegenstand im Werte von zwei Kronen mit Beschlag belegen sollte. Weil man jedoch nichts fand, bekam ich nach drei Jahren die Aufforderung, meine Strafe von sechs Stunden Gefängnis anzutreten. Schreib doch darüber ein kleines Feuilleton! Ich lasse mich zwangsstellen.«

Ich versprach ihm das, aber schließlich entschloß ich mich, einfach wahrheitsgetreu den Fall des Herrn Josef Konvelský zu schildern, der nie aufhören wird, über die Gesetze zu schimpfen ...

Der Mann ohne Fahrkarte

Die Direktion der k. u. k. Staatsbahnen behält sich stets das Recht auf Ersatz jedes Schadens vor, den sie erleidet, und treibt diesen Schadenersatz auch mit der Unerbitterlichkeit des Gesetzes ein.

Ein gutes Beispiel dafür bietet der Fall, der sich auf der Strecke Říčany–Prag ereignete.

Eines Tages stieg in Uhříněves ein unauffälliger Mann in den Wagen 16862 des Frühzuges, und zwar gerade, als der Zug abfahrbereit war. Der alte, in den Diensten der Eisenbahn ergraute Schaffner zählte bei der Abfahrt des Zuges die Reisenden und stellte fest, daß sich im Wagen 16862 genau fünfunddreißig Personen befanden.

Der Fall verwickelte sich wie eine Tragödie. Als der Schaffner nämlich vor der Station Hostivař die Fahrkarten kontrollierte, bemerkte er, daß im Wagen 16862 nur vierunddreißig Reisende waren. Überzeugt, daß jemand auf dem Abort sein müsse, führte er eine Generalbesichtigung durch, wobei er tatsächlich feststellte, daß sich im Zugabort ein Mann eingeschlossen hatte. Als er aufgefordert wurde, seine Fahrkarte vorzuzeigen, erklärte er, er könne dies nicht tun, weil er die Station in Uhříněves erst erreicht habe, als der Fahrkartenschalter bereits geschlossen war.

Aber die für die Reisenden geltenden Vorschriften sprechen eine klare Sprache: Wenn jemand ohne

Fahrkarte den Zug besteigt, muß er dies sofort dem Schaffner melden, sonst macht er sich eines Betruges schuldig, weil er ohne Fahrkarte fährt.

Der Mann entschuldigte sich, er hätte das gewiß getan, wenn er nicht plötzlich in seinen Eingeweiden oder, wie man populär sagt, im Bauch, ein menschliches Rühren verspürt hätte, das ihn zwang, rasch den Abort aufzusuchen. Dort aber hatte ihn der Schaffner gefunden, der den Versuch witterte, den löblichen Staat um fünfzig Heller zu betrügen. Soviel kostet nämlich eine Fahrkarte von Uhříněves nach Prag.

»In Hostivař werden wir Ihnen das näher erklären«, sagte der Schaffner trocken, und wirklich erschien dort der Stationsvorsteher und forderte den Reisenden ohne Fahrkarte auf, ihm in sein Dienstzimmer zu folgen.

Während der Zug weiterfuhr, wurde der Mann ohne Fahrkarte einem gründlichen Verhör unterzogen. Dieses Verhör fand in Gegenwart eines eigens dafür herbeigerufenen Gendarmen statt, der ein ungemein strenges Gesicht machte und sagte: »Das wird Ihnen teuer zu stehen kommen. Sie werden noch an mich denken!«

Der Mann ohne Fahrkarte aber blieb bei seinen Angaben und sagte, er werde die Strafe von fünf Kronen (das Zehnfache des Fahrkartenpreises) nicht bezahlen. Er betrug sich überhaupt wie ein Mensch, der sich seiner Unschuld bewußt ist.

Das machte vor allem auf den Gendarmen einen

ungünstigen Eindruck. Er schrieb allerlei in sein rotes Notizbuch und sagte sarkastisch: »Sie haben sich also vor dem Schaffner auf dem Abort versteckt, um als blinder Passagier nach Prag zu gelangen!« – Der Mann ohne Fahrkarte aber wiederholte immer das gleiche: er habe keine Zeit gehabt, dem Schaffner zu melden, daß er den Fahrkartenschalter verschlossen gefunden habe; kaum sei er in den Zug gesprungen, habe sich dieser auch schon in Bewegung gesetzt; er habe auch gleich seine Mitreisenden gefragt, wo man austreten könne. Er rief Gott als Zeugen dafür an, daß er, wenn ihm der Bauch nicht so weh getan hätte, selbst zum Schaffner gegangen wäre, um ihm zu sagen, daß er keine Fahrkarte habe, weil der Schalter geschlossen war, und daß er den Schaffner gebeten hätte, ihm eine Fahrkarte auszuschreiben. Die Strafe zu entrichten, lehnte er entschieden ab, ja er wollte nicht einmal die fünfzig Heller für die Fahrt von Uhříněves nach Prag bezahlen, weil man ihn zwei Stationen vor Prag aus dem Zug gesetzt habe. Er wies sogar mehrere Banknoten vor und sagte, er sei durchaus in der Lage, die Strafe zu bezahlen, und würde das auch tun, wenn er sich einer Schuld bewußt wäre. Schließlich erklärte er resolut, er zahle überhaupt nur für die Strecke von Uhříněves nach Hostivař.

Daraufhin brachte ihn der Gendarm auf die Gendarmeriestation, wo mit ihm ein Protokoll aufgenommen wurde. Die Akten wurden sodann dem Gericht übersandt.

Die Staatsanwaltschaft stürzte sich wie ein Habicht auf diese Angelegenheit und erstattete gegen den Mann ohne Fahrkarte Anklage wegen Betrugs.

Die Direktion der k.u.k. Staatsbahnen in Prag war jedoch auch nicht faul und schrieb in dieser Angelegenheit an die Generaldirektion der Bahnen in Wien. Die Akten mit dem Protokoll über das vom Schaffner im Wagen 16862 durchgeführte Verhör sowie den Protokollen der Stationsvorsteher von Hostivař und von Uhříněves wurden gleichzeitig an diese vorgesetzte Dienststelle abgetreten. Die Generaldirektion in Wien erstattete über diesen Vorfall eine Meldung an das Eisenbahnministerium mit der Bitte, die Eisenbahndirektion in Prag mit der kommissarischen Untersuchung des Falles zu betrauen, damit der Mann ohne Fahrkarte auf Grund einer Verfügung der Eisenbahnkommissionen zu einer Strafe von fünf Kronen beziehungsweise zur Erstattung von fünfzig Hellern verurteilt würde, um welchen Betrag er die Direktion der Staatsbahnen tatsächlich geschädigt hatte. Im Eisenbahnministerium wurde das Gesuch der Generaldirektion in Wien in dem Sinne entschieden, daß die Direktion in Prag den Mann ohne Fahrkarte zur Bezahlung eines Betrages von fünfzig Hellern für die Fahrkarte von Uhříněves nach Prag veranlassen solle, und zu diesem Zweck wurde bereitwillig die Einsetzung einer Kommission genehmigt.

Inzwischen wurde vor Gericht die gegen den

Mann ohne Fahrkarte erstattete Klage wegen Betruges verhandelt. Der Mann redete sich wieder auf Bauchschmerzen heraus, das Gericht erkannte diese Ausrede als glaubwürdig an und sprach den Angeklagten frei.

Damit hatte die Direktion der Staatsbahnen den Prozeß verloren. Der öffentliche Ankläger aber reichte gegen diesen Freispruch Berufung ein. Auch der Vertreter der Eisenbahnverwaltung verwahrte sich gegen das Urteil und schlug einen Lokaltermin, also die Besichtigung des Zugaborts durch die eingesetzte Kommission vor.

Die Konzeptabteilung der Direktion in Prag benachrichtigte von diesem Vorschlag unverzüglich die Generaldirektion in Wien, deren Präsidium nach Rücksprache mit einem Amtsvorsteher im Eisenbahnministerium die Einwilligung zur Bildung einer Eisenbahnkommission gab. Diese sollte feststellen, ob der Mann ohne Fahrkarte von Kuří nach Říčany in der von ihm angegebenen Zeit gelangen konnte, ohne beim Bahnhof in Uhříněves zu spät einzutreffen, wie er sich herausredete. Ferner genehmigte das Eisenbahnministerium die Bildung einer zweiten Kommission, die untersuchen sollte, ob die Behauptung des Mannes ohne Fahrkarte richtig sei, daß er, als der Schaffner von Hostivař die Tür des Aborts öffnete, in dem er sich befand, sein Geschäft bereits erledigt hatte, der Schaffner also nicht die Wahrheit sprach, wenn er erklärte, er habe den Mann ohne Karte auf dem Abort angezogen angetroffen und es sei nicht möglich, daß er so kurze Zeit nach den Gesprächen mit den Mitreisenden sein Geschäft bereits erledigt gehabt habe.

Am zweiundzwanzigsten Juni wurden beide Kommissionen konstituiert. Am achtundzwanzigsten August war die Überprüfung der ihnen übertragenen Angelegenheit abgeschlossen. Jeder Kommission hatten fünfundzwanzig Untersuchungskommissare und drei Bauräte angehört.

Die Kommissionen kosteten insgesamt zweitausendachthundertsechsundsechzig Kronen. Ihr Gutachten lautete in folgendem Sinne: Nach gründlicher Überprüfung der Angelegenheit sei festgestellt worden, der Mann ohne Karte hätte in der angegebenen Zeit den Fahrkartenschalter in Uhříněves noch vor der Schließung erreichen können, um dort eine zur Fahrt nach Prag berechtigende Fahrkarte für fünfzig Heller zu kaufen. Ferner sei es völlig ausgeschlossen, daß der Mann in der kurzen Zeit, die er im Wagen 16862 auf dem Abort verbracht habe, sein Geschäft erledigen konnte, was die Mitglieder der Kommission persönlich ausprobiert hätten; seine Ausreden seien somit unglaubhaft, und es sei offensichtlich sein einziges Ziel gewesen, den Staat um fünfzig Heller zu betrügen.

In der Berufungsverhandlung wurde jedoch das Urteil, das den Mann ohne Fahrkarte freisprach, vom Berufungssenat bestätigt, und die Staatsbahn wurde mit ihrem Anspruch auf fünfzig Heller auf den Weg der Zivilklage verwiesen.

Insgesamt kostet dieser Fall die Direktion der k.u.k. Staatseisenbahn dreitausendsechshundertachtundsiebzig Kronen neunundsechzig Heller, und eine neuerliche Tariferhöhung dürfte deshalb kaum zu vermeiden sein.

Die Chirurgie und der Zolltarif

Eine Geschichte vom menschlichen Unglück.

Ich lernte ihn beim Mittagessen im Kurrestaurant eines kleinen böhmischen Bades kennen. Anfangs fiel er mir gar nicht besonders auf. Wir saßen wohl zweimal gemeinsam beim Nachmittagskaffee auf der Terrasse des Hotels, doch wechselte ich mit ihm nur einige belanglose Worte. Er war offensichtlich sehr wortkarg, ich selbst aber war faul, und so kam es nie zu einem längeren Gespräch.

Eines Tages las ich in der Zeitung einen Bericht über ein Wunder der modernen Chirurgie, der damals durch alle Zeitungen ging.

Mein wortkarges Gegenüber saß bequem in seinem Armlehnstuhl und drehte sich gerade eine Zigarette.

»Das müssen Sie lesen«, sprach ich ihn an und reichte ihm die Zeitung, »das ist wirklich großartig!«

Er neigte sich herüber, nahm die Zeitung in Empfang und überflog kurz den interessanten Bericht. Doch sofort gab er mir die Zeitung zurück, was mich sehr wunderte.

»Das kenne ich«, erwiderte er mit einem müden Lächeln, »all das ist mir bekannt.«

»Sie sind wohl Arzt?« fragte ich.

»Nein, aber ich bin ein durchaus beachtenswertes Objekt der Medizin – eigentlich bin ich gar kein

Mensch, sondern eher eine Sammlung und Zusammenfügung.«

Das verstand ich nicht, und ich glaubte schon, mein Gegenüber sei verrückt geworden.

»Das hängt mit dem Sport und der Politik zusammen«, fuhr er fort.

Noch immer verstand ich nichts, und es fiel mir sehr schwer, dazu ein kluges Gesicht zu machen.

Offensichtlich verdroß ihn das.

»Ich muß Ihnen alles erklären, dann werden Sie es begreifen. So wie ich hier sitze, bin ich nur zur Hälfte ein natürlicher, richtiger Mensch, das übrige ist ein künstliches Produkt, ein Ergebnis der Chirurgie.« Seine Miene verdüsterte sich, und auf seiner Nase erschienen Sorgenfalten.

Das erschreckte mich so, daß ich keines Wortes fähig war.

»Sie erschrecken«, sagte er, »aber wundern Sie sich nicht! Das rührt noch vom Beginn meiner Karriere her. Einst, ich war noch ein unerfahrener junger Mann, hatte ich ein Duell, bei dem ich meine Nase verlor. So machte man mir eine neue, wozu man Haut von der Stirn verwendete. Seit dieser Zeit legt sich meine Nase in Falten, und ich kratze mich an der Stirn.«

Um etwas zu sagen, meinte ich freundlich: »Sie ist aber gut gelungen!«

Er lachte. »Meinen Sie, meine Nase sei gleich so gewesen? Nein, das war ein Ding, das zuerst der Nase eines Kalmücken und später einem Waschlappen ähnelte, aber in Paris verbesserte mir ein Spezialist die Nase dadurch, daß er Paraffin einspritzte. Er legte mir einige Modelle vor, und ich entschied mich für eine römische Nase. Heute kann sie jeder anschauen, ohne sich gleich entsetzt abzuwenden.« Er zog einen Spiegel aus der Tasche und blickte liebevoll auf das Produkt der modernen Rhinoplastik.

»Wissen sie«, sprach er weiter, »es ist eine wahre Freude, mit den Chirurgen zu arbeiten. Als ich einmal aus dem Auto gegen einen Baum flog und mir den Schädel einschlug, ersetzten sie das fehlende Stück durch Zelluloid, damit ich den Verlust verschmerzte. Bitte, überzeugen Sie sich selbst! Die Schädeldecke ist wie aus einem Stück.« Mit diesen Worten nahm er die Perücke ab, die ich erst jetzt bemerkte.

»Sie können mir aufs Wort glauben!« fuhr er eifrig fort. »Als ich später beim Schlittenfahren ein Stück meines Unterarmknochens einbüßte, er war völlig zersplittert, setzten mir die Chirurgen an seiner Stelle ein schönes Silberröhrchen ein, und zwar so geschickt, daß es eine wahre Freude ist.«

»Da haben Sie aber schon viel durchgemacht«, bemerkte ich mit Nachdruck.

»Es geht. Was sollte ich auch tun? Als ich letzthin vom Pferd fiel und mir die Nieren zerquetschte – wenn mir da die Chirurgen nicht ein Stück Kalbsniere eingesetzt hätten, was meinen Sie, was dann aus mir geworden wäre? Aber daß man meine zerrissene Schlagader durch ein Aluminiumröhrchen verband, war bestimmt eine Kunst, eine vollendete künstlerische Leistung.«

Ich konnte nicht umhin, meine Bewunderung dafür zum Ausdruck zu bringen.

»Ja«, sagte er sichtlich erfreut, »aber der Sport hat mir bei weitem nicht so geschadet wie die verdammte Politik. Als ich Abgeordneter wurde und im Wiener Parlament die erste große Debatte mitmachte, würgte mich einer meiner politischen Gegner so, daß die Kehle völlig zerstört war. Was konnten die Chirurgen anders tun, als mir eine Öffnung in den Magen zu bohren? Durch die gossen sie sechs Wochen lang Bouillon in mich hinein und ernährten mich so. Ich habe es überstanden, aber die Magenöffnung habe ich mir nicht wieder zunähen lassen, denn man kann nie wissen, was einem noch bevorsteht.«

Ich sprach meine Bewunderung für so viel Weitsicht aus.

»Keine Ursache«, erwiderte er, »ich kann mich im großen und ganzen nicht beklagen, ja ich bin sogar recht stolz auf mich; man kennt mich in ganz Europa, und ich wäre auch durchaus zufrieden, wenn nicht diese verdammte deutsche Grenze wäre.«

»Die Grenze?«

»Ja«, erwiderte er traurig, »diese Grenze! Ich hätte in Deutschland eine dringende Angelegenheit in Ordnung zu bringen. Wenn Sie bereit wären, mit mir nach Berlin zu fahren, wäre das für mich eine große Freude, und Sie würden auch gleich sehen, was an der Grenze geschieht. Übermorgen fahre ich.«

Ich dachte mir: Warum sollte ich nicht nach Berlin fahren und so meinen Urlaub beenden? Außerdem war ich auch neugierig, was wohl geschehen würde. So willigte ich denn ein.

Wir fuhren also los. Mein interessanter, aus so vielen fremden Teilen zusammengesetzter Reisegefährte unterhielt sich mit mir lebhaft. Aber ich bemerkte, daß er dies nur tat, um seine Unruhe zu verbergen.

Kurz vor der Zollrevision, als ich sorgfältig alles versteckte, was zollpflichtig war, sagte mein Reisegefährte: »Sie haben es gut. Ihnen bleiben alle diese Sekkaturen erspart, aber ich? – Mich kennen sie in Deutschland zu gut.«

Schon waren wir an der Zollstation.

Der Zollbeamte malte mit Kreide einige Hieroglyphen auf meinen Koffer und meine anderen Gepäckstücke, und ich konnte weitergehen.

Auch das Reisegepäck meines neuen Freundes war bereits mit ähnlichen Hieroglyphen versehen, er aber blieb noch im Abfertigungsraum. Ich forderte ihn auf mitzukommen, doch er lachte nur krampfhaft.

Und tatsächlich! Schon kam der Zoll-Oberinspektor mit einem dicken Zolltarifbuch und einer Unmenge von Formularen und begann meinen armen Reisebegleiter zu verhören: »Ist etwas Neues dazugekommen?«

»Danke nein, nichts Besonderes.«

»Gut, dann haben wir hier also nur einige bekannte Gegenstände, die dem Zoll unterliegen. Nummer dreihundertdreiundvierzig des Zolltarifs: Zelluloid, der Doppelzentner zweihundert Mark, macht für das Schädelstück dreiunddreißig Pfennig, rund fünfunddreißig Pfennig.«

»Aber ich bringe es doch wieder zurück!«

»Das kann schon sein, dann müssen wir allerdings das Stück plombieren. So verlangt es die Vorschrift. – Ferner haben Sie Aluminium in sich. Nummer achthundertfünfundvierzig des Zolltarifs, weil es schon verarbeitet ist. Ein Doppelzentner zwölf Mark. Ihr Stückchen ist eigentlich gar nicht der Rede wert, also fünf Pfennig. – Nun Paraffin, als Heilmittelersatz, steht unter Nummer dreihundertachtundachtzig. Der Zoll beträgt vierzig Mark je tausend Kilogramm. Sie zahlen also einen zweihundertstel Pfennig, aufgerundet einen Pfennig. – Ferner Silberdraht oder Silberrohr, das ist egal, Nummer siebenhundertzweiundsiebzig. Ist es vergoldet? Nein? Dann nur hundert Mark je hundert Kilogramm, das macht in Ihrem Falle zwanzig Pfennig. Das wäre wohl alles. Oder haben Sie noch etwas Neues?«

»Nur eine kleine Kalbsniere.«

Das Gesicht des Beamten verfinsterte sich. »Das ist unmöglich«, sagte er streng.

»Warum? Sie erfüllt ihren Zweck recht gut.«

»Das mag schon sein, aber da kann ich Ihnen nicht helfen. Die Niere kann ich nicht über die Grenze lassen, denn durch Gesetz vom 3. Januar 1900 ist der Transport von Fleisch in luftdicht verschlossenen Schachteln oder ähnlichen Gefäßen ausdrücklich verboten.«

»Aber gestatten Sie ...«

»Hier kann ich nichts gestatten. Wir können uns in Deutschland doch nicht die ganze Viehzucht versauen lassen! Die Niere bleibt hier!«

Ich mischte mich bescheiden ein: »Wäre es nicht vielleicht möglich, hier eine Ausnahme zu machen, schon im Hinblick auf die augenblickliche Fleischknappheit?«

Der Beamte blickte mich streng an und sagte: »Die Niere bleibt in Österreich!«

»Ich also auch!« erwiderte mein armer Freund.

Glauben Sie nicht, es sei ein Vergnügen, mit der Straßenbahn zu fahren!

Sooft ich in eine Straßenbahn steige, tue ich das im vollen Bewußtsein der Bedeutung dieses Schrittes. Ich tue es nicht so gleichgültig wie die meisten Leute, sondern bin mir voll und ganz dessen bewußt, daß ich damit viele Pflichten übernehme, die ich peinlich genau zu erfüllen habe.

Manche meinen, es sei ein Kinderspiel, mit der Straßenbahn zu fahren. Das ist nicht wahr. Ich kenne einen Herrn, der fuhr von Dejwitz zum Wasserturm in den Weinbergen und alterte bei dieser Fahrt vorzeitig um zwölf Jahre; in der dreiviertel Stunde, in der er diese Strecke zurücklegte, fuhr, umstieg, fuhr und nochmals umstieg, wurde sein Haar weiß.

Warum traf ihn dies? Nur deshalb, weil er glaubte, es sei eine Spielerei, mit der Straßenbahn zu fahren; man brauche sich nur hinzusetzen, einen Fahrschein zu lösen, zu fahren, irgendwo umzusteigen und weiterzufahren.

Das war gewiß ein Zeichen grober Unwissenheit, obwohl er sonst ein recht ordentlicher Mensch war, stets darauf bedacht, alle Pflichten zu erfüllen, die ihm seine Umgebung vorschrieb.

Er stieg also in Dejwitz in die Straßenbahn und verlangte einen großen Fahrschein. Schon das war nicht logisch. Er gibt nämlich Fahrscheine zu zwölf, zu zwanzig und zu dreißig Hellern. Er wollte eigentlich einen Fahrschein für zwanzig Heller, sagte jedoch: »Geben Sie mir einen Großen!« Nun hat der Verwaltungsrat der Verkehrsbetriebe aber beschlossen, daß ein Zwanzig-Heller-Fahrschein offiziell als »mittlerer« bezeichnet wird. Somit bekam der uniformierte Mann jenen Fahrschein, der offiziell als »großer« bezeichnet wird, nämlich einen für dreißig Heller. Der brave Mann zahlte ohne Murren und fuhr mit bis zum Wasserturm auf der Letná, wo der Triebwagen einen Anhänger für Raucher erhält.

Weil er Raucher war und wußte, daß man in dem Wagen, in dem er saß, nicht rauchen durfte, stieg er am Wasserturm auf der Letná in den angehängten Raucherwagen um.

Damit hatte er sich aber etwas eingebrockt! Gleichzeitig mit ihm bestieg der Kontrolleur den Wagen, und der Schaffner fragte, was für einen Fahrschein er wolle. Der Mann sagte, er habe bereits einen und sei nur umgestiegen, um rauchen zu können.

Kaum hatte der Kontrolleur das gehört, stürzte er auf ihn los, setzte seine strengste Amtsmiene auf und sagte: »Da befinden Sie sich aber im Irrtum, mein Herr! Wenn Sie hier sitzen wollen, müssen Sie einen neuen Fahrschein lösen.«

Der Mann wendete zaghaft ein, er habe doch einen Fahrschein für dreißig Heller gelöst und sei bisher nur eine Station gefahren. Übrigens wisse er, wenn er nach Dejwitz fahre, werde hier am Wasserturm auf der Letná der Raucherwagen abgehängt und die Fahrgäste würden in den Triebwagen geschickt, wo der Schaffner den Fahrschein nur loche; das sei eine ganz einfache Kontrolle, und der Schaffner könne das jetzt auch tun, weil es ja der gleiche Fall sei.

»Da befinden Sie sich wieder im Irrtum, mein Herr«, sagte der Kontrolleur, »wenn Sie ›hin‹ fahren, können Sie von einem Wagen in den anderen umsteigen, fahren Sie aber ›her‹, dürfen Sie das keinesfalls!«

»Aber das ist doch ganz dasselbe.«

»Nein, lassen Sie sich doch sagen, das ist nicht dasselbe! Was Sie jetzt getan haben, ist nur gestattet, wenn Sie von Straschnitz nach Dejwitz fahren; wenn Sie aber von Dejwitz nach Straschnitz fahren, dürfen Sie das nicht tun, weil Sie in entgegengesetzter Richtung fahren, und da ist auch die Ordnung entgegengesetzt. Die Sache ist doch ganz einfach. Sie müssen einen neuen Fahrschein lösen.«

»Aber ich fahre doch ein und dieselbe Strecke und ohne Unterbrechung.«

»Das nennen Sie ohne Unterbrechung, wenn Sie vom Triebwagen in den Anhänger umsteigen?«

»Wenn ich ›hin‹ fahre, darf ich es aber doch ...«

»Mit Ihnen ist nicht zu reden. Jetzt fahren Sie ›her‹, da dürfen Sie es nicht, und damit basta. So wurde es vom Verwaltungsrat der Verkehrsbetriebe beschlossen, und daran werden Sie nichts ändern. Entweder: Sie steigen aus, wenn Sie keinen neuen Fahrschein lösen, oder: Ich rufe einen Polizisten.«

»Dann gehe ich eben wieder in den Triebwagen.«

»Machen Sie, was Sie wollen!« sagte der Kontrolleur und lachte teuflisch.

Auf der nächsten Station verließ der Kontrolleur den Raucherwagen und betrat unmittelbar hinter dem unglücklichen Mann den Triebwagen.

Als der Wagen losfuhr, rief der Kontrolleur bissig: »Die Fahrscheine, bitte!«

»Dieser Fahrschein ist ungültig«, sagte er zu unserem Mann. »Er wurde ungültig, als Sie am Wasserturm in den Raucherwagen umstiegen. Sie müssen einen neuen lösen.«

»Aber, gestatten Sie, der Fahrschein ist in Ordnung! Ich fahre doch dauernd mit Ihnen.«

»Mein Herr, wie oft soll ich Ihnen das noch sagen: Sie fahren ›her‹ und nicht ›hin‹. Lösen Sie sofort einen neuen Fahrschein, dann ist die Sache in Ordnung, sonst rufe ich einen Polizisten, denn eine Fahrt ohne gültigen Fahrschein ist Betrug.«

»Aber ich habe doch einen gültigen Fahrschein!«

»Einen Dreck haben Sie. Der Fahrschein gilt nicht, und wenn Sie mich auf den Knien anflehen.«

»In Gottes Namen – dann geben Sie mir eben einen neuen Umsteiger!«

Er setzte sich mit seinem neuen Fahrschein in eine Ecke und betrachtete das Innere des Wagens. Von den Wänden grinsten ihm die Anordnungen des Verwaltungsrates der Verkehrsbetriebe entgegen: Das P. T. Publikum wird darauf hingewiesen... Es ist streng verboten... Verboten ist...

Das trug keineswegs dazu bei, seine Laune zu verbessern.

Dazu kam, daß einige Fahrgäste, die seine Blamage mit dem Kontrolleur miterlebt hatten, mit ihrer Meinung nicht hinter dem Berge hielten, er habe sicherlich einen Fahrschein von gestern auf der Straße aufgehoben und umsonst fahren wollen.

Von der hinteren Plattform aus betrachtete ihn der Kontrolleur.

Sie kamen an die Ecke Graben–Wenzelsplatz. Der Mann stieg aus und wartete auf die Linie drei, um mit ihr über den Wenzelsplatz am Museum vorbei zum Tylplatz zu fahren, wo er in die Linie zwei umzusteigen gedachte. Der Kontrolleur folgte ihm. Der arme Mann zitterte vor Angst und bestieg in böser Vorahnung den Wagen.

»Die Fahrscheine, bitte!« meldete sich wieder der Kontrolleur.

Mit zitternder Hand zog der Mann den Fahrschein aus der Tasche und reichte ihn dem Kontrolleur.

Der sah ihn groß an und fragte: »Wohin fahren Sie?«

»Richtung Weinberge.«

»Da dürfen Sie erst oben auf dem Wenzelsplatz umsteigen. Der Fahrschein ist ungültig!«

»Aber, ich bitte Sie, das ist doch einerlei, ob ich auf dem Wenzelsplatz unten oder oben umsteige.«

»Das ist zweierlei, mein Herr! Umsteigen dürfen Sie nur, wo sich die Linien trennen, merken Sie sich das für das nächste Mal!«

»Aber das steht doch nirgends!«

»Das steht nirgends? Das muß Ihnen doch Ihr Verstand sagen, daß auch das Umsteigen irgendwie organisiert sein muß und daß es für alles Vorschriften gibt. Der Verwaltungsrat hat beschlossen, wo umzusteigen ist. Danach haben Sie sich zu richten. Da hilft Ihnen alles nichts. Lösen Sie einen neuen Fahrschein, oder ich rufe einen Polizisten!«

Der Mann löste einen neuen Umsteiger und fuhr zum Tylplatz. Dort stieg er aus und wartete auf die Linie zwei.

Der Kontrolleur folgte ihm, und als sie in den Wagen stiegen, sagte er zu ihm: »Bitte, Ihren Fahrschein!«

Der Mann schlotterte vor Angst, aber diesmal ging es gut aus. Der Kontrolleur sagte »Danke« und gab ihm den Fahrschein zurück, und so fuhr der arme Mann glücklich bis zum Wasserturm nach den Weinbergen.

Sein schwarzes Haar aber war, als er den Wagen verließ, weiß wie Schnee geworden, und tiefe Falten im gelben Gesicht zeigten an, daß er in der kurzen Zeit um zwölf Jahre gealtert war.

Seit dieser Zeit schleppt er sich als kranker Mann durch dieses irdische Jammertal, das die Straßenbahnen der Königlichen Hauptstadt Prag fröhlich durchfahren.

Der mysteriöse Fall mit dem Grabmal

Es gibt in der Welt verschiedene Einrichtungen, die man kaum vermissen würde, wenn es sie nicht gäbe.

Diese Einrichtungen bezeichnet man zumeist als Ordnung. Es gibt Ordnungen verschiedener Art: Polizeiordnungen, Disziplinarordnungen, und alle diese Ordnungen richten häufig nichts als Schaden an.

In unserem Falle freilich handelt es sich um einen Fortschritt, doch kann niemand behaupten, daß es dabei um eine politische Frage ginge.

Es handelt sich ganz einfach um eine neue Spediteurordnung.

Wie man sieht, gibt es also neben den Polizeiordnungen auch Spediteurordnungen, und vielleicht erfindet man künftighin auch noch Müllerordnungen und so weiter.

Und alle diese Ordnungen werden – wie die neue Spediteurordnung – bis ins kleinste ausgearbeitet, damit sie die Menschheit erfreuen und ihr die gleiche Kurzweil bereiten wie die Ordnung, von der wir hier berichten wollen.

Herr Raudnic hatte für seinen verstorbenen Vater irgendwo auf dem Lande ein Grabmal bestellt. Dieses Grabmal sollte nun auf den Friedhof gebracht werden, auf dem der Vater des Herrn Raudnic begraben war.

Die Bestellung erfolgte von Prag aus. Herr Raudnic betraute also mit dem Transport des Grabmals von der Firma auf dem Lande bis zu dem ebenfalls auf dem Lande befindlichen Friedhof als dem Bestimmungsort der Sendung eine Prager Speditionsfirma.

Bei dem Grabmal handelte es sich um einen zwei Meter hohen Obelisken, der etwa vierhundertzwanzig Kilogramm wog, was gewiß ein recht anständiges Gewicht ist.

Eines Tages nun erhielt Herr Raudnic die Nachricht, das Grabmal sei fertig. Er zögerte also nicht, ging zu der Prager Speditionsfirma und verlangte, das Grabmal solle entsprechend der Vereinbarung von dem auf dem Lande befindlichen Hersteller zu dem auf dem Lande gelegenen Friedhof transportiert werden.

Seither waren einige Tage vergangen. Herr Raudnic kehrte eben von einem Spaziergang nach Hause zurück, als er vor dem Gebäude, in dem er in der Furcht Gottes das dritte Stockwerk bewohnte, eine riesige Menschenmenge erblickte, die ihrer Erregung deutlich Ausdruck gab.

Als er näher kam, bemerkte er, daß sich acht starke Männer damit abmühten, ein Grabmal ins Haus zu befördern.

Er erschrak und ging auf sie zu, um sich zu erkundigen, was hier vorgehe.

Er hatte allen Grund, blaß zu werden, denn man antwortete ihm, das Grabmal sei für Herrn Raudnic bestimmt, und nach den Bestimmungen müsse man es ihm in die Wohnung liefern.

Der Anführer dieser lieben Leute sprach sehr gebildet und erklärte, er halte sich streng an die neue Spediteurordnung, der zufolge die Firma bei Transitaufträgen die Gegenstände nur an die verfügungsberechtigte Person ausliefern dürfe. Der Vater des Herrn Raudnic aber könne, da er bereits verstorben sei, nicht als verfügungsberechtigte Person angesehen werden, und das Grabmal gehöre daher dem lebenden Herrn Raudnic als dem nächsten Angehörigen.

Vergeblich waren alle Versuche des Herrn Raudnic, die Katastrophe abzuwenden.

»Als verfügungsberechtigte Person haben Sie ein Anrecht auf das Grabmal«, sagte der Anführer der Packer zu ihm und wandte sich dann an die Arbeiter mit dem Zuruf: »Hau-ruck!«

Sechzehn Arme hoben das Grabmal, und während Herr Raudnic vor Erregung leise vor sich hinweinte, trugen sie trotz der inständigen Bitten der Hausmeisterin und des Hausherrn das Grabmal ins Haus. Als sie es im dritten Stockwerk absetzten und auf Herrn Raudnic warteten, damit er ihnen die Tür öffne, brach das Grabmal durch und erschlug unter anderen auch den noch unten wartenden Herr Raudnic.

Weil er in diesem Augenblick aufhörte, eine verfügungsberechtigte Person zu sein, beabsichtigte die Firma, das Grabmal nunmehr in die Wohnung seiner nächsten Verwandten zu bringen.

Wie Österreich durch eine Elementarkatastrophe gerettet wurde

In Chvaletice ging ein Hagelwetter nieder. Auf der Josef Roubíček, dem Bruder des Schnittwarenhändlers auf der Prager Kleinseite Antonín Roubíček, gehörenden zwei Strich großen Wiese schlugen die Hagelkörner das Gras in den Boden.

Auf Herrn Antonín Roubíček wirkte der Brief seines Bruders, in dem diese Katastrophe geschildert wurde, durchaus angenehm. Er trat mit fröhlichem Gesicht in seinen Laden und sagte zum Kommis: »Herr Jakina, ändern Sie die Preisschilder! In Chvaletice war ein Hagelwetter.« Unter dem Eindruck dieser Katastrophe wurde ein Meter Schirting um zehn Heller teurer, ein Meter Barchent um zwölf Heller.

Je länger Herr Roubíček über das vernichtete Gras auf der Wiese seines Bruders nachdachte, desto unbedeutender erschienen ihm die Preise in seinem Laden. Seine Fröhlichkeit schwand, und am Nachmittag hatte sich die Preiserhöhung auch auf Nähgarn und Zwirn ausgewirkt. – Am Abend dieses Tages traf er sich in seinem Stammlokal mit Herrn Hýsek, dem Inhaber eines Elektrobetriebes. Mit betrübter Miene schilderte er ihm die Elementarkatastrophe, die Chvaletice heimgesucht hatte, und malte deren weitreichende Folgen in den schwärzesten Farben.

»In Lišnov hat es auch gehagelt, da wird das Mehl teurer!« seufzte Herr Hýsek, und als er sich nachts schlaflos in seinem Bett herumwälzte, stellte er sich die Folgen des Unglücks so lebhaft vor, daß am Morgen die Vorübergehenden an den Glühlampen neue Preisschilder sahen: »Früher 1,20 K, jetzt 1,40 K«.

Kaum hatte Herr Hýsek beim Frühstück die »Politika« gelesen, schlug er auch noch bei den Bunsenbrennern und den Isolatoren je eine Krone auf. In seinem Hause sprach man von nichts anderem mehr als von den großen Elementarkatastrophen.

Als Frau Hýsková zum Fleischer ging, beklagte sie sich, daß nun auch das Mehl teurer werde.

Herr Fanta, der Fleischermeister, dachte lange nach. Dann sagte er zu seiner Frau: »Wenn das Mehl teurer wird, wird alles teurer. Von morgen an werden wir das Schweinefleisch um zwanzig Heller und das Kalbfleisch um zehn Heller teurer verkaufen.«

Bei diesem Fleischer kaufte auch das Dienstmädchen des Hausbesitzers ein. Als es nach Hause kam und der Frau Hausbesitzer erzählte, daß Kalb- und Schweinefleisch teurer geworden seien, weil es in Chvaletice und in Lišnov gehagelt habe, sprach die Frau Hausbesitzer mit ihrem Mann über die allgemeine Teuerung, und der Herr Hausbesitzer beschloß, die Miete der über ihm wohnenden Parteien um hundert Kronen zu erhöhen.

Dies wurde den Mietern mitgeteilt, deren Sohn in Brünn als unbezahlter Praktikant arbeitete und von seinen Eltern bisher monatlich fünfzig Kronen erhalten hatte. Der arme Praktikant bekam deshalb einen Brief, in dem ihm sein Vater mitteilte, er könne ihm, weil es in Chvaletice und in Lišnov gehagelt und der Hausbesitzer deshalb die Miete um hundert Kronen erhöht habe, künftig nicht mehr als vierzig Kronen monatlich schicken, zumal auch alles andere teurer geworden sei: Fleisch, Zwirn, Glühlampen und Barchent. Er solle also sparsam leben und sich bemühen, mit diesem Betrag auszukommen.

Das war gewiß eine herrliche Logik. Der arme Praktikant aber konnte mit vierzig Kronen nicht auskommen, er vergriff sich an dem Geld, das ihm zur Einzahlung auf der Post anvertraut worden war, und nachdem er es in Wien mit leichten Frauen durchgebracht hatte, legte er Hand an sich – nur, weil in Chvaletice und in Lišnov ein Hagelwetter niedergegangen war.

Bevor sich jedoch diese Tragödie ereignete, erzählte das Dienstmädchen des Hausbesitzers beim Kaufmann, daß das Fleisch teurer geworden sei, und der Kaufmann erhöhte daraufhin den Preis der Ölsardinen und des Petroleums.

Dieser Kaufmann hieß Křapáček. Er war der Bruder des bekannten Kohlengroßhändlers Bedřích Křapáček. Dieser stand gerade im Begriff, sein Personal um eine Person zu vergrößern. Diese Person sollte die sehr gebildete Witwe Žofie Pálková sein. Da sie mit ihren drei kleinen Kindern in großer Not lebte, war sie der Verzweiflung nahe gewesen, doch durch den in Aussicht gestellten Eintritt in den Betrieb des Herrn Křapáček mit einem Monatsgehalt von sechzig Kronen hatte sich ihr nun eine glückliche Zukunft eröffnet.

Als Herr Křapáček aber von jener Elementarkatastrophe erfuhr, schlug er nicht nur zwei Kreuzer auf den Zentner Kohle auf, sondern entließ im Hinblick auf die zu erwartende Teuerung zwei Angestellte und nahm die gebildete Witwe nicht auf. Diese fiel daraufhin in die Hände von Kupplern und führte ein unmoralisches Leben, ihre Kinder hatten keine Aufsicht mehr und verwahrlosten völlig, ihre Tochter erwürgte, als sie erwachsen war, ihr Neugeborenes, und ihre zwei Söhne bestahlen als Halbwüchsige die Bäckersfrau. Und das alles geschah einzig und allein deshalb, weil in Chvaletice und in Lišnov ein Hagelwetter niedergegangen war.

Zum Kaufmann Křapáček kam auch der Mann der Frau Klára, um Petroleum zu kaufen. Diese Frau Klára war eine liederliche Person, und deshalb hatte er den Plan gefaßt, sie und sich selbst mit einem Liter Petroleum zu übergießen und anzuzünden. Er betrat also den Laden mit einer Flasche in der Hand und fragte, was ein Liter Petroleum koste. Ihm wurde geantwortet, es sei um fünf Kreuzer teurer geworden. Diese fünf Kreuzer hatte der Mann jedoch nicht bei sich, deshalb ging er nochmals nach Hause, um sie zu holen. Unterwegs überlegte er sich die Sache aber und kaufte statt eines Liters nur Petroleum für sechs Kreuzer, was gerade zum Nachfüllen der Lampe reichte. Bei ihrem milden Schein dankte er Gott dafür, daß durch die zufällige Verteuerung des Petroleums zwei Menschenleben gerettet worden waren. Und warum? Weil in Chvaletice und Lišnov ein Hagelwetter niedergegangen war.

Bauer, leg die Hand aufs Herz und rufe mit mir aus: »Was Gott tut, das ist wohlgetan!«

Beim Kaufmann Křapáček erschien an diesem Tage auch der Besitzer eines Autogeschäfts, Herr Spáčil. »Die Ölsardinen sind wohl teurer geworden?« rief er verwundert aus, als die Registrierkasse nicht wie bisher achtzig Heller, sondern eine Krone anzeigte. »Ja, mein Herr, in Chvaletice und in Lišnov war ein Hagelwetter«, sagte der Kaufmann. »Die Folge davon ist eine fürchterliche Teuerungswelle und große Not unter dem Volk. Das können Sie in der ›Politika‹ nachlesen.«

Am nächsten Tag kam Graf Otto zu Herrn Spáčil und wunderte sich sehr, daß dieser für ein Auto tausend Kronen mehr verlangte. Weil Herr Spáčil aber im Hinblick auf die Elementarkatastrophe in Chvaletice und in Lišnov keinen Kreuzer nachlassen konnte, kam es nicht zum Kauf. Zwei Tage danach explodierte das Auto, um das die Verhandlungen gegangen waren, in der Garage, und Fachleute erklärten, das wäre spätestens nach zehn Kilometern geschehen, die Graf Otto mit diesem Auto gefahren wäre.

So retteten die Hagelkörner auch dem Grafen Otto das Leben, der später Botschafter in Petersburg wurde und dort vereinbarte, daß das Franz-Joseph-Land am Nordpol vom russischen Staat für alle Zeiten als neutrales Gebiet betrachtet wurde.

Durch diese ruhmreiche diplomatische Tat wurde Österreich an die Spitze der Großmächte gestellt, gewann Einfluß in ganz Europa und konnte in Frankreich eine Anleihe von dreißig Milliarden Kronen zum Ausbau des Schulwesens unterbringen. Aus Österreich wurde so ein Staat mit dem höchsten Bildungsniveau. Und warum? Weil in Chvaletice und in Lišnov ein Hagelwetter niedergegangen war.

Tabak

Cserek pflanzte Tabak und verkaufte ihn im Herbst an den Herrn Kreishauptmann. Der Herr Kreishauptmann, der im übrigen um das Wohl des Königreichs Ungarn sehr besorgt war, verkaufte den Tabak, den er von Cserek erstanden hatte, an den Wachtmeister der Finanzwache sowie an die Herren vom Finanzamt weiter. Wenn die Herren am Abend im Kasino beisammen saßen, wobei auch der Herr Kreishauptmann nicht fehlte, meinten sie oft, die hiesige Gegend sei leider nicht günstig für den Anbau von Tabak.

»Sehen Sie, meine Herren, der Tabak, den wir rauchen, stammt aus der Herzegowina«, sagte dann der Herr Kreishauptmann, »mein Vetter ist nämlich dort Offizier. Man möchte es nicht glauben: In der dortigen Gegend ist es noch weniger warm als bei uns, und trotzdem wird dort Tabak gebaut, und was für einer, nicht wahr?«

Der Wachtmeister der Finanzwache blies einige Rauchwölkchen in die vom Geruch des Weines geschwängerte Luft und sagte: »Die hiesigen Bauern sind eben noch zu dumm, um Tabak anzubauen. Abgesehen davon, daß das Klima nicht günstig ist, hält die Bauern die Angst vor dem Gesetz davon ab, und dann glaube ich, der Tabak, den man hier anbauen würde, ließe sich überhaupt nicht rauchen. Die Hauptsache ist dabei doch die Veredelung.«

»Da haben Sie völlig recht«, stimmte ihm der Herr Kreishauptmann zu, »es geht eben nichts über den Tabak aus der Herzegowina. Mein Vetter ...«

Inzwischen schnitt Cserek in seinem Dorf gemeinsam mit seiner gesamten Familie die Tabakblätter und weichte sie in Bottichen ein, von denen er den Uneingeweihten sagte, sie dienten zum Einlegen von Melonen. Die Stengel der Tabakblätter und die groben Teile verkaufte er an die Bauern, den feineren, bearbeiteten Tabak aber brachte er in die Stadt und auf die umliegenden Pfarreien.

Niemand hätte gedacht, daß Cserek soviel Tabak anbaute. Aber wer im Sommer auf die Felder gegangen wäre, wo sich Stangenbohnen bis zu einer Höhe von zwei Metern emporrankten, hätte zwischen den Beeten und den Stangenreihen immer eine Reihe einer großen Pflanze mit langen Blättern und dicken Stengeln entdeckt. Und in den Maisfeldern rings um Csereks Hof hätte er die gleiche Pflanze gesehen. Wenn Cserek zur Zeit der Ernte gefragt wurde, wozu diese Pflanzen dienten, erwiderte er, damit füttere er seine stattliche Zahl von Schweinen.

In diesem Jahre nun hatte Cserek eine ungewöhnlich reiche Tabakernte. Und er war mit der Veredelung des Tabaks so beschäftigt, daß ihm völlig entging, was man sich im Dorf von seiner Tochter Elenka erzählte.

»Der Finanzwachtmeister, der mit Elenka geht, ist ein hübscher junger Mann«, hieß es ganz allgemein.

An einem Sonntag ging Cserek in die Kammer. Am nächsten Tag wollte er in die Stadt fahren, um seinen inzwischen getrockneten und veredelten Tabak zu verkaufen. Er blickte auf seinen Vorrat, doch der erschien ihm merkwürdig klein. Da holte er eine Waage herbei und wog nach. Verwundert schüttelte er den Kopf und rief die ganze Familie zusammen – doch das Gewicht wollte und wollte nicht stimmen. Es fehlten zwei Kilogramm Tabak, gerade vom besten, den der Herr Kreishauptmann kaufte. Wo waren die nur? Wo konnten die hingeraten sein? Die ganze Familie wunderte sich sehr, wußte aber keine Antwort.

»Bis zum Abend stelle ich das fest«, donnerte Cserek und legte sich in der Stube auf die Ofenbank. Aber bis zum Abend stellte er es nicht fest, und so blieb er denn liegen und überlegte weiter, wohin die zwei Kilogramm Tabak verschwunden sein mochten.

Am gleichen Abend erzählte der alte Géza im Gemeindegasthaus, er habe tags zuvor Elenka gesehen. »Ja, gestern abend habe ich Elenka gesehen«, sagte er und schwieg dann, weil er seine Pfeife anzünden mußte. Nach einer guten Weile fuhr er fort: »Und neben Elenka stand der Finanzer, jawohl.« Er verstummte, denn die Pfeife war ausgegangen. Er zündete sie gemächlich an und bemerkte nach einer geraumen Weile: »Und dieser Finanzer...« Wieder machte er eine Pause, denn die Pfeife wollte und wollte nicht brennen. Ehe er sie neu angezündet und richtig in Brand gesetzt hatte, waren seit Beginn des Berichtes drei Stunden vergangen. Nun aber nahm Géza alle seine Beredsamkeit zusammen und erklärte: »Und der Finanzer hat Elenka geküßt. Ja, richtiggehend geküßt.«

Der Wachtmeister der Finanzwache mischte sich gern in die Privatangelegenheiten seiner Untergebenen. Deshalb ging er zur Wache. Der junge Finanzer, von dem der alte Géza erzählt hatte, lag eben auf der Pritsche und rauchte eine lange Pfeife, als der Wachtmeister eintrat.

»Lieber Freund, über Sie wird im Dorf allerhand geredet«, sagte er ohne lange Einleitung. »Ist Ihr Mädchen wirklich so hübsch?«

»Hübsch und ein wahrer Engel«, erwiderte der junge Finanzer und wurde rot.

»Was haben Sie eigentlich gestern abend in ihren Koffer gesteckt?« fragte der Wachtmeister weiter. »Es war ein recht großes Paket!«

Der junge Mann schwieg, denn er wußte nicht, was er erwidern sollte.

»Wenn Sie nicht wollen, brauchen Sie es mir nicht zu sagen«, meinte der Wachtmeister. »Aber wollen Sie nicht mit mir ein Glas Wein trinken gehen? Sie haben ja doch am Abend Dienst.«

Eine Viertelstunde später saß der junge Finanzer mit dem Wachtmeister im Gasthaus. Nach einer Stunde wurde er lustig, und nach zwei Stunden vertraute er dem Wachtmeister alles an, selbst, daß er in seinem Koffer ein Paket Tabak verstaut habe und daß dieser Tabak von seiner Elenka stamme.

An diesem Tage versah der Herr Wachtmeister selbst den Dienst für seinen Untergebenen.

Am nächsten Abend saßen die Herren vom Finanzamt und der Herr Kreishauptmann wieder im Kasino, nur der Wachtmeister der Finanzwache fehlte. Alle wunderten sich, wo er so lange bleibe.

Da öffnete sich die Tür, und der Erwartete trat ein. Er trug ein großes Paket unter dem Arm.

»Entschuldigen Sie, meine Herren«, sagte er, »daß ich so spät komme! Ich war noch auf dem Postamt. Denken Sie nur, meine Herren, was für ein eigenartiger Zufall! Ich habe einen Vetter, der wurde in die Herzegowina versetzt. Und nun schickte er mir zugleich mit der Nachricht von seiner Versetzung ein Paket Tabak und teilte mir mit, er kenne den Vetter des Herrn Kreishauptmanns. Leider werde ihre Bekanntschaft nicht von langer Dauer sein, denn der Vetter des Herrn Kreishauptmanns sei nach Galizien versetzt worden. Ich hoffe, meine Herren, in Zukunft kann *ich* Ihnen den Tabak aus der Herzegowina verschaffen, natürlich für den gleichen Preis wie bisher der Herr Kreishauptmann . . .«

Der Herr Kreishauptmann sah ihn erst fragend an, dann nickte er zustimmend.

Eine Hochverratsaffäre in Kroatien

Ein informatives Gespräch

Der Stellvertreter des Bans von Kroatien saß an seinem Schreibtisch und führte ein vertrauliches Gespräch mit dem Landeskommissar: »Die Regierung unseres Bans, des Barons Rauch, ist sehr unbeliebt. Es wäre gut, wenn wir Mittel und Wege fänden, dies zu ändern. Was würden Sie sagen, wenn wir zu diesem Zweck fünfzig Menschen hängen ließen?«

»Ich würde sagen«, erwiderte der kroatische Landeskommissar mild, »daß es auf einen mehr oder weniger nicht ankommt.«

»Wie man sieht, haben Sie das Herz auf dem rechten Fleck, lieber Kommissar! Baron Rauch hat gern solche Menschen um sich. Was mich anlangt, ich würde siebenundfünfzig hängen lassen. Was meinen Sie dazu?«

»Nur so viel, Exzellenz: Ob siebenundfünfzig oder achtundfünfzig, ist ganz egal. Mir geht das nicht nahe, ich bin Beamter und, Gott sei Dank, ein guter Beamter. Wenn schon hängen, dann hängen, wenn erschießen, dann erschießen, und wenn das Gesetz ertränken vorschreibt, dann eben ertränken; hieße es aber pfählen, so ließe ich die Kerle eben pfählen. Wenn mir von meiner vorgesetzten Dienststelle gesagt würde, ich solle mir die Pulsadern öffnen, dann täte ich es, und wenn unser durchlauchtigster Ban sagte: ›Ich bitte dich, trinke nicht mehr!‹, dann würde ich eben nicht mehr trinken und für das Vaterland verdursten. Ja, so ein Beamter bin ich. Für das Königreich Ungarn sowie für unsere engere Heimat erwürge ich jeden Hochverräter mit diesen meinen bloßen Händen. Gott ist mein Zeuge, Eure Exzellenz. Auf höheren Befehl . . .«

Der Stellvertreter des Bans lachte: »Das ist nicht nötig, lieber Freund! Die Hauptsache ist, wie ich schon gesagt habe, das Vertrauen des Volkes zur Regierung unseres durchlauchtigsten Bans Rauch zu gewinnen. Und das ist nur möglich durch einen Hochverratsprozeß. Hochverräter aber finden wir nicht im Ofen oder in den eigenen Eingeweiden, die müssen wir suchen. Bei gutem Willen geht alles.

Baron Rauch braucht also Hochverräter zum Dessert. Wir werden sie ihm liefern. Und weil Hochverräter nicht aus Zucker gemacht werden, müssen wir uns eben umschauen. Das wäre doch gelacht, wenn man unter so vielen Menschen in Kroatien nicht siebenundfünfzig Hochverräter fände! Man braucht nur hier oder dort auf den Busch zu klopfen.

Beispielsweise findet man eine Pfeife mit einer serbischen Aufschrift. Gut. Schon hat man einen Hochverräter, nämlich den Mann, der diese Pfeife geraucht hat. Und dazu einen zweiten, der ihm die Aufschrift auf der Pfeife anbrachte. Wieder schaut man sich um, verhaftet den Pfeifenfabrikanten und ebenso den Tabakwarenhändler, bei dem der Besitzer der Pfeife seinen Tabak kauft. Vielleicht holt er sich den Tabak auch nicht selbst, sondern schickt jemanden, und schon hat man einen weiteren Hochverräter. Mein Gott, wer steht denn in der Welt ganz verlassen da? Alle Verhafteten haben sicherlich Verwandte. Die sperrt man eben auch ein.

Man tippt hier an, und man tippt dort an, und schließlich findet man jemanden, der alles beschwört, wenn man ihn nur gut bezahlt. Das ist der Belastungszeuge. Die Angeklagten würden auch gern schwören, doch man belehrt sie väterlich, daß sie als Angeklagte nicht zu schwören brauchen, dafür sind ja die Belastungszeugen da.

Nun erhebt man gegen alle Anklage wegen Hochverrats, es gibt einen großen Prozeß, und in Kroatien zieht Ruhe ein. Bei so etwas sagt man, der Zweck heiligt die Mittel, lieber Freund!

Oder man beginnt die Sache anders. Man verhaftet einen Spitzbuben und läßt ihm die Wahl: Entweder sperren wir dich ein, oder du schwörst und sagst unter Eid das aus, was man dir vorsagt. Ein solcher Spitzbube ist eine wichtige Person und erweist der Regierung immer gute Dienste. Man belohnt ihn, verleiht ihm eventuell den Adelstitel. Manchmal befindet sich die Regierung in einer derartigen Lage, daß sie sich keinen Rat weiß, und da kommt ihr so ein Spitzbube wie gerufen. Falls er schreiben kann, ist es noch besser. Er kann dann beispielsweise eine Broschüre über eine Verschwörung herausgeben. Das ist allerdings nicht mein Einfall, sondern der des

Bans persönlich; er findet natürlich meine Billigung. Kann der Betreffende nicht schreiben, läßt man es einfach für ihn tun. Bei der Landesregierung gibt es genug Beamte, die in jungen Jahren Gedichte geschrieben haben. Ein solcher Beamter springt also ein, die gefundene Person unterschreibt es, und gut. Schon sind die Fäden gesponnen! Die Broschüre über die Verschwörung findet das Interesse der Regierungskreise, und sie rufen den Mann, der es unterschrieben hat, zum Ban. Der Ban klopft ihm auf die Schulter, reicht ihm die Hand und wäscht sie danach. Ein schmutziger Kerl, gewiß, aber die Interessen des Vaterlandes... Hauptsache, daß in der Broschüre Namen von Menschen angeführt sind, die sich am Leben befinden, denn Tote kann man nicht hängen und auch nicht ins Gefängnis werfen. Dann geht es wie vorhin weiter. Ganz der gleiche Vorgang. Man tippt hier an, und man tippt dort an. Das Gericht bereitet sich darauf vor, daß es Unschuldige wegen Hochverrats verurteilen muß. Die Urteile werden schon während der Untersuchungshaft vorbereitet. Was, glauben Sie, wird Europa dazu sagen, lieber Kommissar?«

»Wir werden auf die öffentliche Meinung...«, erwiderte der Landeskommissar.

»Das haben Sie gut gesagt«, lobte ihn der Stellvertreter des Bans. »Wir gehen direkt vor. Das übrige kommt von ganz allein.«

Brief des Stellvertreters des Bans an Herrn Baron Rauch

Eure Exzellenz!

Einen Spitzbuben, der uns das zuliebe macht, habe ich gefunden. Er heißt Nastić. Ich habe ihm den Adelstitel, eine feste Anstellung und Geld versprochen. Die Broschüre verfaßt er selbst.

Brief des Bans Baron Rauch an seinen Stellvertreter

Lieber Freund!

Eben habe ich mit unserem Freund Nastić gesprochen. Ich habe ihm dreißigtausend Kronen anweisen lassen, damit er die Broschüre im Selbstverlag herausgeben kann. Ich lege ein Verzeichnis jener Personen bei, bei denen sich Belastungsmaterial finden muß. Ferner brauche ich zehn Leute, die bereit sind, einen Meineid zu leisten. Die Kosten trage ich persönlich.

Was bei den verdächtigen Personen gefunden wurde

(Nach dem amtlichen Protokoll)

Bei der ersten Person: ein Taschenmesser mit rotem Griff, ein weißes Hemd, und weil der Betreffende blaue Augen hat, bilden diese Farben zusammen die slawische Trikolore.

Bei der zweiten Person: ein Krug mit einer serbischen Inschrift.

Bei der dritten Person wurde nichts gefunden, was

doppelt verdächtig ist, denn es zeugt von dem schlechten Gewissen dieses Mannes, der so raffiniert war, alle Spuren seiner hochverräterischen Verbindungen zu beseitigen.

Bei der vierten Person wurde ein Ansichtskartenalbum gefunden. Darin befanden sich zwei Ansichtskarten aus Belgrad. Die Unterschriften sind unleserlich. Das läßt darauf schließen, daß die serbischen Kreise über den dynastiefeindlichen Charakter der Korrespondenz sehr wohl unterrichtet waren.

Bei der fünften Person wurde nichts gefunden. Das ist noch verdächtiger als bei Person Nr. 3, weil die Polizei in diesem Falle ganz sicherzugehen glaubte.

Die sechste Person kann den Umstand nicht erklären, daß sie einmal ein serbisches Volkslied gesungen hat. Ferner wurden bei ihr Strümpfe gefunden, die in Zemuni gekauft wurden. Weil dieser Ort gegenüber von Belgrad liegt, kann man annehmen, daß sich der Betreffende durch den Kauf jener Strümpfe vor fünf Jahren für alle Fälle sichern wollte, um bei Bedarf seine Beziehungen zu Serbien und den serbischen Kreisen nachweisen zu können.

Die siebente Person hat alles sorgfältig versteckt, was sie in den Verdacht des Hochverrats bringen könnte. Beweis dafür ist, daß bei einer überraschenden Hausdurchsuchung ebenfalls nichts gefunden wurde.

Die achte Person wurde in Untersuchungshaft genommen, weil Person Nr. 5, bei der nichts gefunden wurde, ihr Stiefvater ist. Es liegt der begründete Verdacht vor, daß beide miteinander konspirieren und nun die Unschuldigen spielen.

Bei der neunten Person wurde eine Ausgabe serbischer Lieder gefunden.

Die zehnte Person besaß ein Verzeichnis der Mitglieder der Organisation »Sokol«.

Bei den Personen Nr. 11, 12, 13, 14, 15, 16, 17, 18, 19, 20 und 21 wurden Mitgliedsbücher der Organisation »Sokol« gefunden. – Bei den Personen 22, 23, 24, 25 und 26 wurden keine »Sokol«-Mitgliedsbücher gefunden. Weil aber der begründete Verdacht besteht, daß die betreffenden Personen von der Existenz des hochverräterischen Vereins »Sokol« wußten und nur deshalb nicht eintraten, um ihr hochverräterisches Handeln vor den amtlichen Organen zu verheimlichen, ist die Regierung der Ansicht, daß sie sich ihrer hochverräterischen Handlungsweise bewußt waren.

Bei den Personen 27, 28 und 29 sowie 30 bis 35 wurden Hanteln gefunden. Die Regierung vermutet mit Recht, daß die Verdächtigen durch das Üben mit den Hanteln ihre Muskeln stärken wollten, um Widerstand gegen die Staatsorgane leisten zu können. Damit haben sie sich des Verbrechens der Rebellion schuldig gemacht, was in Verbindung mit dem Ruf, den diese Personen genießen, den Tatbestand des Verbrechens des Hochverrats in sich schließt.

Bei den Personen 36 bis 50 wurden verschiedene Dokumente gefunden, aus denen hervorgeht, daß die Betreffenden zu serbischen Kreisen Verbindung unterhielten. Der wichtigste Beweis dafür ist ihr religiöses Bekenntnis, das mit dem der Serben im Königreich Serbien identisch ist.

Person 51 erkrankte in der Untersuchungshaft lebensgefährlich. Dies ist ein Beweis dafür, daß sie sich einer ordnungsgemäßen Aburteilung entziehen wollte.

Bei den Personen 52 bis 57 wurden serbische Zeitungen gefunden. Weil aber bei ihnen nicht auch gleichzeitig das kroatische Regierungsblatt gefunden wurde, ist erwiesen, daß ihnen die serbische Zeitung als Informationsquelle genügte, wodurch die Anklage wegen Hochverrats hinlänglich begründet erscheint.

Aus der Verhandlung gegen die Hochverräter

Vorsitzender zum ersten Angeklagten: »Kennen Sie diesen Hut?«

»Ja.«

»Wissen Sie, wann Sie diesen Hut zuletzt getragen haben?«

»Nein.«

Der Vorsitzende läßt das protokollieren.

Staatsanwalt: »Sie wissen also nicht, daß Ihnen der Angeklagte Dr. Medaković diesen Hut geliehen hat?«

»Ich kann mich nicht erinnern.«

Vorsitzender mit erhobener Stimme: »Sehen Sie,

wenn Sie nicht einmal wissen, wer Ihnen den Hut geliehen hat, werden Sie sicherlich auch nichts von Hochverrat wissen wollen...«

Ich habe Angst, was wohl mit mir geschieht, da der Prozeß in Agram nun unmittelbar bevorsteht. Ich besitze nämlich ein rotes Taschentuch, in der Küche haben wir eine weiße Kredenz, und im Frühling wird sich ein blauer Himmel über uns wölben. Das ergibt zusammen auch die hochverräterische slawische Trikolore.

Wie mir die Irredenta in Zadar meine Karriere verdarb

Als Praktikant bei der Statthalterei in Zadar in Dalmatien hatte ich ein Monatsgehalt von dreiundfünfzig Gulden. Das war zu der Zeit, als General B. Statthalter wurde. In diesem Mann tobte dauernd der Zwiespalt zwischen dem Soldaten und dem Bürokraten, und daraus ergab sich sein sonderbarer Charakter. Er wurde ein Mischling zwischen beiden Richtungen, liebte die Italiener nicht und titulierte uns Praktikanten: »Herr Kollege«. Was er weiter sagte, trug wieder mehr militärischen Charakter.

So begann ich denn, ihm mit meinen dreiundfünfzig Gulden Monatsgehalt dabei zu helfen, Österreich vor der italienischen Irredenta zu retten. Dreiundfünfzig Gulden sind nicht gerade viel, und ich kann sagen, daß ich mich für einen solchen Betrag bei der Rettung des Staates auch nicht allzusehr anstrengte.

Eines Tages ließ mich der Statthalter zu sich rufen und sagte: »Herr Kollege, morgen haben die Irredentisten eine Versammlung. Ich schicke Sie als Vertreter des Staates dorthin. Bei der geringsten staatsfeindlichen Äußerung lösen Sie die Versammlung auf! – Adieu!« Damals hatte ich eine Bekanntschaft mit einer Dame der dortigen Gesellschaft und gerade für die Stunde, zu der die irredentistische Versammlung angesetzt war, mit ihr ein Rendezvous vereinbart. Diese Zusammenkunft sollte der Höhepunkt unserer Bekanntschaft sein. Und nun verdarb mir das der Statthalter! Dazu ein Monatsgehalt von nur dreiundfünfzig Gulden – das hätte selbst einen österreichischen Patrioten aus dem Häuschen gebracht.

Ich ging also in die Versammlung, klirrte wütend mit dem Säbel und setzte mich an den Tisch neben den Vorsitzenden, die Einberufer der Versammlung und den Redner.

Der Beginn der Versammlung war vielversprechend. Der erste Satz lautete: »Freunde, wie Ihnen bekannt ist, signor generale è porco!«

Da auch ich den General für ein Schwein hielt, sah ich keine Veranlassung einzugreifen.

Dann ging es weiter, immer schön der Reihe nach:

»Il signor ministro è individuo e porco!«

»Porco!« echote der ganze Saal.

Es folgten weitere Persönlichkeiten, die in der damaligen Regierung eine Rolle spielten, und immer fügte der Redner an ihren Familiennamen einen anderen Namen an, der bestimmt nicht christlich war.

Eine so schöne Rede gegen Österreich hatte ich noch nie gehört. Bei jedem Schimpfwort applaudierten die Zuhörer, während ich mir inzwischen, als ginge mich das alles nichts an, die Fingernägel beschnitt.

Dreiundfünfzig Gulden sind eben nur dreiundfünfzig Gulden. Für hundert Gulden hätte ich vielleicht etwas für Österreich getan.

So aber stocherte ich nur in den Zähnen, während der Redner donnerte: »Il signor generale è porco!«

»Porco!« riefen die Anwesenden.

Dann folgte eine Reihe hochverräterischer Reden, während deren ich mir den Bleistift spitzte.

Das Präsidium sah mich vertrauensvoll an, der Redner faßte Mut und sagte Sätze, für die ihn der signor Statthalter hätte hängen lassen.

Ich erinnerte mich, daß ich in der Tasche ein Löffelchen für die Entfernung von Ohrenschmalz hatte, benutzte es eingehend und unterhielt mich damit so lange, bis der Redner zum letzten Male ausrief: »Il signor generale è porco!« und die letzten zustimmenden Rufe: »Bravo, è porco!« im Saale verstummten.

Für dreiundfünfzig Gulden ist es eben schwer, etwas für Österreich zu tun.

Als ich hernach in eine Weinstube ging, klopfte mir der Versammlungsleiter beim Verlassen des Saales anerkennend auf die Schulter und sagte: »Bravo!«

In der Weinstube schrieb ich meinen Rapport an den General und Statthalter. Diese Meldung über den Verlauf der Versammlung war sehr kurz: »Bei der Versammlung fand ich alles in Ordnung.« Diesen Rapport ließ ich dem Statthalter noch in der Nacht zustellen, weil er sehr auf Pünktlichkeit hielt, und dann blieb ich bis zum Morgen in der Gesellschaft einiger Beamter. Dann ging ich schlafen.

Weil die Amtsstunden um neun Uhr begannen, kam ich regelmäßig um einhalb elf Uhr in die Kanzlei, während der Vorsteher meines Ressorts, Graf T., gewöhnlich nach elf Uhr auftauchte.

Vor meiner Dienststelle erwartete mich bereits ein Diener und meldete mir mit betrübtem Gesicht, Seine Exzellenz der Herr General und Statthalter laufe erregt im Salon auf und ab und klirre mit dem Säbel, es stehe wohl sehr schlimm, und ich solle sofort zu ihm kommen.

Da sehen Sie, meine Herren, was man für dreiundfünfzig Gulden ertragen muß!

Seine Exzellenz empfing mich mit einem furchterregenden Blick. »Mensch, warum haben Sie das getan? Ich habe Ihnen doch gesagt, ja ich habe Ihnen befohlen, die Versammlung aufzulösen. Sie aber haben diesen Befehl nicht befolgt. Zu alledem haben Sie im Rapport geschrieben, alles sei in Ordnung gewesen, und dabei hat Zadar heute nur ein Gesprächsthema: daß man mich in der Versammlung ›porco‹ genannt hat. Stimmt das?«

»Jawohl.«

»Wie konnten Sie schreiben: Alles war in Ordnung? Wissen Sie, daß ich über Sie ein Disziplinarverfahren verhängen werde?«

»Exzellenz«, sagte ich, »wenn ich die Versammlung aufgelöst hätte, wären mindestens fünf Interpellationen im Parlament eingebracht worden, vom hiesigen Landtag ganz zu schweigen, wir hätten an die zweihundert amtliche Zuschriften und Anfragen erhalten, und Eure Exzellenz wäre gar nicht nachgekommen, alles zu unterschreiben und die entsprechenden Befehle auszufertigen. So aber haben wir Ruhe.«

Der Herr Statthalter versank in tiefes Nachdenken. Er liebte keine große Korrespondenz. »Wissen Sie«, sagte er bieder, »wenn man sich das richtig überlegt, haben Sie recht. Sie können gehen, aber tun Sie so etwas künftig nie wieder!«

Von nun an grüßten mich alle Irredentisten in Zadar auf der Straße. Einmal hörte ich sogar, wie zwei von mir sagten: »Das ist unser Mann!«

Ich kümmerte mich nicht darum, und es war mir auch ganz egal. Für dreiundfünfzig Gulden hatte ich nicht anders handeln können.

Gegen Ende des folgenden Monats aber geschah etwas, was meine vielversprechende Karriere beendete: Eine Deputation der Irredentisten kam zur Statthalterei und bat, zu ihrer nächsten Versammlung keinen anderen als mich zu entsenden, denn ich sei »un buono uomo«.

Ihr bescheidener Wunsch ging nicht in Erfüllung.

Statt in Uniform zu dieser Versammlung, schickte man mich ohne Uniform nach Hause, und mit meiner Karriere war es aus.

Auf den Spuren der Prager Staatspolizei

Kaiser Franz Joseph I. sollte wieder einmal nach Prag kommen, um mit dem Hammer auf den Grundstein zu einer Brücke zu klopfen. In der tschechischen Frage hatte sich der greise Monarch nämlich ausschließlich auf Brücken spezialisiert. Er kam, tat den Hammerschlag und bemerkte: »Das ist aber interessant, daß diese Brücke von einem Ufer zum anderen führt!« Nach jedem derartigen Besuch hatte das ganze tschechische Volk den Eindruck, der alte Herr leide an Paralyse.

Zu solchen ruhmreichen Zeiten entfaltete die Staatspolizei in Prag regelmäßig eine fieberhafte Tätigkeit. So verhaftete sie aus dem Gasthaus »Zum Doppelliter« den alten halbgelähmten Ziehharmonikaspieler Kučera, der vor gut dreißig Jahren vor einem angekündigten Besuch des Kaisers zu Fuß von Prag nach Wien gereist war und sich dort bei einer Ausfahrt des Kaisers vor die Pferde geworfen hatte, um eine Audienz zu erlangen, denn er war von der fixen Idee besessen, er müsse eine Tabaktrafik erhalten, nachdem ihm eine italienische Kugel bei Custozza ein Bein weggerissen hatte. Doch statt einer Trafik bekam er aufgrund des »Prügelpatents« fünf Tage Arrest und wurde sodann in einer psychiatrischen Klinik in Wien einen Monat lang auf seinen Geisteszustand hin überprüft. Inzwischen stellte man Nachforschungen an, ob er nicht mit verdächtigen Leuten im Ausland korrespondiere. Nachdem man festgestellt hatte, daß er gar nicht schreiben konnte, jedoch geistig durchaus zurechnungsfähig war, schob man ihn nach Prag ab, wo er zur Erinnerung an seine mißglückte Audienz beim Kaiser folgendes Lied verfaßte:

In Wien, da hat mich nichts gefreut,
es ist das reinste Narrenhaus,
das sind ja Viecher, keine Leut –
ojemine, o Graus...

Dieses Lied spielte und sang er dreißig Jahre lang im Gasthaus »Zum Doppelliter«. Jedesmal, wenn ein Besuch des Kaisers in Prag bevorstand, brachte ihn die Staatspolizei in den »Viererblock« der Polizeidirektion, so daß Kučeras Leben einer mathematischen Formel glich und er den Eindruck nicht los wurde, Kaiser Franz Joseph I. habe Angst vor ihm, dem alten Kučera, was seiner Lebenskraft immer wieder neuen Auftrieb gab.

Die Prager Staatspolizei interessierte sich auch stark für den Straßenfotografen Netečka, der in einem alten, schäbigen Havelock mit einer großen schwarzen, schmierigen Schleife und einer fürchterlichen Löwenmähne unter dem breitkrempigen Hut durch die Straßen Prags streifte. Er sah wie ein Abruzzenräuber aus. Dieser Mann schleppte immer einen alten, ausgedienten Fotoapparat, ein hölzernes Stativ, dessen Beine wohl schon hundertmal mit Bindfaden wieder zusammengebunden waren, sowie eine Flasche Rum mit.

Vor Jahren hatte er einmal bei einem Besuch des Kaisers das Spalier durchbrochen, war, schrecklich in seiner Erscheinung, bis zum Monarchen vorgedrungen und hatte ihm zugerufen: »Wollen Sie sich nicht fotografieren lassen? Bitte recht freundlich!« Man hatte ihn augenblicklich entfernt. Auf der Polizeidirektion, wo er in strenger Separation gehalten wurde, trieb man ihm den Traum vom Titel eines Hoffotografen gründlich aus. Der Polizeiarzt stellte ihm ein schönes Zeugnis aus, in dem stand, er sei ein Alkoholiker, erblich belastet, jedoch ein unschädlicher Idiot. So konnte Netečka wieder in die menschliche Gesellschaft zurückkehren. Wie zuvor schlenderte er durch Prag, fotografierte die alten Paläste, genehmigte sich an den Stätten des nationalen Ruhms einen Schluck Rum aus seiner Flasche, und jedesmal, wenn der Kaiser nach Prag kam, wanderte er hinter die schwedischen Gardinen, wobei er den Gefährten im Unglück seinen Fall mit folgenden Worten erklärte: »Er will nicht, daß ich ihn fotografiere.«

Vor einem Besuch des Kaisers in Prag waren nämlich die Separationsabteilungen der Prager Polizeidirektion regelmäßig brechend voll. Die Staatspolizei war keineswegs wählerisch. So sperrte sie beispielsweise alle wandernden Scherenschleifer ein, die ein so dummes Gewerbe haben, daß sie Messer schleifen. Als wenn diese Messer einzig und allein für den Kaiser bestimmt wären.

Aus allen zur Straße führenden Fenstern mußten die Blumentöpfe entfernt werden, damit nicht etwa einer dem Kaiser auf den Kopf fiele.

Auch den italienischen Eisverkäufer, der ganz unschuldig mit einer Kurbel seine Eismaschine drehte, holten die Detektive ab und brachten ihn in die Zelle, wo auf der Pritsche schon der Droschkenkutscher Maček lag.

Der hatte sich dadurch verdächtig gemacht, daß er, als er einmal vor Jahren bei einer Tombola im »Schwarzen Brauhaus« eine Gipsbüste Kaiser Franz Josephs I. gewann, ihr zutrank, mit ihr lange Gespräche führte und ihr schließlich den Kopf abschlug, den er sodann in dem kleinen Kabinett mit der Aufschrift »Für Herren« wegwarf. Zwar wies er nach, daß er so betrunken gewesen war, wie es das Gesetz vorschreibt, trotzdem aber wurde er in den Listen geführt, ebenso wie die geschwätzige Blumenfrau vom Kohlmarkt, die bei jedem bevorstehenden Besuch des Kaisers in Prag rief, sie werde es Seiner Majestät schon ins Gesicht schleudern, wie der Magistrat mit ihr verfahre.

Zu solchen Zeiten hatte die Staatspolizei also alle Hände voll zu tun, um der Öffentlichkeit zu beweisen, was das Wort zu bedeuten hat: »Unser geliebter Monarch.«

Mit einem kaiserlichen Besuch in Prag ist auch die folgende Detektivgeschichte verknüpft, die von der Weisheit der Staatspolizei, ihrem Scharfsinn, ihrer Kombinationsfähigkeit und – ihrem Mißerfolg berichtet.

In Žižkov wurden zu jener Zeit zwei Zeitungen verlegt: »Chud'as« (Der Arme) und »Nová Omladina« (Die neue Omladina). Beide Namen bedeuteten ein Programm. Ich schrieb damals für diese Zeitungen Artikel, in denen ich mich über die hochwohllöblichen Behörden lustig machte, und traf mich regelmäßig mit dem Herausgeber dieser Zeitungen, dem Redakteur Knotek.

Als nun der Kaiser nach Prag kommen sollte, stand auch eine Besichtigung des Stadtteils Žižkov auf dem Programm. Ich glaubte, der Kaiser wollte die Einwohner von Žižkov, die niemals besondere Sympathien für das Haus Habsburg bekundet hatten, versöhnlich stimmen.

In diesem Sinne unterhielten wir uns eines Nachmittags in der Wohnung des Redakteurs Knotek, als plötzlich der Verwaltungsmann der Zeitung »Chud'as« namens Kalina ins Zimmer stürzte. Er befand sich in Begleitung eines düster dreinblickenden Mannes.

»Freunde«, sagte Kalina begeistert. »Unsere Redaktion wurde von diesem Herrn aufgesucht, mit dem ich mich leider nicht verständigen kann. Er ist Italiener und kommt aus Rußland.«

Der düstere Gast trat näher, nachdem er sich vorsichtig umgeblickt hatte. Dann sagte er mit eisiger Stimme: »Pietro Pierri, Kind der Stadt Florenz. Politisch tätig in Odessa. Geflo'en. Von den Be'örden gesucht. Caramba! Schwieriger Weg über Grenze. Porco maledetto! Bitten um Gastfreundschaft. Ich arbeiten. Kaiser kommen, porco maledetto!«

»Das ist eine schöne Sache«, sagte ich zu Redakteur Knotek. »Wahrscheinlich wird man uns alle einsperren.«

»Caramba!« sprach Pietro Pierri weiter. »Ich 'aben in Ihre Redaktion schon geschrieben scharfen Artikel gegen Kaiser. Deutsch geschrieben. Madonna mia. Man muß etwas unternehmen. Sie schon 'aben bestimmte Pläne? Sie mir nicht trauen? Madonna mia! Dokumente sind gestohlen an Grenze.«

Redakteur Knotek meinte zu mir, das Italienisch des Herrn Pietro Pierri sei recht sonderbar, worauf Pietro Pierri erwiderte: »Viel vergessen. Ich 'aben gelebt in Rußland. Geflo'en, porco maledetto.«

»Können Sie Russisch?«

»Vergessen. Ich Italiener, Kind von Florenz, caramba!« Und Pietro Pierri begann, deutsch zu sprechen.

Inzwischen kamen mehrere Bekannte, darunter der Dichter G. R. Opočenský und Rosenzweig-Moire.

Das Deutsch Pietro Pierris war wie sein Italienisch. Es war dem Tschechischen so verwandt, wie wenn man Wort für Wort übersetzt.

»Pardon«, sagte Pietro Pierri, als ich mich in diesem Sinne zu Moire äußerte. »Tschechisch ich nicht können. Ich verste'en kein Wort. Schwere Sprach. Ich nicht ge'abt Gelegen'eit.«

Opočenský begann, das Lied zu brummen: »Eine Million Hände.«

Pietro Pierri sagte: »Schönes Lied, caramba, Million 'ände im Dunkel falteten. Madonna mia.«

Ich stand auf, hob meine Tasse und brachte in tschechischer Sprache folgenden Trinkspruch aus: »Es lebe Pietro Pierri! Um halb sechs schleppen wir ihn ins Bad und schlagen ihm dort die Knochen entzwei.«

Pietro Pierri wurde bleich, zog seine Uhr aus der Tasche und stotterte, am ganzen Körper zitternd, in deutscher Sprache: »Ich mich fühlen 'ier nicht sicher. Mir sein schlecht. Ich ge'en. Ich werden schlafen draußen.« Und schon griff er nach seinem Hut.

Da sagte ich: »Pietro Pierri! Unser Freund Rosenzweig-Moire wird Sie begleiten. Sie können bei ihm in den Weinbergen schlafen. Ich weiß allerdings nicht, was Ihnen hier nicht gefällt. Bis Žižkov komme ich noch mit.«

Wir gingen. Auf dem Korridor verlor Pietro Pierri, als er sein Taschentuch herauszog, einige Schuß Pistolenmunition. Ich reichte ihm die Patronen mit der Bemerkung, es handle sich um eine Pistole »Bulldog 16«.

»Ich 'aben gutes Revolver«, erwiderte Pietro Pierri und zog aus der Tasche eine alte »Lefoche«. Er hatte Pech. Die Patronen für eine »Bulldog« passen nämlich nicht in die »Lefoche«.

An der Grenze von Žižkov und den Weinbergen legte ich Pietro Pierri unserem Freund Moire warm ans Herz.

»Ich verste'en«, sagte Pietro Pierri, »ich nicht können Tschechisch, aber ich ahnen.« Und dabei wischte er sich den Schweiß von der Stirn.

Am nächsten Tag kam Rosenzweig-Moire sichtlich verlegen in die Redaktion der Zeitung »Chud'as«.

»Pietro Pierri ist aus meiner Wohnung verschwunden«, sagte er erregt. »Ich ging nur um die Ecke, um Zigaretten zu holen, und als ich zurückkam, war er weg. Meine Papiere auf dem Tisch waren durchwühlt, und seither vermisse ich ein Bündel Briefe, das meine Korrespondenz mit Frau Mlíčková enthält.«

Das war eine sehr ernste Angelegenheit, denn Frau Mlíčková hatte in zwölf Briefen Moire an die Bezahlung einiger Abendessen sowie an die Erstattung der Kosten für Schuhpaste, einen zerschlagenen Zylinder für die Petroleumlampe und einen verschwundenen Spucknapf erinnert.

Pietro Pierri war also mit diesen Dokumenten verschwunden und hatte in unseren Händen nur das Manuskript seines Artikels zurückgelassen, den er tags zuvor in einem fürchterlichen Deutsch in der Redaktion geschrieben hatte. Ein Satz daraus hat sich in mein Gedächtnis eingeprägt: »Es wäre das beste, den Besuch des Kaisers so zu nutzen, daß er nie mehr wagt, nach Prag zu kommen.«

Einen Teil des Manuskripts, natürlich den unschuldigen Teil, bewahrte der Administrator Kalina auf, den anderen aber, der uns zwanzig Jahre Gefängnis einbringen konnte, verbrannten wir noch gerade rechtzeitig, denn am Abend wurde in der Redaktion von Beamten der Staatspolizei eine Hausdurchsuchung vorgenommen. Sie blieb erfolglos, obwohl die Beamten selbst den Käfig mit dem Kanarienvogel gründlich untersuchten.

Zwei Tage danach erschien in der Redaktion ein unglücklicher Mensch. Er hatte den Kopf so fürchterlich verbunden, als hätte ihn ein Dampfhammer zermalmt. Von seinem Gesicht war nicht mehr als ein Auge und die Nasenspitze zu sehen. Ich hatte noch nie einen so hervorragend verbundenen Kopf zu Gesicht bekommen.

Dieser Unglückliche erzählte mit leiser Stimme, er komme aus Nordböhmen, wo er unter den tschechischen Arbeitern in den Kohlengruben politisch gearbeitet habe. Anschaulich schilderte er uns seine Leiden. In Bruch hätten ihn deutsche Nationalisten derart zugerichtet. Sein Kopf sei völlig zerschlagen. Wir müßten unbedingt etwas unternehmen. Sogar seine Dokumente, die auf den Namen Matějíček lauteten, habe man ihm gestohlen. Nun komme er zu uns mit der Bitte, ihm, einem Opfer roher deutscher Gewalt, eine Stelle zu beschaffen. Er sei zu jeder Arbeit bereit. »Jetzt soll ja der Kaiser kommen«, sagte er dann bedeutungsvoll und sprach davon, da müsse man doch etwas tun. Er sei bereit, als Redaktionsdiener oder als Kolporteur zu gehen, denn er sei ganz unser Mann. Dabei faßte er unsere Hände und drückte sie lange.

Ich bemerkte, daß dieser unglückliche junge Mann mit dem zerschlagenen Kopf ganz kalte, ja eisige Hände hatte. Ein Mensch, dessen Kopf zerschlagen ist, hat aber doch Fieber. Und dann diese Stimme – und sein auffälliges Verhalten! Ich nahm den Redakteur Knotek zur Seite und bat ihn, dem unglücklichen Mann fünf Gulden Anzahlung für seine Arbeit als Kolporteur zu geben und sich den Empfang bestätigen zu lassen, weil ich seine Unterschrift brauchte.

Der unglückliche Mann unterschrieb: »Ich bestätige hiermit den Empfang von zehn Kronen. Mířečka.«

»Vorhin sagten Sie aber, Sie heißen Matějíček.«

Der Arme stotterte, ihm seien ja alle Dokumente gestohlen worden.

»Aha, deshalb wissen Sie also nicht, wie Sie heißen«, sagte ich. »Das ist ganz natürlich. Wissen Sie auch, daß wir Ihre Handschrift schon einmal gesehen haben? Kalina, nimm ihm doch den Verband ab!«

Als es Kalina nach hartem Ringen endlich gelang, ihm den Verband vom Kopf zu reißen, stand vor uns – Pietro Pierri.

Angstvoll sank er vor uns in die Knie.

Da quetschten wir ihm die Finger und verrenkten ihm den Arm und fragten dabei, wie er eigentlich heiße. Überhaupt marterten wir ihn nach den alten schönen Vorbildern der spanischen Inquisition.

»Ich heiße Alexandr Mašek«, brachte er stotternd hervor, »und stehe in den Diensten der Staatspolizei. Erschlagen Sie mich nicht, ich will ja alles sagen! In meiner Rocktasche steckt ein Zettel mit einem Rezept, wie man Bomben herstellt. Den sollte ich unauffällig in der Redaktion verstecken. Am Abend ist hier wieder eine Hausdurchsuchung, dabei sollte der Zettel gefunden werden. Ich habe nur hundertneunzig Kronen monatlich und sollte für Sie dreihundert Kronen bekommen!« Und Alexandr Mašek, die Stütze der Prager Staatspolizei, begann zu weinen.

»Wer hat Ihnen den Kopf so verbunden?«

»Herr Dr. Prokop auf der Polizeidirektion.«

Um festzustellen, ob der Mann wirklich Mašek hieß, ging Moire zur Polizeidirektion. Ruhig betrat er den Raum, in dem sich die Detektive treffen, und fragte, ob Herr Mašek nicht da sei.

»Mašek ist nach Žižkov in die Taboritengasse gegangen«, erwiderte einer der Herren.

Als Moire zurückkam, ließen wir den gemarterten Mašek frei, der es kaum glauben wollte, daß er mit heiler Haut davonkam. Er bat uns noch um eine Bestätigung, daß wir ihn durchschaut hätten, damit man ihn nicht noch einmal nach Žižkov schicke.

Diese Bestätigung stellten wir ihm auch aus. Sie hatte folgenden Wortlaut:

An die Polizeidirektion.

Wir bestätigen hiermit auf Wunsch von Alexandr Mašek, Agent der Staatspolizei, daß dieser von uns erkannt und sowohl in seiner Rolle als Pietro Pierri als auch in der des aus seiner Arbeit in Nordböhmen entlassenen und mißhandelten tschechischen Arbeiters Matějíček-Mířečka durchschaut wurde.

Von dieser Zeit an hatten wir Ruhe von der Staatspolizei.

Alexandr Mašek hatte auch bei dem großen Prozeß gegen die Antimilitaristen seine Finger im Spiel. Einmal erkannte man ihn in der Hybernergasse in Prag und verprügelte ihn so, daß er ins Krankenhaus eingeliefert werden mußte.

Die Polizei verbreitete die Nachricht, Alexandr Mašek sei in Jičín verstorben; eine Nonne habe ihm dort die Augen zugedrückt.

In Wirklichkeit aber blieb Alexandr Mašek am Leben und befindet sich jetzt in Rußland, wo er sich sehr für die tschechische Frage interessiert. Ich habe gehört, er sei verhaftet worden und werde wohl bald gehenkt werden.

Wenn das der Fall ist, lege ich ihm diese Erinnerung ins Grab.

Die Staatspolizeischule

Zu Beginn des Krieges entschloß man sich in der Prager Polizeidirektion, entsprechend einer aus Wien ergangenen Weisung, die Agenten der Staatspolizei in politischer Hinsicht aufs beste auszubilden, damit es ihnen leichter falle, jemanden zu unüberlegten Äußerungen zu verleiten.

In dieser Hinsicht waren die Agenten der Prager Staatspolizei nämlich nicht auf der Höhe der Zeit. So wußte beispielsweise der Detektiv Záveský nicht einmal, wie viele politische Parteien es in Böhmen gab. Der Detektiv Braun konnte einen Volkssozialisten nicht von einem Sozialdemokraten unterscheiden und glaubt noch heute, der volkssozialistische Abgeordnete Trnobranský sei Sozialdemokrat, weshalb er ihm nach seiner Verhaftung auch unterwegs drohte, die Polizei werde den Sozialdemokraten noch tüchtig einheizen. Dem Detektiv Fábera wieder war der Unterschied zwischen einem Anarchisten und einem Agrarier nicht klar, und er sagte, als er den gutmütigen Kácha aus Žižkov verhaftete: »Euch Agrariern werden wir schon die Hölle heiß machen!« Ebenso blieb es dem Detektiv Stočes jahrelang unklar, was man eigentlich unter dem »Reskript« versteht. Daß es sich dabei um eine Erklärung des Kaisers vom Jahre 1870 handelte, in dem den Tschechen weitgehende politische Konzessionen zugesichert wurden, hatte sich nicht bis zu ihm durchgesprochen. In der Polizeidirektion bezeichnete man dieses Reskript immer nur als eine ungemein gefährliche Sache; da hörte er etwas von einer »Reskript-Kundgebung«, einer »Reskript-Versammlung« und einer »Reskript-Rede«, ohne sich etwas darunter vorstellen zu können. Als er einmal bei einem begeisterten Reskript-Anhänger eine Hausdurchsuchung vornehmen mußte, beschlagnahmte er, das Wort »Reskript« noch im Ohr, ein Zettelchen mit folgendem rätselhaftem Text: »Resorcini 0,5 gr., Aqua destillata 300 gr. Dr. Fischl«.

Der bedauernswerte Detektiv hatte nämlich das Wort »Reskript« verwechselt und in der Wohnung des politisch verdächtigen Bürgers voll Nachdruck gefordert: »Im Namen des Gesetzes, her mit dem Rezept!«

Während der Amtszeit des Polizeipräsidenten Křikava hatte man niemals Wert darauf gelegt, den Detektiven beispielsweise die Bedeutung der Schlacht am Weißen Berge zu erklären. Und doch war dies sehr wichtig, denn ihretwegen konnte man von Fall zu Fall mehrere Dutzend Menschen ins Kriminal bringen. Mit dem Weißen Berge fängt es an, und beim Landes- oder Strafgericht in Prag endet es. Das ist doch leicht zu verstehen.

Einmal wurde der Detektiv Kohout zur Zeit des Novemberkongresses, auf dem die tschechische Sozialdemokratie gegründet wurde, nach Břevnov geschickt, um dort im Lokal »Občanská beseda« für zwei Kronen Diäten jemanden wegen des Weißen

Berges ins Unglück zu stürzen. Er kehrte aber unverrichteter Dinge zurück und führte in seinem Rapport an, als er einen Gast, der ihm verdächtig erschien, gefragt habe, was er vom Weißen Berg halte, habe ihm dieser geantwortet, von Břevnov sei es zum Weißen Berg eine dreiviertel Stunde, von Moto aus aber etwas näher.

Die Detektive zeichneten sich also keineswegs durch sonderliche politische Bildung aus. Und so geschah es zuweilen, daß sie jemanden fälschlicherweise wegen vermeintlicher politisch anrüchiger Äußerungen anzeigten. Das widerfuhr zum Beispiel unserem Hausmeister, den der Detektiv Braun beschuldigte, er habe am Tage des fünfzigsten Regierungsjubiläums Franz Josephs I. in einem Prager Café ostentativ von Edison und der Schlacht bei Waterloo gesprochen, wodurch er den Eindruck eines politisch sehr verdächtigen Menschen gemacht habe. Aufgefordert, ihn zur Polizeidirektion zu begleiten, habe er den Hinweis auf den bedeutsamen Jubiläumstag mit den Worten beantwortet: »Aber erlauben Sie mal, Sie Tagelohnsöldner, Sie glauben doch nicht etwa, daß der Kaiser Franz Joseph den Phonographen erfunden hat? Das hat Edison getan. Darüber hätten Sie sich gestern in der ›Politika‹ informieren können.«

Der Detektiv Fábera wiederum zeigte mich einmal an, ich hätte in einer Weinstube davon gesprochen, welche Bedeutung die Kohlensäure für das Bier im Restaurant in den Wandelgängen des Wiener Parlaments habe, und dabei unter anderem gesagt, in Wien sollte man wissen, daß man, solange es in Österreich nicht überall Kohlensäurebomben gebe, nicht mit vollem Genuß Bier trinken könne.

Wie aus diesen kleinen Proben zu ersehen ist, herrschte in den Köpfen der Beamten der Prager Staatspolizei ein heilloses Durcheinander von Begriffen wie: Sozialdemokraten, Kohlensäure, Bomben, Rezept und Reskript, Weißer Berg und Waterloo, Franz Joseph und Edison, Anarchist und Agrarier. Die Ergebnisse ihrer Nachforschungen waren demgemäß sehr kläglich. Gewiß ließ sich auch aus solchen politischen Angaben hier und da ein Monat, verschärft durch ein paar Fasten, herausschlagen, aber es war doch eine beschwerliche Arbeit. Die Beamten sorgten zwar dafür, daß der wegen solch verdächtiger Aussprüche Beschuldigte nicht so mir nichts, dir nichts aus der Untersuchungshaft herauskam, und oft gelang dies auch, denn jeder unschuldig Verhaftete ist ein wenig nervös, verwickelt sich beim Kreuzverhör in Widersprüche und tut schließlich doch eine unbedachte Äußerung. Aber es war eben, wie gesagt, eine mühevolle Arbeit.

Bei Kriegsbeginn kam es deshalb zu einer Reorganisation. Die Agenten der Staatspolizei mußten gründlich in die Frage der tschechischen Politik eingeweiht werden, um sie in die Lage zu versetzen, den Bürgern ein bereits völlig ausgearbeitetes Material, ja eine ganze, für Österreich gefährliche politische Resolution zur Annahme vorlegen und dann mit jener Begeisterung ausrufen zu können, wie es der Kommissar Chlum immer tat: »Jetzt haben wir dich, Bürschchen!«

Und so entstand die Staatspolizeischule in Prag. Es war zwar keine Hochschule für Politik, doch bot sie eine Sammlung der verschiedensten Probleme, die sich bei einer Zerschlagung Österreichs ergaben, und eine Zusammenfassung jener Gedanken, die seit langem in den Herzen der tschechischen Bürger schlummerten.

Im Departement der Staatspolizei wurde ein Zimmer als Vorlesungsraum eingerichtet, und dann wurde folgender Stundenplan festgesetzt:

9–10 Uhr: Warum ist der Zerfall Österreichs unausweichlich?
10–11 Uhr: Welche Gründe haben wir dafür, daß die tschechischen Soldaten nicht gegen Serben und Russen kämpfen?
11–12 Uhr: Die Gründung von Geheimorganisationen.
12–13 Uhr: Die beliebtesten Beleidigungen Seiner Majestät und der Mitglieder des Kaiserhauses sowie sonstige unbedachte Äußerungen.
14–16 Uhr: Allgemeine Provokationslehre und Übungen im Abschätzen der Schwere von Äußerungen nach einem Strafmaß von 2 bis 15 Jahren.

Dieses hübsche Programm wurde noch sympathischer, als man den zur Absolvierung des Kurses bestimmten Hörern je fünfzig Kronen für Schreibutensilien auszahlen ließ.

Für begriffsstutzige Detektive wurden zur Wiederholung noch Abendkurse eingerichtet.

So war alles gut und systematisch organisiert.

Die Agenten der Staatspolizei lernten also in ihren freien Stunden eifrig aus ihren Kollegheften.

Im Haushalt des Detektivs Braun herrschte darob heller Aufruhr. Frau Braunová hatte vom Weinen gerötete Augen und führte gegenüber den anderen Frauen bewegte Klage: »Ich weiß wirklich nicht, ob mein Mann nicht verrückt geworden ist. Den ganzen Abend liest er irgendwelche Hefte und deklamiert laut: ›Und so, meine Herren, ist heute, nach dreihundert Jahren, der Augenblick gekommen, daß wir mit voller Kraft ans Werk gehen müssen. Österreich ist durch und durch verfault, und wir brauchen nur hineinzustoßen, schon fällt es zusammen.‹ Wenn ich zu ihm sage: ›Aber Mann, was redest du da? Du bringst dich noch um Stellung und Brot!‹, schaut er mich an und schreit: ›Du bist eine dumme Gans und verstehst nichts, misch dich nicht in unsere Politik!‹ Und dann läuft er wieder im Zimmer auf und ab, liest laut aus seinen Heften und schreit: ›Seit der Schlacht am Weißen Berge bis zum heutigen Tage haben wir geschwiegen, aber jetzt werden wir den Mund auftun. Ich, meine Herren, werde weder auf Serben noch auf Russen schießen. Nicht wahr, Sie sind doch derselben Meinung? Gestatten Sie, daß ich mich Ihnen vorstelle!‹ Und wenn ich ihn unter Tränen beschwöre, doch endlich aufzuhören, schimpft er, daß ich ihm den Vortrag störe. Vorgestern habe ich zu ihm gesagt: ›Um Gottes willen, Mann, sie werden dich noch einsperren!‹ Und da fing er wieder an, daß ich nichts verstehe, ich solle mich hinsetzen und denken, ich sei im Gasthaus und man führe ein politisches Gespräch, und dann hat er mir auseinandergesetzt, unser allergnädigster Kaiser samt seiner ganzen Familie sei degeneriert oder denaturiert. Ich kann mich nicht mehr genau erinnern, wie er das gesagt hat. Plötzlich flüsterte er mir zu: ›Gründen wir einen geheimen Verein! Wir sind schon mehrere. Morgen treffen wir uns wieder hier, dann erkläre ich Ihnen, wie man Züge in die Luft sprengt. Nicht wahr, Sie kommen? Erlauben Sie also, daß ich mich Ihnen vorstelle!‹ Und diese Sorge mit meinem Mann habe ich nun schon eine ganze Woche. Aber ich bitte Sie, Frau Nachbarin, sagen Sie das von dem denaturierten Kaiser nicht weiter! Am meisten tut mir unser kleiner Emil leid, der vergißt ganz das Lernen und schaut nur immer auf seinen Vater, wie er durch das Zimmer geht und dem Wäscheschrank in der Ecke etwas über die Hinrichtung auf dem Altstädter Ring erzählt.«

Der kleine Emil sperrte in der Tat Augen und Ohren auf. Und je länger er seinen Vater anblickte, desto besser gefiel ihm der Inhalt seiner Worte. Er war ein braver Junge, Schüler der ersten Klasse des Gymnasiums.

Weil er der Sohn eines Polizeiagenten war, gehörte er in der Schule zur Creme der Gesellschaft und saß in der ersten Bank, unmittelbar vor dem Katheder.

Niemals nahm er an den Debatten seiner Mitschüler teil, die ihn im übrigen verachteten, mit Stecknadeln piekten und nicht anders als »Spitzel« und »Angeber« nannten.

Der Krieg belebte natürlich die erregten Debatten in der Klasse. Der kleine Emil aber blieb stumm, selbst als jene Schüler, deren Väter an die Front abkommandiert worden waren, einander erzählten, ihr Vater habe seiner Familie beim Abschied versprochen, so bald als möglich auf die andere Seite überzulaufen.

Eines Tages nahmen die Österreicher irgendwo an der Drau an die dreißig Serben gefangen, und die k.u.k. Pressekanzlei machte daraus einen großen Sieg auf dem serbischen Kriegsschauplatz unter dem Titel: »Die österreichische Armee erobert die Drau.« Der Direktor des Gymnasiums, Herr Koch, ein bedauernswertes österreichisches Individuum, ging von Klasse zu Klasse, hielt eine patriotische Ansprache an die Schüler und brachte ein Hoch auf Seine Majestät den Kaiser aus, worüber alle eine große Freude hatten, denn damit ging prächtig eine ganze Stunde vorüber.

Als er in die erste Klasse kam, wiederholte er, was er bereits in den anderen Klassen feierlich vorgetragen hatte, nämlich: Wie mächtig Österreich sei, wie sehr sich alle freuen müßten, daß der Kaiser den Krieg erklärt habe, und wie stolz sie sein könnten, einen so glorreichen Herrscher zu haben. Zum Schluß forderte er die Schüler auf, mit ihm ein dreifaches Hoch auf das Haus Habsburg, das Vaterland und den Kaiser auszubringen.

Die Schüler brüllten, nur der unmittelbar unter dem Katheder stehende Emil Braun öffnete nicht seine kindlich unschuldigen Lippen, um seine Stimme dem allgemeinen Manifestationsgebrüll zuzugesellen.

Der Direktor trat zu ihm: »Nun, Junge, warum schließt du dich den Hochrufen auf den Kaiser nicht an?«

Der kleine Emil antwortete mit unschuldiger Miene und einem aufrichtigen Blick auf den Herrn Direktor: »Weil wir den Kaiser nicht als unseren Herrscher anerkennen, denn wir Tschechen haben unter dem Zepter des Hauses Habsburg nichts Gutes erlebt. Das sagt mein Vater jeden Abend, und der muß es wissen, denn er ist bei der Polizei. Vor kurzem war Frau Fáberová bei uns und hat zu meiner Mutter gesagt, man habe Herrn Fábera auf der Polizei einen Zettel mit einer Rede gegeben, in der es heißt, daß wir der österreichischen Natter auf den Kopf treten müssen. Neulich hat mein Vater wieder so geredet, ich mußte die Gäste im Wirtshaus spielen und ihm nachsprechen, daß die österreichische Dynastie eine Bande von Gaunern ist.«

Als der Schuldiener den kleinen Emil samt einem schrecklichen Brief des Herrn Direktors nach Hause brachte und Detektiv Braun das Gutachten über seinen hochverräterischen Sohn las, lachte er mit unnatürlicher Stimme und rief: »Unser System bewährt sich! Emil Braun, ich verhafte Sie im Namen des Gesetzes.« Ohne auf das Jammern und Wehklagen seiner Frau zu achten, schleppte er seinen verängstigten Sohn auf die Polizeidirektion, behandelte ihn unterwegs roh und bemerkte mehrmals: »Euch Sozialisten werden wir es schon zeigen!«

So waren die Detektive der Staatspolizei im alten Österreich, jene Brutusse, die aus der Staatspolizeischule hervorgegangen waren.

Nachdem er seinen Sohn hinter Schloß und Riegel gebracht hatte, kehrte er nach Hause zurück, rollte wild die Augen und brüllte seine Frau an: »Gestehe, daß du an die Degeneriertheit der österreichischen Dynastie glaubst!« Die Unglückliche nickte.

»Im Namen des Gesetzes verhafte ich Sie, Frau Braunová!« rief er feierlich aus. Da sie aber doch seine Frau war, ließ er sie in einer Droschke zur Polizeidirektion bringen.

Gegen Abend lieferte er auch noch die alte taube Tante, die mit ihnen den Haushalt teilte, bei der Polizei ein, nachdem er sie gezwungen hatte, eine Bestätigung zu unterschreiben, daß sie jenem Geheimbund angehöre, der Ferdinand d'Este in Sarajevo umbrachte.

Am nächsten Tage bestand Herr Braun die Abschlußprüfung der Staatspolizeischule mit vorzüglichem Erfolg.

Der kleine Emil erhielt in Anbetracht seiner Jugend nur drei, Frau Braunová unter Zuerkennung verschiedener mildernder Umstände fünf und die taube Tante acht Jahre.

Doch das alles ist nur eine Kleinigkeit, verglichen mit jenen zwölfhundert Jahren, die Braun dank seiner politischen Ausbildung im Verlauf des Krieges für eine ganze Reihe anderer Bürger aus den verschiedensten Teilen Prags erzielte.

Aufruhr in der österreichischen Marine

Ich bekenne offen, daß ich Beziehungen zur Polizei unterhalte. Ich bin ein seit langem gesuchter Betrüger, doch die ganze Umgebung hält mich für einen Kaufmann im Ruhestand. In dem Restaurant, in dem ich Stammgast bin, schätzt man mich sehr; ich borge dort ab und zu einem Polizeikommissar, der einmal mit großem Elan nach mir gefahndet hat, Geld zum Kartenspiel. Auch ein höherer Polizeibeamter von der politischen Polizei verkehrt dort, und wir drei, ich und die beiden Herren von der Polizei, sind gute Freunde. Wir treffen uns jeden Tag und haben keine Geheimnisse voreinander.

Kürzlich aber kam der Beamte von der politischen Polizei einmal nicht zur gewohnten Partie Darda.

Am nächsten Tag erschien er zwar wieder, aber später als sonst, und dabei machte er ein verdrossenes Gesicht. Er sagte, man sei einer antimilitaristisch-sozialistisch-kommunistisch-anarchistischen Verschwörung auf der Spur und habe bei einem Mann eine Hausdurchsuchung durchgeführt.

»Meine Herren«, sagte er, »die Dinge stehen sehr ernst.« Er seufzte tief und sprach dann weiter: »In letzter Zeit wurde von Wien aus an einige Behörden die Nachricht gegeben, in Lissabon habe die Flotte einen Umsturz herbeigeführt. Dann kam eine zweite Information, auch in Brasilien habe die Flotte einen Putschversuch unternommen. Es begann mit einem

Bombardement, und aus war es mit der Ordnung. Dann kam ein dritter Hinweis, man solle ein Augenmerk auch auf die österreichisch-ungarische Marine haben, die der Stolz der Monarchie ist und uns, wie ich zuversichtlich hoffe, in absehbarer Zeit auch auf dem Südpol Kolonien erwerben wird wie einst Spitzbergen und Franz-Joseph-Land am Nordpol. Die Angliederung des Südpols an unsere Monarchie erfordert aber strenge Disziplin bei der Marine. Und nun stellen Sie sich vor, meine Herren, daß bei Triest die Mannschaft eines Torpedobootes...«

Er beugte sich näher zu uns und fuhr im Flüsterton fort: »Die Leute gingen Wein trinken zu einem Mann, dessen Bruder einen Freund hatte, der mit einem Mann verschwägert war, dessen Schwester eine Bekanntschaft mit einem jungen Mann unterhielt, der mit einem sozialistischen Agitator auf dem gleichen Korridor wohnte.«

Mein Freund holte tief Luft und fuhr fort: »Die Sache ist jedoch gar nicht verwickelt, denn jener junge Mann kam sicherlich mit dem sozialistischen Agitator zusammen, ein Wort gab das andere, man sagte dies und sagte das, wie wir mit Recht vermuten, schließlich heiratete die Schwester jenes jungen Mannes, Pardon, die Schwester jenes Menschen, den jungen Mann und verschwägerte sich dadurch mit dem Freund dieses ersteren, Pardon, ich will sagen, mit dem Bruder jenes Freundes des ersteren...

...zu dem«, fügte er im Flüsterton hinzu, »die Matrosen des Torpedobootes Wein trinken gingen.

Wie Sie sehen, meine Herren, bringt die politische Polizei alles heraus. Der zuerst erwähnte Mann wurde durch die Hochzeit der Schwester des jungen Mannes mit dem sozialistischen Agitator ein der ganzen umstürzlerischen Bewegung nahestehender Mensch, denn der Freund, dessen Bruder mit dem vorhin erwähnten Mann verschwägert war, der auf dem gleichen Korridor wohnte, nein, so ist es nicht. Er hatte einen Freund, dessen Bruder mit dem Mann verschwägert war, nein, so ist es auch nicht. Entschuldigen Sie, meine Herren, es ist zuviel für mich, diese Aufregung den ganzen Tag! Morgen werde ich Ihnen weiter erzählen.«

Damit reichte er uns die Hand und ging erregt fort.

Am nächsten Abend fuhr er fort: »Meine Herren, gestern habe ich Sie bald verlassen, weil ich sehr abgespannt war. Heute aber möchte ich Ihnen die Fortsetzung jener Affäre berichten. Ich habe vergessen, Ihnen zu sagen, daß der inzwischen verhaftete Wirt des Weinlokals sieben Söhne hat. Einer dieser Söhne hat die Tochter eines Prager Hausmeisters geheiratet, die er in Wien kennengelernt hatte. Dieser Umstand spielt in der ganzen Affäre eine wichtige Rolle.

Die Schwiegertochter des Verhafteten hat nämlich in Prag einen Vetter; bei dem haben wir überraschend eine Hausdurchsuchung gemacht, auf die ich noch zurückkomme. Die ganze Sache erscheint auf den ersten Blick sehr kompliziert, ist aber ganz einfach. Daß es sich um den Versuch handelte, die Disziplin der Marine zu untergraben, ist schon daraus zu ersehen, daß sich der in Prag verhaftete Vetter der Schwiegertochter jenes verhafteten Weinstubenbesitzers dadurch auf das Leben auf dem Meere vorbereitete, daß er Beziehungen zur Mannschaft der Prager Dampfschiffahrtsgesellschaft unterhielt. Diese Kombination stammt von mir. Wir haben daraufhin ermittelt, daß er ein vertrauter Freund des Kapitäns des Moldau-Dampfers ›Zbraslav‹ gewesen ist. Das ist eine erstaunliche und niederschmetternde Feststellung. Er fuhr mit dem Dampfer bis nach Davle. Und worauf ich besonderen Nachdruck lege – er versuchte, die Steuerleute der Dampfer ›Chuchle‹ und ›Bráník‹ zu bestechen, daß sie ihm die Einrichtung des Steuers erklärten. Er war mit allen Heizern und Maschinisten der Prager Dampfschiffahrtsgesellschaft bekannt, die er auch öfter zu einem Glas Bier einlud, und zwar einzig und allein in der Absicht, aus ihnen die Anleitung herauszulocken, wie man die Dampfmaschine des Dampfschiffes bedient.

Und dann, meine Herren, ist es nicht höchst verdächtig, wenn er sich danach erkundigte, wieviel Mann auf den einzelnen Dampfern beschäftigt sind, etwa auf dem Dampfschiff ›Vyšehrad‹ und anderen? Ich frage Sie, hat sich dieser Mensch nicht auf antimilitaristische Umtriebe auf dem Meer vorbereitet? Und warum ging er regelmäßig ins Kino, wenn dort die Parade der Kriegsmarine gezeigt wurde? Und schließlich: Weshalb wäre ein so verdächtiger Mensch gerade zu dem verhafteten Weinstubenbesitzer in verwandschaftliche Beziehungen getreten, oder umgekehrt: Weshalb hätte gerade einer der sieben Söhne jenes Weinstubenbesitzers aus dem Süden die Kusine jenes Mannes heiraten sollen, der sich auf den Dampfern der Prager Dampfschiffahrtsgesellschaft zu umstürzlerischen Umtrieben auf dem Meere vorbereitete? Eines Mannes, der nicht davor zurückschreckte, für einen Liter Bier aus dem Steuermann des Dampfers ›Zbraslav‹ das Geheimnis herauszulocken, wie ein Schiff nach links und nach rechts gesteuert wird? Was würde ein solcher Mann erst auf einem österreichischen Dreadnought tun?

Dieser Mann würde sicherlich sein ganzes Vermögen opfern, nur um herauszubekommen, wie man bei der österreichischen Marine beispielsweise rückwärts fährt. Nun hat dieser Mann aber kein Vermögen, trotzdem aber hat er soviel Geld, daß er an die Maschinisten der Schraubendampfer auf der Moldau Zigarren verteilt und sich im kleinen Kenntnisse anzueignen sucht, wie ein Dampfer in Bewegung gesetzt wird. Ob es sich um ein Torpedoboot, einen Torpedozerstörer oder um einen kleinen Schraubendampfer handelt, im Prinzip bleibt es doch immer dasselbe. Die Schiffsmannschaft verführt er zur Disziplinlosigkeit, untersucht die Schiffsschrauben und das Ruder und lernt schließlich sogar schwimmen.«

Der Polizeibeamte holte tief Luft und fuhr dann fort: »Das alles haben wir festgestellt, bevor wir den Mann verhafteten. Zwei Detektive nahmen ihn gerade in dem Augenblick fest, als er an Bord des Dampfers ›Zbraslav‹ ging, um nach Modřany zu fahren. Ich möchte bemerken, daß Modřany eine ähnliche Lage hat wie der österreichische Kriegshafen Pola. Er wurde also verhaftet und zur Polizeidirektion gebracht. Dort fand man bei ihm drei Briefe. Zwar behauptete er, er sei unschuldig, aber das nützte ihm nichts. Man las die Briefe. So ein Spitzbube!

Nach außen hin war alles harmlos: Er bestellte Hühner, Butter und Trockengemüse. Er behauptete, er habe keinen Verwandten im Süden, und antwortete, nach seiner Wohnung befragt, sie befinde sich im zweiten Stock, aber es sei kein Schild an der Tür. Und das sagte er einem so ruhig und frech ins Gesicht.

Wir ließen ihn zum Schein laufen, und ich erhielt den Auftrag, am nächsten Morgen bei ihm eine Hausdurchsuchung durchzuführen. Ich nahm also zwei Detektive mit, und wir zogen los. Wir wollten ganz sichergehen. Hausnummer soundso, zweiter Stock, kein Namensschild an der Tür.

›Der gnädige Herr ist nicht zu Hause‹, sagte das Dienstmädchen.

›Aha, der Vogel ist ausgeflogen!‹ Wir ließen uns den Schreibtisch öffnen, beschlagnahmten seine Korrespondenz, untersuchten die Öfen, krochen unter die Betten, warfen alles aus den Schränken, machten Pakete daraus, und schon wollte sie Inspektor Spaček fortbringen, da kehrte der Vogel ins Nest zurück.

Inspektor Spaček zog uns am Rock und sagte: ›Um Himmels willen, meine Herren, wir sind in einer fremden Wohnung! Das ist er ja gar nicht, das ist der Herr Gerichtsrat!‹ Wir entschuldigten uns also, daß wir uns in der Tür geirrt hätten, und siehe da, in der Wohnung nebenan fand sich der wahre Schuldige.«

Der Polizeibeamte wischte sich den Schweiß von der Stirn und fuhr fort: »Und nun, meine Herren, will ich Ihnen beweisen, wie schwer unser Dienst ist. Alle unsere Bemühungen waren vergebens. Wir beschlagnahmten die Korrespondenz und forschten weiter. Aber gerade heute früh kam aus Wien ein Telegramm, wir sollten die Untersuchung einstellen. Zu dem verhafteten Weinstubenbesitzer hätten die Matrosen von den Torpedobooten nicht auf ein Gläschen Wein gehen können, weil er gar kein Weinstubenbesitzer war, sondern Laufbursche in einem Gemüsegeschäft, und noch dazu von Jugend an taub.

Der andere Bursche aber, dessen Korrespondenz beschlagnahmt worden war, hatte mit ihm nicht viel zu tun, denn der eigentliche Schuldige, der das alles angestellt und die Dampfer in Prag aufgesucht hatte, um dort zu spionieren, ist schon seit zehn Jahren tot.«

Der Polizeibeamte tat einen kräftigen Schluck, wischte sich mit dem Taschentuch den Mund ab, und damit war der Aufruhr in der österreichischen Marine endgültig niedergeschlagen.

Ein sonderbares Ereignis

Der diensthabende Polizeiwachtmeister hatte sich auf das Eisenbett geworfen, das in der Ecke der Wachstube stand, und versuchte gerade einzuschlafen, als ein Mann mit entsetzter Miene im wahrsten Sinne des Wortes in die Wachstube stürzte. Er war äußerst nachlässig gekleidet und trug nur eine Unterhose.

Der Wachtmeister sprang auf.

»Ich bitte Sie, Herr Wachtmeister, Einbrecher, Diebe!«

»Schreien Sie nicht so!« erregte sich der Wachtmeister. »Sie wecken mir noch die ganze Mannschaft!«

Diese Bemerkung hatte zur Folge, daß der Mann in der Unterhose einen noch entsetzteren Ausdruck annahm und aufgeregt zu erzählen begann, er habe eine Frau, zwei Kinder, zwei Zimmer, einen Vorraum, ein Innenklosett, fließendes Wasser in der Küche und einen eigenen Korridor. Und jetzt habe er in der Wohnung Einbrecher. Er schlafe in dem Zimmer, in dem anderen seine Frau mit den Kindern. Die Einbrecher hätten sich zunächst in der Küche zu schaffen gemacht. Als ein um das Leben seiner Angehörigen besorgter Familienvater sei er aus dem Fenster auf die Straße gesprungen, denn er wohne zu ebener Erde, und zum Kommissariat gelaufen, damit unverzüglich die nötigen Schritte unternommen würden. Und er begann zu weinen. »Ich bitte Sie, Herr Wachtmeister, wird der Einbrecher nicht inzwischen meine Familie umbringen?«

Der Wachtmeister zuckte die Achseln. »Das wird sich alles zeigen und im Laufe der Zeit feststellen lassen. Zunächst geben Sie mir Ihre Personalien! Wann sind Sie geboren?«

»Achtzehnhundertsiebzig.«

»Tag und Monat?«

»Dreißigster April.«

Und es ging alles schön der Reihe nach, weil es die Vorschriften verlangten. Eine Frage folgte der anderen, nur ab und zu unterbrochen von beschwörenden Bitten, er habe doch zwei Zimmer, eine Frau, einen Korridor, zwei Kinder, fließendes Wasser in der Küche, Innenklosett und jetzt zu allem auch noch Einbrecher in der Wohnung.

Doch unerbittlich folgte Frage auf Frage: Name von Vater und Mutter, Mädchenname der Mutter...

Dann wieder die zaghafte Frage des Mannes in der Unterhose, wann die Polizei denn einschreiten werde.

»Mischen Sie sich da nicht ein! Wie heißt Ihre Frau?«

»Marie.«

»Das ist aber schön. Und mit dem Mädchennamen?«

»Drápaliková.«

Und wieder unter Weinen die Bitte, was er denn tun solle und wie die Sache wohl ausgehen werde.

»Nach allem werden wir Sie hierbehalten.«

»Mich wollen Sie hierbehalten, um Himmels willen?«

»Natürlich. Wissen Sie, was das bedeutet, bei Nacht aus dem Fenster auf die Straße zu springen und in Unterhosen herumzulaufen? Damit haben Sie gegen die Polizeiverordnung verstoßen, ferner gegen die öffentliche Moral. Ich muß Sie deshalb bis morgen früh hierbehalten, dann kommt der Kommissar und wird Ihnen Ihre Strafe zudiktieren. Da könnte ja jeder bei Nacht aufs Kommissariat gelaufen kommen, vielleicht sogar so, wie ihn Gott geschaffen hat, und sagen, Einbrecher seien bei ihm in der Wohnung. Trotzdem werde ich der Sache nachgehen, damit der Gerechtigkeit Genüge getan wird. Sehen Sie, lieber Freund, ein ähnlicher Fall hat sich voriges Jahr ereignet. Es war aber blinder Alarm, und der Mann wurde schließlich wegen Täuschung der Behörden verurteilt. Ich halte mich an den Grundsatz, nie übereilt zu handeln. Ja, lieber Freund, wenn Sie wirklich Einbrecher in der Wohnung haben, können Sie versichert sein, daß die Polizei die notwendigen Schritte unternehmen wird, um die Verbrecher dingfest zu machen. Wenn sich aber Ihre Frau und Ihre Kinder in Lebensgefahr befinden, wie Sie meinen, so werden Sie wohl wissen, was Sie zu gewärtigen haben, wenn die Einbrecher Ihren Kindern tatsächlich etwas antun sollten. Sie würden mit der ganzen Strenge des Gesetzes wegen Vernachlässigung der väterlichen Pflichten bestraft. Waren es nicht vielleicht nur Halluzinationen? Erzählen Sie mir doch die ganze Sache noch einmal ...«

Vor Angst schlotternd, begann der Mann seinen Bericht von vorn, wobei sich der Wachtmeister Notizen machte.

»Das könnte auch Einbildung sein«, sagte er schließlich und strich sich den Schnurrbart. »Vorläufig behalten wir Sie hier und werden die Sache untersuchen.«

Eine Minute später drang das Weinen des Mannes in Unterhosen aus einer Einzelzelle ...

Dies übernahm ich aus der Erzählung eines Polizeiwachtmeisters, der seinen Bericht mit den Worten schloß: »Und wissen Sie, meine Herren, wie sonderbar die Sache ausging? Der Mann hatte wirklich nicht gelogen! Bis wir hinkamen, hatten die Einbrecher seine Frau und seine Kinder sowie den Hausmeister ermordet und alles mitgenommen, was nicht niet- und nagelfest war. Am Morgen erlegten wir ihm eine Strafe von zehn Kronen, im Nichteintreibungsfall vierundzwanzig Stunden Haft auf, weil er in Unterhosen über die Straße gelaufen war ... Ob er diese Strafe bezahlt oder abgesessen hat, weiß ich allerdings nicht ...«

Mörder gesucht

Laut Meldung des Amtsblattes herrschte auf der Polizeidirektion, nachdem die Bekanntmachung angeschlagen worden war, eine gewisse Depression. Für zweckdienliche Angaben, die zur Ergreifung des Mörders der alten Zeitungsfrau führen würden, waren tausend Kronen ausgesetzt. Mehrere hundert Menschen, die sich diese Belohnung verdienen wollten, beschäftigten von den frühen Morgenstunden an bis spät in die Nacht den ganzen Polizeiapparat. Vom Polizeipräsidium war nämlich der Befehl ergangen, sämtliche Angaben zu protokollieren und vorzulegen, damit man sich auf Grund der bewährten Polizeimethoden eine Vorstellung von dem Mörder machen und auf Grund weiterer Angaben kombinieren, Verbindungsfäden knüpfen und sie zu einem Knäuel verbinden könne, wie es im Amtsblatt so poetisch hieß.

Das riesige Gebäude der Polizeidirektion reichte kaum aus, die Vernehmung aller freiwilligen Zeugen durchzuführen, und die Wirtschaftsabteilung der Polizeidirektion erwog schon ernsthaft, für diesen Zweck irgendwo eine ganze Flucht von Räumen zu mieten.

Sämtliche Angaben wurden eifrig protokolliert, und am Abend fand der Polizeidirektor ein ganzes Paket eng beschriebener Bogen auf seinem Schreibtisch. Aus all dem versuchte der Regierungsrat Folgerungen zu ziehen, Verbindungsfäden zu erhaschen, sie zu einem Knäuel zu verbinden und (ich wiederhole den schönen Satz noch einmal) – aus diesem Knäuel am Ofen einen Strumpf zu stricken, das heißt: den gesuchten Mörder zu ermitteln.

Polizeikommissar Reichel war eifrig bestrebt, dem Polizeidirektor die wichtigsten Angaben vorzutragen und ihm einige von den vielen Briefen vorzulesen, die in dieser Angelegenheit eingegangen waren.

Das war eine schwierige Aufgabe, denn unter diesen Angaben waren viele, über die man mehrere Stunden hätte ernsthaft nachdenken müssen, und wieder andere, die völlig unverständlich blieben.

»Karal Vyhnálek, Angestellter, teilt mit«, las der Polizeikommissar vor, »er habe eine ähnliche olivenfarbene Hose drei Tage vor dem Mord bei einem ihm unbekannten Fußgänger gesehen, der ihn um Feuer für seine Zigarre bat. Daraus schließt er, daß es sich aller Wahrscheinlichkeit nach um einen Menschen handelt, der den ärmsten Schichten angehört und der vielleicht mit der Ermordeten bekannt war und sich von ihr die Hose ausgeborgte. Möglicherweise kam es zwischen den beiden bei der Rückgabe der Hose zu einem Streit, der mit dem Tod der Alten endete.

Václav Chocholatý schreibt: ›An die löbliche Polizeidirektion! Die Ermordete kannte einer meiner ehemaligen Regimentskameraden. Ich diente beim elften Regiment, und unser Bataillon wurde nach

Rovica verlegt. Dort gibt es viele Berge und Felsen. Auf den Bergen weidet Vieh. Vor allem Kühe, Herr Polizeidirektor. Mein Kamerad, der, wie schon erwähnt, die Ermordete kannte, diente schon im dritten Jahr und zeichnete sich durch ein hervorragendes Gedächtnis aus. Er hatte die Charge eines Korporals und war ungemein rabiat. Er war imstande, einen Menschen wegen eines einzigen Wortes zu töten. Deshalb denke ich, wenn er mit der Ermordeten in Streit geraten wäre, hätte er sie sicherlich erschlagen, denn er hat oft gesagt, er könne solche Weiber nicht ausstehen. Vor zwei Jahren ist er bei einer Rauferei eines natürlichen Todes gestorben.‹

Nun das Verhör des freiwilligen Zeugen Hofmayer, von Beruf Höker in der Langen Gasse. Die Ermordete hat er nicht gekannt. In Karolinenthal war er in seinem Leben nur zweimal. Zuletzt, als das Feuer in der Křižík-Fabrik ausbrach. Das war so: Am Nachmittag ging er wie jeden Sonntag Mariage spielen. Er spielt entweder ›polinisch‹ oder ›gezogen‹, und zwar um Kreuzer. In seinem ganzen Leben hat er nie falsch gespielt. Als er am Viadukt war, hörte er plötzlich ›Feuer!‹ rufen, und tatsächlich, als er zur Křižík-Fabrik kam, brannte sie lichterloh. Dann kam Militär und riegelte die Straße ab. Seitdem war er nicht mehr in Karolinenthal. Von dem Mord weiß er nichts. Für den versäumten halben Tag verlangt er fünf Kronen. – Natürlich habe ich ihn in Gewahrsam behalten«, bemerkte der Polizeikommissar und las weiter:

»Viktor Bezváha gibt an: ›Ich habe den in der Polizeidirektion ausgestellten Hammer gesehen. Als Schmiedefachmann kann ich unter Eid aussagen, daß es sich nicht um einen Schmiedehammer handelt, womit ich den Makel zurückweise, der auf unserer Innung durch den Verdacht fallen könnte, das Mordinstrument habe einem Schmied gehört. Gleichzeitig bitte ich um rasche Bestätigung der Statuten des Lesevereins der Schmiedearbeiter, die vor zehn Jahren über die Polizeidirektion an die Statthalterei eingereicht und bisher wegen unaufschiebbarer Mordfälle noch nicht erledigt wurden!‹

Die Firma Alois Hynek schreibt, und zwar, wie ich ausdrücklich betonen möchte, ohne Stempelabdruck: ›Hochverehrter Herr Direktor! Im Interesse der schwergeprüften Verleger fällt jeder unlautere Wettbewerb, der unser Gewerbe beeinträchtigt, schwer ins Gewicht. Mit Recht wenden sich die Gewerbekreise gegen die Sträflingsarbeit, und das Gesetz über den unlauteren Wettbewerb verbietet es, sich der gewissen Gewerbekreisen vorbehaltenen Kennzeichen zu bedienen. Nun deutet aber schon die Überschrift Ihrer geschätzten Bekanntmachung darauf hin, daß sich einer Ihrer geschätzten Angestellten mit dem Schreiben blutrünstiger Romane befaßt und sie vielleicht sogar heimlich verlegt. Wir wenden uns mit allem Nachdruck dagegen, daß der Mord von Karolinenthal zu einem solch unlauteren Wettbewerb und zu ungehöriger Reklame mißbraucht wird, und bemerken, daß der talentierte

Schriftsteller Krutihlávka bereits an einem derartigen Roman arbeitet. Was die Fahndung nach dem Raubmörder betrifft, gestatten wir uns, der löblichen Polizeidirektion die bisher erschienenen Folgen der bei uns verlegten Krimminalhefte Cliffton, Nick Carter und Sherlock Holmes zu besonders niedrigen Preisen zu offerieren.‹«

»Bestellen!« sagte der Polizeidirektor. »Lesen Sie weiter.«

»Hier haben wir die Aussage eines Kommis, der lange Jahre in Karolinenthal beschäftigt war. Er sagt, Karolinenthal gehöre zu jenen Städten, wo sich das Verbrechen mit der Ehrlichkeit vermählt. Nach dieser Äußerung ließ ich ihn festnehmen. Wichtig erscheint mir die Aussage der Hauptmannswitwe Kraftová. Diese gab zu Protokoll: ›Meiner Meinung nach handelt es sich hier nicht um einen Mörder männlichen Geschlechts. Ich glaube vielmehr, daß diesen Mord ein Individuum weiblichen Geschlechts verübt hat, eine unglückliche, verheiratete Frau, die für sich keinen anderen Ausweg sieht als den Galgen. Ich habe keinen direkten Verdacht, aber in letzter Zeit ist mir eine gewisse Anna Třechová besonders aufgefallen, die neben uns wohnt und in den Abort Schmutzkübel gießt, und zwar so, daß man den Eindruck hat, sie sei zu allem fähig. In den letzten Tagen ist sie sehr schweigsam, und an jenem Abend, an dem der Mord geschah, bezahlte sie mir die geschuldeten zehn Kronen, obwohl sie mir doch am Nachmittag des gleichen Tages zugerufen hatte, ich solle ihr den Buckel herunterrutschen. Der geschuldete Betrag von zehn Kronen stimmt mit dem in der Verlautbarung bekanntgegebenen Betrag überein.‹ Diese Anna Třechová habe ich festnehmen lassen«, bemerkte der Polizeikommissar.

»Da haben Sie gut daran getan«, sagte der Polizeidirektor und faßte sich an den Kopf. »Lesen Sie weiter!«

»Hier haben wir ein Protokoll mit einem gewissen Miraslav Hofrichter, der auf der Polizeidirektion erschien, um sein Alibi nachzuweisen. Er erklärte, er habe die Alte bestimmt nicht ermordet, und verlangte tausend Kronen, denn damit, daß er es entschieden nicht war, führe er die Polizei auf die richtige Spur. – Dann ist da die Aussage des freiwilligen Zeugen Matoušek. Er glaubt, die Alte habe sich selbst das Leben genommen.«

»Ausgeschlossen ist das nicht«, sagte der Polizeidirektor und ging erregt im Zimmer auf und ab.

»Ferner haben wir hier einen Brief des Kaplans von St. Christoph. Er verlangt die tausend Kronen, weil er einen Verdacht gegen ein Mitglied einer katholischen Organisation hegt. Der Betreffende hat schon seit zwei Monaten nichts mehr für den Bau des Veitsdoms gespendet.

›Ich weise auf die auffallende Ähnlichkeit mit den letzten Giftmordaffären hin‹, schreibt Herr Offizial Muřínoha. ›Man muß feststellen, ob der betreffende Hammer nicht in einem Geschäft gekauft wurde, in dem es auch Zyankali gibt, und wenn ja, in welchem.

Ferner, ob sich an dem Hammer nicht Spuren von Zyankali befinden und ob das Eisen, aus dem er hergestellt ist, garantiert rein und ohne Beimengung ist. Aus diesen wichtigen Umstand weise ich besonders hin, weil er mit Sicherheit auf die Spur des Mörders führt.‹«

Der Polizeidirektor schlug sich an die Stirn und rief: »Dieser Mann hat recht! Es ist gleich zu merken, daß er ein Beamter ist. An diesem Brief könnte sich der Ortskommissar ein Beispiel nehmen! Wir werden gleich die chemische Untersuchung des Hammers veranlassen.«

Damit wurde die Untersuchung zur allgemeinen Zufriedenheit für diesen Tag abgeschlossen. Es waren vor allem Spuren festgestellt worden, die zur Entdeckung mehrerer Leute führten, die den Mord nicht verübt hatten, und zu einigen, die den Mord hätten verüben können. Ferner wurden mehrere Menschen verhört, von denen verlautete, sie kauften gestohlene Sachen, und dann wurde der ursächliche Zusammenhang zwischen dem Hammer, Zyankali und Oblaten untersucht. Schließlich telefonierte man nach Bohnice, ob man dort den Mörder schon habe.

Die Antwort traf umgehend ein. Man habe ihn nicht.

»Wir haben ihn auch nicht«, bemerkte der Herr Polizeidirektor tiefsinnig.

Der Polizeikommissar aber fand nach längerem Suchen noch einen letzten Brief: »An das löbliche

Polizeipräsidium! Ich erlaube mir, auf den Kopierstift hinzuweisen. Das ist die eine Sache. Verhaften Sie alle Leute, die Kopierstifte benutzen! Zweitens: Verhaften Sie alle Unschuldigen, da bleibt allein der Täter isoliert zurück. Den werden Sie dann leicht fassen. Mit diesem Fall verhält es sich ähnlich wie mit der Frage, wie man am besten und am leichtesten sechs Löwen fängt: Man fängt ihrer zehn und läßt vier wieder frei . . .«

Auf diesen letzten Brief baute die Polizeidirektion ihre eifrigen Nachforschungen auf.

Der Herr Polizei-Oberkommissar Wagner

Den Herrn Polizei-Oberkommissar Wagner kennen Sie vielleicht. Es ist jener Herr, der sich bei der Ermittlung des Räubers Miřička so hervortat. Er spielte mit ihm sogar Karten, wobei der Räuber Miřička das ganze geraubte Geld verspielte.

Da tat der Räuber etwas, was ihm seine Freunde niemals verzeihen können: Er ging zur Polizeidirektion und stellte sich freiwillig. Nach seinen Gründen befragt, erklärte er, er sei seines Lebens und der Freiheit überdrüssig, denn vierzehn Tage hintereinander habe er beim Kartenspiel kein Glück gehabt.

Zufällig hatte gerade der Polizei-Oberkommissar Wagner Dienst in der Sicherheitsabteilung, als die Detektive den zerknirschten Miřička brachten.

Beide blickten einander verwundert an, und als der Räuber sagte: »Ich bin der Miřička«, überzog eine leichte Röte das Gesicht des Polizei-Oberkommissars, doch sagte er gleich darauf mit fester Stimme: »Das habe ich gewußt.«

Als die Detektive mit Miřička gegangen waren, dachte er: »Nein, so etwas, wer hätte das geglaubt!«

Etwa eine Stunde später kamen Journalisten, um sich nach Diebstählen und ähnlichen Dingen zu erkundigen, die den Lesern der Tageszeitungen am besten gefallen. Nun war der Herr Polizei-Oberkommissar wieder ganz ruhig und verkündete mit feierlicher Stimme: »Schreiben Sie, meine Herren!«

Gewiß haben Sie dann in der Zeitung gelesen, wie der Herr Polizei-Oberkommissar Wagner den bekannten Räuber Miřička dadurch überführte, daß er mit ihm Karten spielte, und zwar mit solchem Glück, daß der gesamte geraubte Betrag den Geschädigten zurückerstattet werden konnte.

Aus dem geplanten Kauf eines Motorrades wurde allerdings nichts, doch das stand nicht in der Zeitung; das war nur ein geheimer Wunsch des Herrn Polizei-Oberkommissars gewesen, als er mit dem eleganten Herrn Makao spielte.

Das Motorrad bekam er also nicht, dafür jedoch eine Anerkennung durch den Herrn Polizeipräsidenten, die ihm auch den Posten eines undotierten Verwalters des Polizeimuseums einbrachte. Dieses Amt bedeutete eine ständige Berührung mit der Raffinesse der Verbrecher und war mit der Stellung eines Chefs der Sicherheitsabteilung nahe verwandt.

Als der Herr Polizei-Oberkommissar Wagner diese reizenden Sammlungen von Nachschlüsseln, Hämmern und angebohrten Kassen durchwanderte und immer wieder durch den Saal ging, wo ihn von allen Seiten die Porträts der verschiedenen Verbrecher herausfordernd angrinsten und die Fotos von Mördern auf ihn herunterschielten, blickte er sich um und dachte bei sich: »Das ist aber ein Zufall!«

Die Sammlung machte ihm soviel Freude, daß er sich voll Eifer in das Verbrecheralbum vertiefte. Bald hieß es bei der Polizei nur noch: »Der alte Wagner sitzt wieder auf seinen Verbrechern!«

In dem Raum, in dem die Sammlung untergebracht war, stand auch ein Sofa. Dort machte er es sich bequem und betrachtete die Fotos der Verbrecher. Bei solchen Gelegenheiten konnte man ihn Selbstgespräche führen hören, etwa: »Schau einmal, hast du aber eine Nase!« – »Und du, mein Freund, hast ja ein ganz schiefes Maul!« – »Dir wieder fehlen die Zähne, alter Löwe!«

Da wußten alle, daß er guter Laune war. Wenn er dann in die Kanzlei kam, packte er alle verfügbaren Detektive und Polizisten zusammen und sagte zu ihnen: »Kommt, Kinder!« Und sie führten in anrüchigen Cafés, Gasthäusern und Hotels eine Razzia durch. Das nannte der Herr Polizei-Oberkommissar »Menschen jagen«. Tatsächlich kehrten sie jedesmal wie von einer Sklavenexpedition in Afrika zurück. Vor sich trieben sie eine ganze Horde zweifelhafter Individuen her – Männer und Frauen, die sie in diesen Lokalen aufgelesen hatten, und wenn das einem der Passanten, die diesen Zug erstaunt betrachteten, nicht gefiel, nahmen sie ihn auch mit. Der Herr Polizei-Oberkommissar Wagner benahm sich dabei reizend. Gewöhnlich klopfte er einem solchen Herrn auf die Schulter und sagte liebenswürdig: »Würden Sie, bitte, diese Viererreihe auffüllen?« Und man zog weiter.

Auf der Direktion wurden dann, wie man so sagte, die Prämien verteilt. Alle Vorgeführten standen in einer Reihe. Herr Wagner ging vorn auf und ab und wählte aus. Beispielsweise klopfte er einer Straßendirne auf die Schulter und sagte freundlich: »Fräulein, Sie werden den Abort waschen.« So verteilte er also die Prämien. Einer erhielt nur eine Polizeistrafe, während er andere wegen Landstreicherei ins Gerichtsgefängnis überführte.

Wenn er alle verteilt hatte, sagte er zu seiner Mannschaft: »Hauptsache, immer gewissenhaft sein!«

Einmal nahmen sie bei Nacht unter anderem ein junges Mädchen fest. Herr Wagner blieb vor ihm stehen und sah seine traurigen Augen flehentlich auf sich gerichtet. »Das Fräulein wird im Polizeimuseum den Fußboden wischen«, sagte er mild.

Als das Mädchen diesen Auftrag erledigt und auch alle Bilder abgestaubt hatte, ließ er es laufen.

Nach ihrem Weggang machte er sich wieder daran, die Fotos zu betrachten. Eine Dame kam ihm dabei recht bekannt vor. Unter dem Foto stand die Nummer der Polizeiakte und daneben auch der Name: »Katharina Berk.« Es war das Bild der bekannten Trickbetrügerin Berk, einer jungen Dame von sympathischem und anständigem Äußeren.

»Wo habe ich sie nur gesehen?« Polizei-Oberkommissar Wagner zermarterte sich den Kopf. Immer wieder betrachtete er das Foto. Plötzlich durchzuckte ihn die Erkenntnis, daß das flinke Mädchen, das noch vor zwei Stunden hier mit dem nassen Scheuerlappen hantiert hatte, Katharina Berk gewesen sein mußte.

Mit dem Foto in der Hand stürzte er aus dem Polizeimuseum und eilte in den Aufenthaltsraum der Detektive.

»Jungens«, rief er, »wißt ihr, wer das Mädchen war, das uns das Museum aufgewischt hat? Schaut einmal her!«

»Katharina Berk«, lautete die Antwort. Was er schon vor einer ganzen Weile geahnt hatte, bestätigte sich. Er erschrak, doch dann sagte er feierlich: »Seht ihr, und das habe ich ermittelt! Vor kurzem haben wir sie noch hier gehabt.«

Das erfüllte alle mit großer Freude, und dem Herrn Polizei-Kommissar Wagner war klar: Das war wieder eine Stufe zum Posten des Polizeichefs der Sicherheitsabteilung.

Der Herr Polizeipräsident sagte sogar persönlich zum Herrn Polizei-Oberkommissar: »Noch ein solches scharfsinniges Einschreiten, und Sie werden tatsächlich Chef der Sicherheitsabteilung!«

Der gute Herr Wagner ließ seiner großen Freude freien Lauf und rief, als er das Bild der Katharina Berk im Verbrecheralbum nochmals genau betrachtet hatte, nach langer Zeit wieder einmal aus: »Das ist aber ein Zufall!«

Dabei hatte er ein seltsames Gefühl der Befriedigung, als verstehe sich alles von selbst.

Er lebte tatsächlich nur noch für sein Amt. Am Nachmittag legte er sich auf dem Sofa im Polizeimuseum aufs Ohr und kümmerte sich überhaupt nicht um seine eigene Häuslichkeit. Was lag ihm beispielsweise daran, daß seine Frau wieder ein neues Dienstmädchen hatte? Als er dieses neue Dienstmädchen zum erstenmal sah, kam es ihm ganz bekannt vor, und er merkte wohl gar nicht, daß dieses weibliche Wesen das neue Dienstmädchen war.

Doch als er eines Tages nach Hause kam, wurde ihm mitgeteilt, das neue Dienstmädchen sei verschwunden und mit ihm mehrere Silbergeräte und Schmuckgegenstände. Wie vor den Kopf geschlagen, rief er verzweifelt aus: »Ist das aber ein Zufall!«

Allerdings war das keiner seiner freudigen Zufälle wie in früheren Zeiten.

»Wie heißt sie denn?« fragte er erregt.

Seine Frau sagte, das wisse sie nicht, sie habe geglaubt, er hätte den Dienstbotenpaß an sich genommen.

Nun geriet Herr Wagner aber in Wut und erklärte, das sei doch Sache dessen, der hier Herr im Hause sei.

Hierauf ging er fort, um Strafanzeige zu erstatten.

Gegen Abend wurde das Dienstmädchen von einem Zivilpolizisten aus Wien aufgegriffen, der nach Prag gekommen war, um eine gewissen Katharina Berk zu suchen, die vor einem halben Jahr in Wien einen Betrug verübt hatte. Als er sie vorführte, erkannte man in ihr nicht nur die besagte Katharina Berk, sondern auch das Dienstmädchen des Herrn Polizei-Oberkommissars Wagner, das seinen Dienstherrn bestohlen hatte. Es war die gleiche, die vorher das Polizeimuseum hatte aufwischen müssen.

»Das ist aber ein Zufall!« rief der Herr Polizei-Oberkommissar hocherfreut, doch gleich darauf verdüsterte sich sein Gesicht. »Ich habe sie ja nicht angemeldet, als sie bei mir gedient hat!« sagte er verzweifelt, als er wieder mit seiner geliebten Nachschlüsselsammlung im Polizeimuseum allein war.

Niedergeschlagen saß er über seinem Verbrecheralbum, und als er schließlich seine gemarterten Augen erhob, hatte er sich entschlossen, als pflichtbewußter Beamter zu handeln.

Er lud sich selbst wegen versäumter Anmeldung eines Dienstmädchens vor.

Als er mit sich in der Kanzlei allein war, setzte er sich vor den Spiegel und hielt sich eine Rede.

Zuerst fragte er nach seinen Personalien, dann, ob er etwa schon vorbestraft sei.

»Ein Glück, daß Sie sich das zum erstenmal zuschulden kommen ließen«, sagte er zu seinem zweiten Ich im Spiegel, »sonst hätte ich mich gezwungen gesehen, Sie mit der vollen Strenge des Gesetzes zu bestrafen. Diesmal will ich von einer Bestrafung absehen, erstens, weil Sie Ihre Verfehlung selbst der Behörde gemeldet haben, und zweitens, weil es sich, wie ich schon sagte, um den ersten derartigen Fall handelt und Hoffnung besteht, daß sich so etwas nicht wiederholen wird. Sie können nach Hause gehen. Herr Polizei-Oberkommissar Wagner!«

Er schnallte seinen Säbel um und verließ die Kanzlei.

Auf der Treppe begegnete er dem Polizeidirektor, der ihm sagte, er möge nicht vergessen, daß er noch ein politische Versammlung zu besuchen habe.

Der alte Herr Wagner blickte ihn starr an und lallte: »Entschuldigen Sie, aber soeben hat man mir in der Kanzlei gesagt, ich kann nach Hause gehen.« Und er ging mit einem seltsamen Lächeln weiter.

Schon am nächsten Tag schickte man ihn wegen plötzlicher Verblödung in Pension.

Die Gerechtigkeit siegt

Daß sich auf der Welt sonderbare Dinge ereignen und daß Wahrheit und Gerechtigkeit schließlich siegen müssen, davon war Herr Vačkář schon seit langem überzeugt. Das letzte unliebsame Vorkommnis aber bestätigte ihm völlig die Richtigkeit dieser Ansicht. Seither wird Herr Vačkář nicht müde, diesen zutiefst begründeten Satz überall zu verkünden: daß die Gerechtigkeit siegen muß, selbst nach den größten Schwierigkeiten, die sie selbst verursacht.

Jedermann weiß, daß man unter dieser zweiten Gerechtigkeit die wirksamen Polizeinachrichten versteht, den ganzen komplizierten Polizeiapparat, und dann weiter von Stufe zu Stufe Gericht, Gefängnis, Galgen usw.

Unter der ersten Gerechtigkeit aber versteht man jenen bestimmten Begriff, der im schlimmsten Falle mit der trockenen Pressemeldung sein Ende findet, der Gerechtigkeit sei Genüge getan worden.

Herr Vačkář dachte über derlei Dinge gern nach und äußerte schließlich mit strahlendem Gesicht immer wieder jenen Satz, den er durch die Erzählung des folgenden Erlebnisses untermauerte:

Vor zehn Jahren hatte er in einer abgelegenen Gasse, in die sich selten eine Polizeistreife verirrte, ein Schnittwarengeschäft. – Zu jener Zeit häuften sich in erschreckendem Maße nächtliche Ladendiebstähle, und es verging kaum ein Tag, an dem nicht irgendein Laden frech erbrochen und ausgeraubt worden wäre. Als sich diese Fälle derart häuften, daß die Polizeidirektion schon befürchtete, zur Registrierung aller Beschwerden besondere Hilfskräfte einstellen zu müssen, entschloß sich das Präsidium zu einer scharfsinnigen Maßnahme: Die Polizeistreifen sollten bei Nacht sorgsam auf Diebe achten. Diese einfache und zweckmäßige Anordnung war von vollem Erfolg gekrönt.

Eines Tages arbeitete Herr Vačkář nämlich bis Mitternacht in seinem Laden an der Inventur und verließ nach Mitternacht mit einem Paket Kanevas unter dem Arm, das er früh am Morgen einem Fuhrmann übergeben sollte. Natürlich wurde er, kaum daß er seinen Laden verlassen hatte, auf der Straße von zwei Polizisten ergriffen, die ruhig vor dem Laden gewartet hatten, bis derjenige herauskommen würde, der noch bei Nacht dort Licht brannte. Als er ihnen sagte, er sei der Inhaber dieses Geschäfts, lachten sie lauthals über eine so ungeschickte Ausrede und schleppten ihn zum nächsten Polizeikommissariat.

Der Polizeiwachtmeister lachte auch über diese Naivität und meinte, es handle sich wohl kaum um einen sehr versierten Einbrecher.

Dann kam ein Polizeibeamter, der giftig erklärte: »Inventur haben Sie dort durchgeführt? Nun, das macht man wohl immer, wenn man etwas stehlen will.«

»Aber ich habe doch wirklich Inventur...«, wiederholte Herr Vačkář ängstlich.

»Und deshalb werden Sie jetzt auch brummen«, informierten ihn die Polizisten freundlich, aber bestimmt.

Nun gab es eine Anordnung, daß alle gefaßten Spitzbuben unverzüglich zum Messen, Fotografieren und zu daktyloskopischen Studien zur Polizeidirektion zu bringen seien. Deshalb schloß man die rechte Hand des Herrn Vačkář mit einer Kette an die linke Hand eines anderen Lumpen (so titulierte man ihn tatsächlich!) und brachte beide zur Polizeidirektion.

»Gestehe nur nicht gleich alles!« riet ihm sein Gefährte.

»Das werde ich nicht tun«, erwiderte Herr Vačkář kleinmütig. (Das wurde später als belastend ausgelegt.) Als man ihn fotografierte, brach er in Tränen aus. Man mußte die Aufnahme dreimal wiederholen. Die Schädelmessung ergab eine auffällige verbrecherische Abnormität, wie man gleich auf Grund der von Lombroso aufgestellten Tabelle feststellte. Der Neigungswinkel der Stirn und die Form der Nase wiesen nach einer anderen Tabelle auf völlige Degenerierung, Blödheit und Perversität hin. Die Fingerabdrücke stimmten mit denen des Raubmörders König aus Mannheim überein (dieser Name war jedoch schwarz umrandet, weil dieser Mann vor fünf Jahren von Henkershand ins Jenseits befördert worden war). Ferner glichen sie den Fingerabdrücken des bekannten internationalen Falschmünzers Rubenstein, des Taschendiebs Futerka, des Räubers

Zálinský, der Betrügerin Semerádová und der Kindesmörderin Zinková.

Als man ihm das vorlas, brach er in einen neuen Weinkrampf aus, weil er gehört hatte, Fingerabdrücke glichen einander nie. Immer wieder rief er aus, er sei weder die Semerádová noch die Zinková.

»Das weiß man noch nicht genau«, sagte man streng, und er bekam einen Anfall, ähnlich dem Veitstanz.

Am Morgen brachte man ihn in das Haftkrankenhaus, weil er von einer Gehirnzellenentzündung befallen war, dieser alte Simulant. Zwei Tage lang schwebte er zwischen Leben und Tod, während seine Wirtin bei der Polizei das geheimnisvolle Verschwinden des Herrn Vačkář meldete. Man legte ihr eines jener Fotos vor, auf denen ein verweintes Gesicht den Polizei-Fotografen anblickte.

»Das ist er nicht«, diktierte die Wirtin ins Protokoll und unterschrieb diese Erklärung mit fester Hand. Den Lumpen im Krankenhaus wollte sie gar nicht sehen.

Inzwischen hatte sich Herr Vačkář im Krankenhaus soweit erholt, daß ihm der zu ihm entsandte Untersuchungsrichter folgende Frage vorlegen konnte: »Wo haben Sie die Leiche des von Ihnen ermordeten Herrn Vačkář versteckt?«

Herr Vačkář erwiderte dumpf: »Ich kann mich an nichts erinnern, Euer Wohlgeboren.«

»Wie heißen Sie?« fragte der Untersuchungsrichter weiter.

»Das weiß ich nicht mehr. Man sagt, ich sei nicht Vačkář.«

»Der sind Sie auch nicht«, entgegnete der Untersuchungsrichter.

»Und wieviel Geld haben Sie in der Kasse vorgefunden?«

»Etwa dreißig Gulden«, erwiderte der Rekonvaleszent.

Der Untersuchungsrichter ging. Diese Angabe stimmte völlig mit dem Betrag überein, den man bei dem Beschuldigten am Tag seiner Verhaftung gefunden hatte. Die ganze Öffentlichkeit verfolgte indessen voll Interesse die täglichen Meldungen über den geheimnisvollen Mord an einem Manne, der für sie bis zu jenem schicksalhaften Tag nichts bedeutet hatte, dessen Name aber jetzt überall bekannt wurde, wohin Zeitungen kamen. Sonderbar war, daß der Angeklagte in Augenblicken, in denen er bei klarem Bewußtsein war, dem Untersuchungsrichter sehr genaue Einzelheiten aus dem Leben des verschwundenen Kaufmannes berichtete, so daß es als sicher gelten mußte, daß er mit dem Ermordeten enger bekannt gewesen war.

Schließlich genas er soweit, daß er seiner Wirtin gegenübergestellt werden konnte. Diese erklärte, sie habe diesen Mann schon irgendwo einmal gesehen, wahrscheinlich habe er öfter vor dem Laden des Ermordeten gestanden. Es meldeten sich auch mehrere andere Zeugen; sie erklärten übereinstimmend, dieses abgemagerte, graue Individuum erinnere sie an einen Mann, der wiederholt vor dem Laden des verschwundenen Herrn Vačkář gestanden habe.

In klaren Augenblicken des Untersuchungsgefangenen konnte der Untersuchungsrichter beobachten, daß dieser zu seinem alten, in der Geschichte der Kriminalistik wohl einzig dastehenden Simulieren zurückkehrte und immer wieder behauptete, er selbst sei der Verschwundene und Ermordete. Um ihn zu verwirren, ließ er ihn aufschreiben: »Ich heiße Vačkář und wohne in der Neugasse.« Die Schrift wurde mit der des Verschwundenen in den Geschäftsbüchern verglichen, und die Gerichtssachverständigen erklärten, sie weiche völlig von der Schrift des Herrn Vačkář ab und habe mit ihr nicht die geringste Ähnlichkeit, weder in den Schriftzügen noch in der Lage der Buchstaben; sie weise vielmehr auf einen Alkoholiker hin.

Der Untersuchungshäftling fiel in immer stärkere geistige Umnachtung, und der Untersuchungsrichter stellte voll Freude fest, daß er anfing, sich zu seinem Verbrechen zu bekennen. Eines Tages konnte der Untersuchungsrichter mit größter Genugtuung im Protokoll vermerken, der Untersuchungshäftling habe auf die Frage: »Wem gehört der Anzug, den Sie bei Ihrer Verhaftung getragen haben?« folgendermaßen geantwortet: »Herrn Josef Vačkář.«

Daß er in diesem Falle die Wahrheit sprach, bestätigten die Wirtin und auch andere Zeugen, die Herrn Vačkář oft in dieser Kleidung gesehen hatten, wenn er das Geschäft betrat oder es verließ.

Eines Tages bekannte der Untersuchungshäftling, Herr Vačkář habe einen Bruder in Oberungarn, der bei der Forstverwaltung in Neutra beschäftigt sei.

»Seien Sie sich dessen bewußt«, sagte der Richter bedeutungsvoll, »daß wir ihn telegrafisch hierher beordern und Sie mit ihm konfrontieren!«

»Machen Sie mit mir, was Sie wollen!« sagte der Untersuchungshäftling mit dumpfer Resignation. »Wir haben uns schon seit zwanzig Jahren nicht gesehen.«

Drei Tage später stand der Bruder des Verschwundenen dem Untersuchungshäftling Auge in Auge gegenüber, betrachtete ihn fünf Minuten lang verwundert, umarmte ihn dann und rief: »Josef, wo muß ich dich da wiedersehen!« Der Untersuchungshäftling aber lächelte traurig, zuckte die Achseln und sagte resigniert: »O nein, ich bin nicht Ihr Bruder, ich bin nicht mehr Vačkář!«

Der Bruder sagte aber unter Eid aus, es sei doch Josef Vačkář. Die Gerichtsärzte stellten fest, Herr Josef Vačkář sei geistig nicht ganz normal, und schließlich wurde auf Grund sorgfältiger Untersuchungen ermittelt, daß es doch Josef Vačkář war, der damals um Mitternacht seinen Laden verlassen hatte und sich nun seit drei Monaten in Untersuchungshaft beim Strafgefängnis befand. Seine Wirtin und andere Zeugen berichtigten das kleine Mißverständnis, das im Interesse der Gerechtigkeit unterlaufen war, und einer nach dem anderen beschwor nun, daß es doch der auf geheimnisvolle Weise verschwundene Kaufmann sei. Damit entfiel die Anklage wegen Mordes, den er an sich selbst verübt haben sollte, und es blieb nur die Untersuchung wegen des Diebstahls jenes Pakets bestehen, das man bei ihm gefunden hatte. Die Untersuchung wurde jedoch aus Mangel an Beweisen eingestellt. Freilich dauerte es noch zwei Jahre, bis die Psychiater im Sanatorium Herrn Vačkář die Meinung ausgeredet hatten, er sei wirklich nicht Herr Vačkář, der seine beraubte Leiche irgendwo versteckt habe.

Als man ihn nach zwei Jahren als geheilt entließ, war Herr Vačkář felsenfest davon überzeugt, daß die Gerechtigkeit trotz aller Hindernisse siegt, und diese Wahrheit äußerte er seither feierlich – überall, wohin er kam, und zu jedem, mit dem er sprach.

Der Scharfsinn des Detektivs Patočka

Detektiv Patočka war bisher durch keine besondere Leistung aufgefallen. Zur Polizei war er nur durch Protektion gekommen, und seitdem verübte er dort eine Dummheit nach der anderen. Auf der Polizeidirektion wußte man, daß er zu nichts Ordentlichem fähig war, und wies ihm deshalb nur leichtere Aufgaben zu.

So erhielt er eines Tages den Auftrag, den Wohnsitz eines gewissen Jan Krátký ausfindig zu machen, eines Friseurs, der früher bei der Witwe Pešková in der Straße V Tůních Nr. 15 gewohnt hatte. Das Steueramt hatte nämlich bei der Polizeidirektion angefragt, wo sich der Gesuchte gegenwärtig aufhalte, da er bereits seit drei Jahren die Militärtaxe in Höhe von acht Kronen nicht entrichtet hatte.

Detektiv Patočka machte sich mit großem Eifer an diese Aufgabe, die sein erstes selbstständiges, von niemandem abhängiges öffentliches Auftreten war. Zuerst ließ er sich seinen Vollbart stutzen, dann zog er sich wie ein Schlossergeselle an, nahm aus den Polizeirequisiten ein Stemmeisen und eine Zange, schwärzte sich die Hände, beschmierte sich das Gesicht mit Ruß, band eine blaue Schlosserschürze um und klopfte an die Tür der Witwe Pešková. Als ihm eine ältere Frau öffnete, fragte er, ob hier nicht eine gewisse Frau Krombholzová wohne, die nicht in ihre Wohnung gelangen könne, weil sie die Schlüssel verloren habe. Er sei gekommen, um die Wohnung zu öffnen. Man sagte ihm, daß hier keine Frau Krombholzová wohne, sondern eine gewisse Frau Novotná. Er bedankte sich und kehrte hocherfreut nach Hause zurück, denn ihm war klar, daß die Sache durch diese unverhoffte Wendung noch verwickelter geworden war. Mußte er doch jetzt auch die Frau Pešková suchen, wodurch die Ermittlung der Wohnung des Herrn Krátký doppelt ruhmreich würde. Den Rest des Tages ruhte er sich nach seiner anstrengenden Arbeit gründlich aus. Am nächsten Tag wollte er sich als Handelsvertreter ausgeben.

Zu diesem Zweck kaufte er zehn Pakete Zichorie, legte sie in einen Handkoffer, ließ sich bei dem nächsten Friseur den Rest seines Bartes abnehmen und kleidete sich in einen hellen Mantel. So klopfte er bei der Hausmeisterin jenes Hauses an, in dem früher Frau Pešková gewohnt hatte und jetzt Frau Novotná wohnte. Als die Hausmeisterin öffnete, holte er alle zehn Pakete Zichorie aus dem Handkoffer und bat die Hausmeisterin, sie Frau Pešková zu übergeben, sobald diese nach Hause komme. Frau Pešková habe sie tags zuvor bestellt.

»Mein lieber Herr«, sagte die Hausmeisterin, »das muß ein Irrtum sein, Frau Pešková ist vor zwei Jahren gestorben, und ihr Sohn hat eine Stelle in einer Maschinenfabrik in Przemysl in Galizien bekommen. Dort hat er geheiratet, und jetzt hat er sich eine eigene Maschinenfabrik in Vysočany eingerichtet.«

»Ich danke Ihnen«, sagte er, nachdem er sich das alles notiert hatte. »Nehmen Sie diese zehn Päckchen als kleine Aufmerksamkeit für Ihre Freundlichkeit an!«

Hocherfreut kehrte er nach Hause zurück, rieb sich zufrieden die Hände, denn nun war ihm absolut klar, daß er zu einem großen und berühmten Detektiv heranreifte.

Am nächsten Morgen reiste er nach Przemysl, um festzustellen, ob die Angaben der Hausmeisterin auf Wahrheit beruhten.

Als polnischer Jude verkleidet, erreichte er Przemysl und schickte an die Prager Polizeidirektion ein chiffriertes Telegramm: »Veranlaßt Vorladung eines gewissen Pešek, Inhaber einer Maschinenfabrik in Vysočany, zwecks Feststellung, bei welcher Firma in Przemysl er gearbeitet hat. Patočka.«

Drei Tage danach traf folgendes Telegramm ein: »Jan Obulski, Myšleńska 10.«

Unverzüglich begab er sich dorthin.

Jan Obulski war jedoch vor einem Jahr nach Amerika ausgewandert, und man sagte Patočka, Obulski habe in Chikago in der 316. Avenue eine große Fabrik für landwirtschaftliche Maschinen eröffnet.

Als hätte Patočka das vorausgeahnt, hatte er vor seiner Abreise nach Przemysl seine sämtlichen Ersparnisse in Höhe von achttausend Kronen abgehoben. Deshalb war es für ihn jetzt eine Spielerei, mit dem Schnellzug nach Krakau und von dort mit dem

Expreßzug über Berlin nach Hamburg zu reisen, wo er gerade noch den eben nach Amerika auslaufenden Schnelldampfer »Kaiser Wilhelm« erreichte.

Elf Tage später war er in Chikago, und es war für ihn abermals eine Kleinigkeit festzustellen, daß die Angaben der Hausmeisterin aus der Straße V Tůních Nr. 15 auf Wahrheit beruhten. Tatsächlich hatte bei Jan Obulski in Przemysl der Sohn der Witwe Pešková, der jetzige Besitzer einer Maschinenfabrik in Vysočany, gearbeitet, der Sohn jener Witwe, bei der der Friseur Jan Krátký gewohnt hatte, den das Steueramt wegen acht Kronen suchte.

Nachdem er dies festgestellt hatte, begab er sich hocherfreut zum nächsten Friseur, um sich rasieren zu lassen. Es waren einige Tschechen dort, und der Friseur sprach mit ihnen tschechisch.

»Sie stammen auch aus Böhmen?« fragte Patočka leichthin.

»Sehen Sie denn nicht das Firmenschild Jan Krátký?«

Detektiv Patočka sprang freudig auf und rief: »Und Sie haben in Prag bei der Witwe Pešková in der Straße V Tůních Nr. 15 gewohnt?«

»Ja!«

So fand Detektiv Patočka dank seinem Scharfsinn den gesuchten Jan Krátký und kehrte ruhmbedeckt nach Europa und nach Prag zurück, nachdem er vorher an die Prager Polizeidirektion folgendes Telegramm abgesandt hatte: »Gesuchtes Individuum Jan Krátký gefunden. Besagter ist Friseur in Chikago, 316. Avenue. Patočka.«

Dafür wurde er in den Adelsstand erhoben.

Im Detektivinstitut

Aus meiner Wohnung verschwand eine Uhr, die ich von meiner seligen Urgroßmutter geerbt hatte. Sie war eine alte Uhrmacherarbeit – sowohl meine Urgroßmutter, deren Vater Uhrmacher gewesen war, als auch die Uhr. Diese war etwas ungemein Vollkommenes für die damalige Zeit. Ein wahres Schmuckstück mit sechzehn Diamanten auf einem starken Goldmantel.

Daß sie weg war, stellte ich fest, als ich sie versetzen wollte. Man lieh mir dafür jeweils vierhundert Kronen, und ich brachte sie immer zur gleichen Jahreszeit weg, weil ich da verschiedene Feste mitmachte.

Meine Urgroßmutter war eine goldige Frau gewesen. Nach Feststellung meines Verlustes begab ich mich unverzüglich zum Direktor des Prager Detektivbüros und betrat, da ich ja angemeldet war, gleich sein Arbeitszimmer.

Um den Anschein zu erwecken, er sei mit irgendwelchen Akten beschäftigt, schlief er auf einem Bogen Papier. Vor ihm an der Wand hing das Bild eines Spitzbuben, der ein Paket Diebesgut in Sicherheit bringen wollte, doch Frau Justitia hielt ihn am Kragen.

Über dem Bild hingen einige kunstvoll verzierte Handschellen.

Als ich näher trat, richtete er sich auf, wischte

sich, wie ich in dem zu seiner linken Seite hängenden Spiegel feststellen konnte, die Augen und gähnte herzhaft, dann blickte er starr geradeaus und brummte: »Herein!«

»Ich bin schon hier, bitte sehr!«

Er drehte sich in seinem ehrwürdigen Sessel nach mir um, und ich erblickte das Gesicht eines älteren Mannes mit ungemein strengem Ausdruck.

»Sie wünschen?« fragte er schroff.

»Ich komme zu Ihnen, um Ihre Hilfe zu erbitten.«

Nun erhob er sich, und sein Gesicht nahm einen freundlichen Ausdruck an. »Seien Sie mir gegrüßt«, sagte er und schritt auf mich zu, »hier ist meine Rechte.« Diese Worte rief er voll Pathos, und dabei drückte er mir mit noch größerem Nachdruck die Hand. »Ich gestatte mir, Ihnen einen Teil der mir zugegangenen Dankschreiben zu zeigen. Folgen Sie mir, bitte, in den Salon der erledigten Fälle!«

Dieser Salon der erledigten Fälle war eine Kammer, in der über einem kleinen Tischchen ein rotes Licht brannte. Auf dem Tischchen lag ein Album mit Porträts. Er nahm es zur Hand, blätterte die erste Seite um und zeigte mir das Titelblatt: »Fotos der ertappten Verbrecher.« Dann klappte er das Album wieder zu und legte es an seinen Platz zurück. Hierauf holte er aus einer Schublade ein mit einem schwarz-gelben Band zusammengebundenes Briefpäckchen, zog einen Brief von oben heraus und sagte begeistert: »Mein lieber Herr, hier haben Sie einen unbedeutenden Teil der Dankschreiben meiner

Klienten, die sich mit dem gleichen großen Vertrauen an mich wandten wie Sie. Lesen Sie diesen Brief – oder nein, noch besser: Ich werde Ihnen diesen Brief mit gehöriger Betonung vorlesen. Hören Sie nur den innigen Dank: ›Von ganzem Herzen danke ich Ihnen für die Überführung dieses Lumpen, meines Mannes, den Sie in flagranti mit Frau Krejčová ertappten, die ich die Treppe hinunterwarf. Nie werde ich es Ihnen vergessen, was für ein Gesicht dieser Lump gemacht hat...‹ Sie sehen also«, sagte der Direktor des Detektivinstituts siegesbewußt, »einen so glühenden Dankesbrief haben Sie sicherlich noch nicht gelesen. Diese junge Frau bleibt mir bis zu ihrem Tode treu. Und nun folgen Sie mir in den Konferenz-Salon!« Der Konferenz-Salon war eine noch kleinere Kammer als der »Salon der erledigten Fälle«, aber in blaues Licht getaucht. Die Wände zeigten Tapeten mit Dreiecken, und aus jedem blickte den Besuchern ein großes Auge im Strahlenglanz entgegen – wie die Vorsehung Gottes.

»Diese Wände, mein Herr, haben schon die verschiedensten Geheimnisse gehört. Hier saßen Grafen und Prinzen, Herzöge und ein einfacher Regierungsrat, Fürsten und ein armer Handwerker, dem man ein Faß Wagenschmiere gestohlen hatte. Hier wechselten in bunter Folge, wie in einem Kaleidoskop, die verschiedensten Gesichter. Aus diesem Raum gelangt kein Geheimnis hinaus an das Licht der Öffentlichkeit. Doch kommen wir nun auf Ihre Angelegenheit zu sprechen!«

Ich erzählte ihm kurz, was geschehen war.

Er machte eifrig Notizen in ein dickes Buch und sagte dann: »Sie berichten mir, daß die Uhr, die aus Ihrer Wohnung verschwunden ist, von Ihrer Urgroßmutter stammt. Können Sie das auch beweisen? Ein Detektiv muß alles wissen. Wenn sie von Ihrer Urgroßmutter stammt, haben Sie sicherlich einige Dokumente zur Hand, auf die wir unsere Nachforschungen aufbauen könnnen. Wann wurde Ihre Urgroßmutter geboren? Wie, das wissen Sie nicht? Dann müssen wir uns unbedingt ihren Geburtsschein beschaffen, und auf Grund dieser Urkunde werden wir alle Personen verhören, die mit ihr Verbindung unterhielten. Vor allem Ihre Großmutter. Die ist vor 35 Jahren gestorben? Verzweifeln wir darob nicht, lieber Freund! Sicherlich werden sich Zeugen finden, die sie gekannt und mit ihr gesprochen haben. Sie ist im Alter von 105 Jahren gestorben? Das kompliziert die Sache, macht aber absolut nichts. Haben Sie vielleicht irgendeinen Verdacht? Nein? Um so besser, wenigstens verfolgen wir keine falsche Spur. Zahlen Sie nur fünfzig Kronen für die Nachforschungen, ich schicke sofort Detektive aus, die mit den Recherchen beginnen.«

Ich bezahlte also fünfzig Kronen, und er begleitete mich mit einer tiefen Verbeugung hinaus, wobei er sich noch nach meiner Adresse erkundigte.

Am nächsten Tag bemerkte ich, daß mich in der Gasse, in der ich wohne – es ist eine stille Gasse, in der jeder jeden kennt –, alle irgendwie sonderbar anblickten und niemand meinen Gruß erwiderte. Die Detektive hatten ihre Nachforschungen begonnen. Zuerst hatten sie im Lebensmittelgeschäft nach mir gefragt. Die Kaufmannsfrau wußte nichts Schlechtes von mir, doch ein Wort gab das andere, und da meinte sie, in der Bierstube an der Ecke wisse man allerlei von mir zu erzählen.

Als die Detektive die Bierstube aufsuchten, erfuhren sie, daß ich manchmal den ganzen Tag nicht zu Hause bin.

Der Kaufmann an der Ecke erklärte, ich sei ein großer Schwätzer und verdrehe den Frauen den Kopf.

Die Hausmeisterin aber wußte schöne Dinge von mir zu berichten! Einmal sei ich, als sie mir in der Nacht die Haustür öffnete, nicht allein gewesen, sondern in Gesellschaft eines bartlosen jungen Mannes. An dessen sonderbarem Gang habe man gleich gemerkt, daß es sich um ein verkleidetes Mädchen handelte.

Die Sache verwirrte mich immer mehr.

Jetzt befinde ich mich auf dem Karlsplatz in Untersuchungshaft. Man beschuldigt mich, ich hätte meiner Urgroßmutter eine goldene Uhr gestohlen.

Das Abenteuer des Herrn Karafiát

Der Versicherungsangestellte Karafiát bekam gegen zehn Uhr abends Appetit auf Bier. Darin wäre nichts Schlechtes zu erblicken, auch hätte der Befriedigung des Wunsches kaum ein Hindernis entgegengestanden. In einem solchen Fall genügt es, wenn man in ein Gasthaus geht und dort ein Glas oder auch mehrere trinkt. Hat man aber wenig Geld und zu Hause viel Arbeit, kann man sich auch einen Krug Bier holen lassen. Das ist ein ganz einfaches Mittel. Man kann das Bier auch selbst holen, ja man muß das sogar, wenn man ledig ist, wie es unser Herr Karafiát war, der sich trotz seiner zweiundvierzig Jahre überhaupt noch nie ernstlich verliebt hatte oder, um in der Sprache aller Mädchen zu sprechen, um die er sich einst bewarb, »bei dem die Füße widerlich rochen«.

Herr Karafiát befand sich also kurz vor zehn Uhr abends in folgender Situation: Er hatte wichtige dienstliche Arbeit zu Hause, er schrieb nämlich Versicherungen für den Todes- oder den Erlebensfall aus, und hielt in einer Hand den Bierkrug, in seinem Herzen aber, oder in gewissen Gehirnwindungen, lebte der Begriff der genauen Erfüllung seiner Pflichten, und drittens suchte er seinen Hut. Aber den konnte er nirgends finden.

Mithin stand er vor der Wahl: entweder den Hut suchen, doch ehe er ihn gefunden hätte, würde die

Hausmeisterin das Haus verschließen, und weil er keinen Hausschlüssel hatte, würde ihn das zehn Kreuzer kosten, oder den Zylinder aufsetzen und mit dem Zylinder auf dem Kopf Bier holen gehen, wodurch er zehn Kreuzer ersparen würde, die er besser in Bier anlegen könnte.

Somit war es nur logisch, daß Herr Karafiát nicht lange zögerte, den Zylinder ergriff und so in die gegenüberliegende Gastwirtschaft ging.

Als er das Haus verließ, wehte ein scharfer Wind. Auf den Straßen der Weinberge wütete eine Bora in verkleinerter Ausgabe, aber für Prag war das genug, wenn man bedenkt, daß die Weinberge von der dalmatinischen Küste soundso viele tausend Kilometer entfernt sind.

Herr Karafiát klemmte den Krug unter den Arm und hielt mit beiden Händen seinen schönen Zylinder meisterhaft fest. Voll Stolz überquerte er die Straße und betrat gegenüber seiner Wohnung einen Ausschank.

»Ein schöner Zylinder, wirklich schön!« sagte der Wirt. »Wieviel denn, Euer Wohlgeboren?«

»Einen Liter, aber rasch, es weht ein scharfer Wind, und die Hausmeisterin wird gleich abschließen!«

»Ein schöner Wind, wirklich schön!« sagte der Wirt und drehte am Hahn. »Und Euer Wohlgeboren haben gerade bei solchem Sauwetter einen Zylinder auf, haha!«

»Heute hat es schon sechs Schneider davongeweht!« rief jemand aus dem Hintergrund der Gaststube.

Auf der Straße tobte der Sturm.

»Draußen ist es auch schmutzig«, bemerkte der Wirt und blies den Schaum vom Krug, »da sollte sich der Herr einen Augenblick aufhalten. Euer Wohlgeboren sind ja nur im Rock, und der Sturm geht vielleicht vorüber.«

»Hoffentlich geht er vorüber«, sagte wieder der Mann im Hintergrund. »So packt er einen, und schwupp – liegt man auch schon im Dreck!«

Herr Karafiát achtete nicht auf diese verführerischen Reden und ging mit seinem Krug auf die Straße. Mit einer Hand hielt er das Bier, mit der anderen den Zylinder.

Der Sturm peitschte durch die Straße und stemmte sich gegen den Zylinder. Ein neuer Ansturm – und noch einer – und noch einer . . . Herr Karafiát spürte, wie ihm der Wind den Zylinder aus den Fingern zu reißen suchte. Es war eine verdammte Situation.

Und wieder ein neuer Ansturm . . .

Der Zylinder des Herrn Karafiát erhob sich, vom Wind weggerissen, und fiel auf das Pflaster.

Auf dem Pflaster aber blieb er nicht. Er kollerte durch den Kot, hüpfte weiter, Herr Karafiát ihm nach. Dann bog der Zylinder um die Ecke. Herr Karafiát ebenfalls. Nun kam der Zylinder auf den Platz Georgs von Podiebrad, und der Sturm trieb ihn in die Dunkelheit des Parks.

Herr Karafiát mit seinem Krug und der Zylinder ohne seinen Herrn verschwanden im scheußlichen Dunkel der Sträucher, des weichen Bodens und der glitschigen Wege – – –

Der Zylinder sprang durch den Park. An der Ecke der Straße »Am Wasserturm« stolperte Herr Karafiát über den Stock eines Herrn und zerbrach ihn.

Beim Fallen zerschellte auch der Krug, in dem sich nach dem mühseligen Weg noch Bier für einen Kreuzer befand.

Rasch erhob sich Herr Karafiát wieder, und unter den Flüchen des Herrn mit dem zerbrochenen Stock eilte er weiter. Von seinem Instinkt getrieben, erkannte er, daß der Zylinder auf den Wasserturm zueilen müßte. Die Straßen waren menschenleer.

Jawohl! Dort auf den Wasserturm zu mußte sein Zylinder rollen. Er sah einen kollernden schwarzen Gegenstand. Hurra! Jetzt nur noch die Geschwindigkeit erhöhen!

Herr Karafiát lief, der Zylinder eilte, Herr Karafiát eilte, der Zylinder flog.

In diesem Augenblick kam eine Straßenbahn gefahren, der Zylinder hüpfte unter den Wagen. Herr Karafiát sprang in den Wagen, und ohne lange zu überlegen, was er tat, riß er am Klingelriemen und schrie dem Fahrer zu: »Er liegt unter dem Wagen, helfen Sie!«

Und schon war er wieder abgesprungen.

Die Straßenbahn kam zum Stehen. Die Leute im

Wagen sprangen auf, einige bekreuzigten sich: »Jesus, Maria, Josef, schon wieder ein Unglück!«

Der Schaffner wurde nervös und forderte die Fahrgäste zum Aussteigen auf. Der Fahrer wußte sich keinen Rat und fuhr rasch rückwärts, doch da ertönte die grelle Stimme des Herrn Karafiát: »Um Gottes willen, Sie zerquetschen ihn ja ganz!«

»Ihn! Also ist es ein Mann, vielleicht ein Junge?« überlegte jemand im Wagen. »Sie zerquetschen ihn ja ganz, hat er gerufen. Wäre es eine Frau, hätte er gerufen: Sie zerquetschen sie ja ganz!« Nach diesen Überlegungen stieg er aus, um sich an den Rettungsarbeiten zu beteiligen.

Herr Karafiát stand vor dem Wagen, umgeben von Menschen, die ihn mit Fragen bestürmten.

Er war ganz verwirrt und sagte immer wieder nur ein und dasselbe: »Bevor ich mich dessen versah, war er schon unter der Bahn. Ich hätte ihn nicht mitnehmen sollen, das war unverständig von mir! Da gehe ich Bier holen und nehme ihn mit...«

»Schreien ist aber nicht zu hören«, sagte ein Mann aus der Gruppe der Neugierigen.

»Wir müssen den Straßenbahnwagen hochheben!« meinte ein anderer, der von dem Unglück leichenblaß geworden war.

»Ich habe einen schwachen Magen«, sagte ganz ernsthaft ein ordentlich gekleideter Mann: »Ich habe so etwas erst einmal gesehen, aber ich will es nie wieder sehen.«

»Für mich es das äußerst unangenehm«, bemerkte

Herr Karafiát niedergeschlagen. Er war ganz blaß, obwohl er gelaufen war.

»Das ist ein Unglück und keine Unannehmlichkeit!« fiel ihm einer der Herren ins Wort. »Sie sind ja ein Unmensch, ein Gefühlsrohling!«

Der Schaffner blickte unter den Wagen, wo es dunkel war. Er hatte Angst, ein Streichholz anzureißen, um kein Blut sehen zu müssen. »Er gibt keinen Laut von sich«, konstatierte er unter allgemeiner Stille, während der Fahrer Zeugen suchte, daß er Warnzeichen gegeben habe und daß an dem Unglück allein der die Schuld trage, der unter dem Wagen liege.

Rasch fanden sich mehrere Herren, während andere kritisierten, daß noch immer Straßenbahnwagen ohne Schutzrahmen fahren. Einer aus der Menge erwähnte etwas von einer Rettungsstation.

»War ich schuld daran? Sagen Sie selbst!« wandte sich der Fahrer an Herrn Karafiát. »Von Ihrer Aussage hängt das Schicksal meiner Familie ab! Ich habe elf Kinder«, fügte er hinzu, und Tränen stürzten ihm aus den Augen, während er Herrn Karafiát die Hand reichte.

Herr Karafiát ergriff die ihm dargebotene Rechte, preßte sie und sagte: »Sie haben keine Schuld, das weiß ich. Sie können weiterfahren, mir ist schon alles eins.«

Ringsum herrschte Empörung. Mehrere Herren hoben drohend ihr Stöcke. Jemand rief: »Das ist ein Tier, das ist kein Mensch!«

Herr Karafiát zuckte die Achseln.

Ein Polizist kam herbei. Einer äußerte den Wunsch, Herr Karafiát möge eingesperrt werden, während ihn einige andere am Arm packten und ihm warnend zuriefen: »Eine Patrouille!«

Der Polizist riß mutig ein Streichholz an, tat, als höre er nichts, blickte unter den Straßenbahnwagen und ging dann auf Herrn Karafiát zu. »Ihnen ist der Zylinder weggeflogen, nicht wahr?« fragte er streng.

»Freilich, der Wind hat ihn davongetrieben«, erwiderte Herr Karafiát.

»Im Namen des Gesetzes – Sie kommen mit! Warum? Das fragen Sie noch? Wo Sie die Leute da zum besten halten? Vorwärts!«

Unzufrieden stiegen die Fahrgäste wieder in den Wagen, und die Straßenbahn fuhr weiter.

Herr Karafiát aber ging ohne Hut und mit vorquellenden Augen vor dem Polizisten her...

Ein guter Mensch

Einmal wurde die Ansicht geäußert, es gebe nur wenige wahrhaft gute Menschen auf dieser Welt. Andere wieder behaupten, die guten Menschen seien im Aussterben begriffen und es gebe vielleicht überhaupt keine mehr.

Diese pauschale Ansicht ist falsch, denn wenn wir uns genau umschauen, finden wir überall in unserer Umgebung viele gute Menschen, wenn wir sie nur richtig beurteilen. Anfangs wird uns ihr Verhalten vielleicht dumm vorkommen, aber bei richtiger Beurteilung ihrer Taten erschließt sich uns ihr goldenes Herz in voller Schönheit. In Lug und Trug des Lebens erscheinen sie in den strahlendsten Farben, leuchten wie ein Meteor auf und versinken dann für immer in der Dunkelheit. So strahlte und versank auch der Stern des Herrn Alexius.

Den Lesern der Tageszeitungen ist vielleicht noch die vor einigen Jahren veröffentlichte Lokalnotiz in Erinnerung:

Am gestrigen Sonntagnachmittag verursachte der Privatier Petr. Alexius unangenehmes Aufsehen, als er vor der Abfahrt des Ausflugszuges randalierte und die Fahrgäste beschimpfte, die sich am Fahrkartenschalter drängten. Er beruhigte sich erst bei seiner Verhaftung.

Nach dieser Meldung müßte man annehmen, Herr Alexius sei ein Radaumacher gewesen, und doch handelte er nur nach Intentionen seiner edlen Seele.

Er hatte nämlich beobachtet, daß einige Fahrgäste, die später gekommen waren, durch verschiedene Tricks vesuchten, sich am Fahrkartenschalter einen besseren Platz zu sichern als jene, die vorher dagewesen waren. Zuerst ermahnte er die Leute höflich, aber als sich ein einfacher Mann mit den Worten »Machen Sie Platz, ich bin der Eisenbahninspektor!« zum Schalter durchzudrängen versuchte, ertrug dies sein edler Sinn nicht länger.

Er packte ihn am Kragen und schrie: »Sie sind kein Eisenbahninspektor. Sie sind ein Betrüger!« Einmal in Fahrt, brüllte er mit mächtiger Stimme die Massen an, die sich mit List und Körperkraft die besten Plätze am Fahrkartenschalter zu sichern suchten: »Sie alle, wie Sie hier stehen, sind Halunken. Einer will den andern übervorteilen. Sie sollten lieber nach Gerechtigkeit streben und sich vertragen. Das sage ich Ihnen, weil ich ein guter Mensch bin.«

Damals also erklang zum ersten Male aus seinem Munde siegreich und stolz das Wort »ein guter Mensch«, aber es fand bei der erregten Menge kein Echo.

Da geschah etwas Unerwartetes. Ohne selbst zu wissen, wie es kam, wurde er von einer plötzlichen Welle gegen seinen Willen an den Schalter gedrängt und drückte mit seinem Kopf die Scheibe ein. Seinen Kopf noch im Amtsraum, sagte er zu dem erschrokkenen Kassierer: »Entschuldigen Sie, bitte, aber unter diesen Umständen fahre ich natürlich nicht, denn ich bin noch nicht an der Reihe.«

Unmittelbar danach zogen ihn zwei Polizisten zurück und führten ihn unter den Schmährufen der Fahrgäste zum Kommissariat.

»Ich bin wirklich ein guter Mensch!« rief Herr Alexius dabei der Menge zu, die seinen Abtransport voll Interesse beobachtete.

Das war sozusagen der Anfang seiner segensreichen Tätigkeit und seines ruhmvollen Kampfes für Recht und Gerechtigkeit.

Bald bot sich ihm Gelegenheit, neuerlich zugunsten seines Nächsten einzuschreiten.

Er wohnte damals bei einem Gießereimeister zur Untermiete. Dieser Mann hatte zwei Zimmer und eine Küche. Sooft sich Herr Alexius an dieses Erlebnis erinnerte, erklärte er, es sei nicht darum gegangen, daß sein Wirt zwei Zimmer und Küche hatte. Aber er hätte auch eine hübsche junge Frau gehabt. Außerdem hätte noch ein Handschuhmacher dort gewohnt.

Eines Tages bemerkte Herr Alexius, daß zwischen der jungen Frau und dem Handschuhmacher ein verdächtiges Verhältnis bestand. Und wenig später sah er zufällig, vielleicht aber auch absichtlich, wie der Handschuhmacher die Frau seines Wirtes küßte.

Herr Alexius schlief die ganze Nacht nicht, und in seiner edlen Seele reifte der gute Entschluß, zugunsten der Tugend einzuschreiten und dem Gießereimeister die volle Wahrheit zu sagen. Er setzte sich also an den Tisch und verfaßte folgenden anonymen Brief: »Geehrter Herr! Ich muß Ihnen mitteilen, daß Ihre Frau Sie mit Ihrem Untermieter betrügt.« Dann trug er den Brief eilends zur Post und wartete ab, wie sich die Dinge weiterentwickeln würden. Am Nachmittag des nächsten Tages brachte ihm seine Wirtin eben den Kaffee, als der Gießereimeister in das Zimmer stürzte.

Später erinnerte sich Herr Alexius nur daran, die Worte gehört zu haben: »Ergib dich, du Schuft!« Dann habe ihn der Meister mit einem Revolver bedroht, ihn zur Tür gezerrt und die Treppe hinuntergeworfen, wobei er geschrien habe: »Das werde ich dir versalzen, meiner Frau nachzusteigen!«

Lange konnte es Herr Alexius nicht fassen, wie es wohl dazu gekommen sein mochte, und erst nach Jahren, als sein gutes, edles Herz schon oftmals für das Recht eingetreten war, erinnerte er sich, daß er damals hätte schreiben müssen: »mit dem Handschuhmacher« und nicht nur »mit dem Untermieter«.

Dieses Erlebnis kühlte sein Interesse an einem raschen Einschreiten, sobald sein gutes Herz sprach, jedoch keineswegs ab.

Nicht lange danach ging er durch die Perlgasse und erblickte dort eine armselig gekleidete Frau, die an einer Tür stand und ein kleines Kind auf dem Arm trug. »Das ist gewiß eine Bettlerin«, dachte er bei sich, »sieh da, sie hat ein Kind auf dem Arm, da bereitet sich ein Betrug vor. Die Sache ist nicht astrein. Das Kind weint, sicherlich kneift es die Frau, damit sie durch das Weinen des Kindes das Mitleid der Vorübergehenden erregt.«

Er seufzte und machte eine Handbewegung, als wollte er sagen: »Ich kann mir nicht helfen!« Und schon ging er auf die Frau zu. »Frau«, sagte er streng, »Sie kneifen ja das Kind!«

Die Frau stellte das Kind zu Boden und sagte: »Gehen Sie Ihrer Wege, Sie haben wohl zuviel getrunken!«

»Liebe Frau«, sagte Herr Alexius eisig, »solche Dinge kenne ich. Sie betteln und kneifen das Kind, damit es weint. Habe ich nicht recht?« fügte er hinzu und wandte sich an einen Mann, der von der anderen Straßenseite kam.

»So eine Rabenmutter!«

»Ich glaube«, sagte der Angesprochene ruhig, »Sie befinden sich da auf dem Holzweg. Und jetzt kommen Sie mit! Ich bin Zivilpolizist, und diese Dame ist meine Frau.«

Auf dem Kommissariat stellte der Polizeiarzt fest, daß Herr Alexius völlig nüchtern war.

Hier bediente er sich übrigens zum ersten Male der Wendung, er habe bona fide, in gutem Glauben, und im Interesse der Wahrheit gehandelt, denn er sei ein guter Mensch.

Ein andermal fuhr Herr Alexius mit der Straßenbahn. Als der Schaffner den Wagen betrat, bemerkte Herr Alexius, daß der Herr, der neben ihm saß, seine Zeitkarte mit der Fotografie in nervöser Hast umdrehte und sie in der Brusttasche verschwinden ließ.

»Nein«, dachte er bei sich, nachdem er die Fotografie flüchtig gesehen hatte, »was es doch auf der Welt für Betrüger gibt! Auf dem Foto, das der Herr zeigte, ist kein Ziegenbärtchen zu sehen, und der Herr hat doch einen Ziegenbart!« Und er dachte weiter: »So weit ist es also mit der Menschheit bereits gekommen! Da betrügt man schon ganz öffentlich und fährt auf eine fremde Legitimation!«

Entschlossen klopfte er seinem Nachbarn aufs Knie.

»Mein Herr, mit Frechheit kommt man nicht weit!«

»Wie meinen Sie das?« fragte der Angesprochene verwundert.

»Ich meine das so, daß das Foto auf Ihrer Legitimation nicht Ihr Foto ist, kurz und gut, daß Sie auf eine fremde Zeitkarte fahren. – Herr Schaffner«, rief er durch den ganzen Wagen, »dieser Herr hier hat auf seiner Fotografie kein Ziegenbärtchen, behalten Sie ihn im Auge!«

Es erwies sich, daß der Herr mit dem Ziegenbärtchen ein Mitglied des Verwaltungsrates der Städtischen Verkehrsbetriebe war, und Herr Alexius verließ wieder ohne jede Anerkennung das nächste

Polizeikommissariat. »Sehen Sie«, sagte er noch unter der Tür zum Wachhabenden, »ich bin wirklich ein guter Mensch! Alles, was ich tue, tue ich bona fide im Namen von Recht und Gerechtigkeit, allein im Dienste der Wahrheit.«

Heute schläft Alexius, dieser gute Mensch, den ewigen Schlaf auf dem kleinen Friedhof des Irrenhauses von Dobrzan, wohin er eingeliefert wurde, nachdem er in Bodenbach einen ungewöhnlich dicken Sachsen, der zur Abmagerungskur nach Karlsbad fuhr, bei der Zollbehörde hatte vorführen lassen. Dabei äußerte er seine Überzeugung, der Sachse wolle unter seiner Weste wertvolle Spitzen über die Grenze schmuggeln.

Noch als er sich zur Beobachtung in der Klinik befand, schrieb er an die löbliche Statthalterei, er sei ein guter Mensch.

So versank also dieser edle Mann wie ein Meteor. In seiner Heimatgemeinde sind im Personalregister lauter leere Seiten bis auf eine einzige Eintragung, aus der hervorgeht, daß er einmal wegen Ehrabschneidung zu achtundvierzig Stunden Gefängnis verurteilt wurde, weil er einen Mann als »Haderlumpen« beschimpft hatte.

Ich bin davon überzeugt, daß er diesen Ausspruch bona fide getan hat, allein im Dienste der Wahrheit, aber ich konnte bisher nicht herausbekommen, bei welcher Gelegenheit das geschah.

Der ehrliche Finder

Es ist ein grundlegender Charakterzug der Menschen, daß sie gefundene Dinge nicht zurückgeben.

Der Mensch ist einer gefundenen Sache gegenüber ungemein weich. Sie wächst ihm ans Herz, und er kann sich von ihr nicht mehr trennen.

Andererseits ist es eine ganz alltägliche Erscheinung, daß man etwas verliert; sonst würde ja der erste Satz seine Gültigkeit einbüßen.

Als es noch keine Zeitungen gab und die Menschheit in einem halb tierischen Zustand dahinvegetierte, verlor der Mensch seine Sachen ebenso wie heute.

Der Jäger der Urzeit beispielsweise verlor seine steinerne Axt und andere Gegenstände, die erst nach einigen Jahrtausenden wiederentdeckt wurden, wovon die zahlreichen Funde in Museen und Privatsammlungen zeugen.

Mit dem Aufstieg der Kultur wurde es notwendig, das rechtliche Verhältnis zwischen jenem Bürger, der etwas verloren hat, und dem anderen, der es findet, zu regeln. So entstand das Gesetz über die sogenannte »Fundverheimlichung«.

Um seine Härte ein wenig zu mildern, ergänzte man es durch die Verordnung über die Belohnung des ehrlichen Finders. Ehrlichkeit wird seither mit zehn Prozent des Wertes des gefundenen und ehrlich abgegebenen Gegenstandes belohnt.

Ich selbst habe aber vor dem Kriege einen Fall erlebt, in dem sich die Behörden – vielleicht aus Unwissenheit – nicht an die Verordnung über die Belohnung des ehrlichen Finders hielten. Das war so:

Als ich einmal nachts durch Prag strolchte, fand ich auf dem Graben ein Zehn-Heller-Stück. Sofort begab ich mich zur Polizeidirektion, wo ich den ganzen Betrag dem diensthabenden Wachtmeister übergab. Dann sprach ich den Wunsch aus, daß mein Name in der Zeitung veröffentlicht und mir die Belohnung von einem Heller ausgezahlt werde.

Der Polizeiinspektor wurde gerufen, doch er schrie mich an, er kenne mich und werde mich die Nacht hierbehalten.

Am Morgen brachte man mich zu einem Herrn im ersten Stock, der ein Protokoll mit mir aufnahm. Auf Grund des »Prügelpatents« wurde ich wegen Verspottung der Behörden zu einer Strafe von fünf Kronen, im Nichteintreibungsfalle zu achtundvierzig Stunden Haft, verurteilt. Ich wählte das letztere.

Dennoch schwor ich mir, falls ich wieder etwas finden sollte, es nicht mehr abzugeben.

Leider fand ich nichts mehr außer einem ausgesetzten Säugling in einem Hausflur, in den ich mich begeben hatte, um mir den Schnürsenkel zu binden. Diesen Fund ließ ich unbeachtet.

Anna Buklová, Aufwartefrau aus Střešovice, ging früh um fünf Uhr in die Weinberge, um bei einer Familie Wäsche zu waschen.

Als sie beim Kreuzherrenkloster die Fahrbahn überschritt, stolperte sie über einen Gegenstand. Unwillkürlich schaute sie zu Boden und begriff mit ihrem angeborenen Scharfsinn sofort, daß es eine Ledertasche war.

Sie öffnete sie und erblickte darin verschiedene Papiere, deren Inhalt sie nicht verstand. Da sie von Natur aus gutmütig und eine ehrliche Haut war, begab sie sich sofort zur Polizeidirektion, wo sie den Fund dem diensthabenden Wachtmeister vorlegte.

Als der den Inhalt der Tasche prüfte, wurde er blaß, stand dann auf und sagte mit bebender Stimme zu Anna Buklová: »Ich gratuliere Ihnen. Sie haben sieben Millionen achthundertsechsundneunzigtausend Kronen gefunden, in Schecks, einlösbar bei der Böhmischen Eskomptebank.«

Anna Buklová schaute den Wachtmeister mit großen Augen an und sprach ihm nach: »Sieben Millionen achthundertsechsundneunzigtausend Kronen!«

»Ja«, sagte der Wachtmeister ernst. »Sieben Millionen achthundertsechsundneunzigtausend Kronen. Setzen Sie sich! Ich werde ein Protokoll mit Ihnen aufnehmen.«

»Gnädiger Herr, ich bitte Sie um Gottes willen, lassen Sie mich nach Hause!« bettelte Frau Buklová und begann zu weinen. »Ich kann ja nichts dafür! Ich muß in die Weinberge, Wäsche waschen. Ich bin wirklich nur versehentlich daraufgetreten!«

»Aber, liebe Frau, es handelt sich ja nur um eine

Formalität! So eine Sache muß doch amtlich untersucht werden. Ihr Name wird in der Zeitung stehen. Also, wie heißen Sie?«

»Jesus Maria, gnädiger Herr!« Anna Buklová brach in Tränen aus. »Diese Schande! Ich stehe früh als ehrliche Frau auf, und abends soll ich in der Zeitung stehen. Heilige Maria, das überlebe ich nicht! Das ganze Leben lang schinde ich mich wie ein Hund, aus Střešovice laufe ich nach den Weinbergen, von den Weinbergen nach Líbeň, überall wasche ich Wäsche, aus Líbeň gehe ich nach Hlubočepy aufräumen, mein Mann versäuft alles, die Kinder laufen zerlumpt herum, ich selbst habe meinen letzten Rock an...« Ihre Stimme brach.

»Aber, liebe Frau«, beschwichtigte sie der Wachtmeister, »es ist doch meine Pflicht, mit Ihnen ein Protokoll aufzunehmen. Weinen Sie nicht, Sie sehen doch, daß es sich um Millionen handelt!«

»Mein Herr und Gott«, fuhr Anna Buklová fort und heulte wie ein Schloßhund, »um Millionen handelt es sich also! Aber ich habe doch nichts getan! So etwas auf meine alten Tage! Ich bin froh, wenn ich genug verdiene, um Zichorie für meine Kinder kaufen zu können. Alles ist jetzt teurer, und wenn ich eine Krone mehr für Seife verlange, setzt man mich auf die Straße, und ich kann suchen, wo ich eine andere Stelle bekomme. Ich habe mein Lebtag noch nichts Gutes gehabt, aber ich habe auch nie etwas gestohlen, und dabei habe ich ganze Wäscheausstattungen gewaschen, die nicht einmal gezählt waren!«

»Liebe Frau, so beruhigen Sie sich doch! Es handelt sich ja um zehn Prozent!«

»Ich will nichts mit Prozenten zu tun haben, gnädiger Herr! Lassen Sie mich nach Hause!« greinte Anna Buklová. »Ich muß um sieben Uhr in den Weinbergen sein, sonst kocht dort die Wäsche über.«

Der Wachtmeister blickte sie wütend an, schlug mit der Tasche auf den Tisch und schrie: »Jetzt habe ich aber genug! Wie heißen Sie?«

»Anna Buklová, gnädiger Herr«, antwortete die ehrliche Frau unter Tränen.

»Wohnhaft?«

»In Střešovice.«

»Straße?«

»Hauptstraße.«

»Hausnummer?«

»Siebenundsechzig.«

»Geboren?«

»Ja, gnädiger Herr, meine selige Mutter...«

»Ich frage Sie, wann Sie geboren sind!«

»Im Jahr zweiundsiebzig.«

»Wo?«

»Zu Hause.«

»Aber wo zu Hause, in Prag oder auf dem Lande?«

»Auf dem Lande.«

»Herrgott, wo denn auf dem Lande?«

»In Zbraslav bei Prag.«

»Bezirk? Hauptmannschaft? – Was machen Sie denn, Sie fallen mir ja um.«

Als man sie wieder zur Besinnung gebracht hatte, wurde das Verhör fortgesetzt, das wie folgt endete:

»Verlangen Sie also zehn Prozent? Drücken Sie sich deutlich aus!«

»Gott bewahre, gnädiger Herr, lassen Sie mich nur gehen! Meine selige Mutter hat immer gesagt: Ehrlich währt am längsten.«

»Dann unterschreiben Sie das Protokoll!«

»Im Namen des Vaters und des Sohnes«, stöhnte Anna Buklová und unterschrieb mit ungelenken Schriftzügen.

Etwa vier Stunden später erschien auf der Polizeidirektion ein junger Mann, dessen Äußeres den Amerikaner erkennen ließ. »Ich vermisse«, sagte er in gebrochenem Deutsch, »meine Ledertasche. Sie muß mir sein aus der Tasche gefallen letzte Nacht.« Er nannte den Betrag und das Geheimwort der Schecks und fügte hinzu: »Es handelt sich mir nicht so sehr um das Geld als vielmehr um wichtige Geschäftsnotizen über den billigen Einkauf von Gänsedärmen.«

Man nahm mit ihm ein Protokoll auf, und als man ihm mitteilte, daß der ehrliche Finder auf die gesetzliche zehnprozentige Belohnung verzichtet habe, sagte der Amerikaner, dieser König der Gänsedärme, nur: »Well.« Dann ging er, nachdem er es abgelehnt hatte, sich die Adresse der Anna Buklová zu notieren.

Die Abendblätter brachten spaltenlange Artikel

über die ehrliche Finderin, die einen solchen Reichtum zurückgewiesen hatte.

Anna Buklová aber mußte man noch am selben Abend ins Krankenhaus einliefern. Ihr Mann hatte sie halb tot geprügelt, nachdem ihm im Gasthaus das Abendblatt in die Hand gefallen war.

Der Verbrecher

Der ehrenwerte Schnittwarenhändler Beutler saß am Schreibtisch und schrieb Mahnungen an säumige Kunden aus, als ein Polizeiwachtmeister eintrat und ihm folgende Vorladung brachte:

Sie werden hiermit aufgefordert, sich am 9. Juli d. J. um 10 Uhr auf der Polizeidirektion I, Zimmer 11, als Angeklagter einzufinden. Bei Nichterscheinen werden Sie polizeilich vorgeführt.

Der ehrenwerte Kaufmann wurde blaß; er fühlte, wie ihn ein plötzliches Unwohlsein befiel. Als seine Frau den Raum betrat, konnte er ihr nicht in die Augen schauen, und beim Anblick seiner beiden Kinder, die seine Frau mitgebracht hatte, traten ihm die Tränen in die Augen.

Niemals hatte er etwas mit der Polizei zu tun gehabt, nur einmal war ihm, als er mit seiner Familie von einem Ausflug zurückkehrte und irrtümlich und unschuldig in eine Demonstration hineingeriet, von einem Polizisten mit dem flachen Säbel eine Blutwurst auf den Rücken gezaubert worden. Das war vor zwei Jahren gewesen. Vielleicht Zeit genug, daß er wegen dieser Blutwurst bei der Polizeidirektion vorgeladen wurde, denn er war damals verhaftet, aber sofort wieder freigelassen worden. Die Sache war im Sande verlaufen. Der ehrenwerte Kaufmann sah vor sich das Gefängnis und den Untergang seiner

Familie. Seine Kinder sah er bereits in einer Besserungsanstalt, seine Frau im Arbeitshaus. Schon sah er, wie der Staat sein Vermögen konfiszierte. Je länger er darüber nachdachte, desto mehr verdunkelten sich seine Rechtsbegriffe von der Freiheit der Staatsbürger.

Als er am Abend seinen Laden schloß, nahm er von seinem Warenlager mit einem traurigen Blick Abschied. Wer konnte wissen, ob er am folgenden Abend noch alle seine Schachteln mit Hosenträgern, Strümpfen, Leibchen und Leinenzeug wiedersehen würde.

An diesem Tage aß er nur ein einziges halbes Würstchen. Und als er sich gleich nach dem Abendessen zu Bett begab, fiel ihm ein Gebetchen ein, daß ihn seine Großmutter in seinen Kinderjahren gelehrt hatte: »Heiliger Schutzengel mein!«

Dann erinnerte er sich plötzlich an einen Betrugsfall, von dem im ganzen Viertel die Rede war, und er geriet in Schweiß und wälzte sich bis zum Morgen schlaflos im Bett herum.

Wer konnte wissen? Er war ja so eine reine Seele.

Am Morgen trank er nur eine halbe Tasse Kaffee, und wieder kam ihm das Gebetchen in den Sinn: »Heiliger Schutzengel mein!«

Er schloß den Laden auf, gab dem Kommis die erforderlichen Anweisungen und ging, ohne zu zaudern, in die nächste Kirche. Ihm kam es so vor, als blickten ihn heute die Heiligen streng an. Nur der heilige Montanus, der vom König von Syrien dreißig

Jahre lang eingekerkert worden war, schien ihn kollegial zu betrachten.

Herr Beutler kannte das Leben der Heiligen genau und wußte, was das zu bedeuten hatte. So fand seine Seele auch in dieser Kirche keine Ruhe. Der Kerzenfrau gab er zwei Fünfer, damit sie Kerzen für die armen Seelen aufstecke, und irrte dann bis zehn Uhr durch die Straßen. Er schaute ins Wasser und in ein Geschäft, in dessen Auslage Pistolen lagen. Auch vor einer Drogerie blieb er stehen, in deren Schaufenster er die Aufschrift erblickte: »Konzessioniert für den Verkauf von Giften.« Ihm war schrecklich elend zumute, und er gab viel Geld in jenen Häuschen aus, bei denen man einen Eintritt von zwei oder vier Kreuzern zu entrichten hat.

Schließlich stand er lange vor dem Gebäude der Polizeidirektion. Pünktlich um zehn Uhr klopfte er an die Tür des Zimmers Nummer elf. Totenbleich betrat er den unfreundlichen Raum.

Der Polizeibeamte nahm ihm die Vorladung ab. »Bitte nehmen Sie Platz!« Dem ehrenwerten Kaufmann kam es so vor, als hätte dieses »Bitte« einen ironischen Klang.

Der Beamte entnahm seinem Schreibpult ein umfangreiches Aktenstück und fragte ihn nach seinen Personalien.

Voll Verzweiflung beantwortete Herr Beutler die Fragen, wo er geboren worden sei, wo er wohne usw.

Nach Aufnahme der Personalien öffnete der Beamte einen der Faszikel, nickte und sagte: »Sie wissen sicherlich, weshalb Sie vorgeladen wurden. Gegen Sie liegen schon so viele Beschwerden vor, daß der Zivilpolizist Josef Jakubec in Ihren Laden geschickt werden mußte. Ich lese seine eidesstattlich abgegebene Aussage vor:

Ich, Josef Jakubec, begab mich auftragsgemäß in den Laden des verdächtigen Schnittwarenhändlers Karel Beutler, und zwar am 5. Juli d. J. um elf Uhr, um festzustellen, ob die gegen den Beschuldigten vorgebrachten Anschuldigungen berechtigt sind. Dabei stellte ich folgendes fest: Auf meine Frage, ob Hosenträger vorrätig seien, legte mir Herr Karel Beutler mehrere Schachteln zur Auswahl vor. Aus einer Pappschachtel in der Größe von etwa dreißig mal vierzig Zentimeter wählte ich gestreifte Hosenträger mit Patentverschluß aus. Es mochte gerade zehn Minuten nach elf Uhr sein, als ich fragte, was sie kosten. Herr Karel Beutler erwiderte mit fester Stimme: ›Einen Gulden zwanzig Kreuzer.‹ Ich bemerke, daß ich mich nicht verhören konnte, denn im Laden herrschte absolute Ruhe. ›So teuer sind sie also?‹ fragte ich. Und Herr Karl Beutler erwiderte neuerlich mit fester Stimme: ›Ja, einen Gulden, zwanzig Kreuzer. Ich kann Ihnen aber auch mit billigeren dienen, für neunzig oder auch für achtzig Kreuzer, aber diese hier können Sie jahrelang tragen, sie sind unzerreißbar und kosten nur einen Gulden zwanzig Kreuzer.‹ Ich bat um eine Quittung, die ich beifüge und auf der wiederum steht: ›Ich bestätige den Erhalt von einem Gulden zwanzig Kreuzer für Hosenträger Marke Paderewski. Betrag dankend erhalten Karel Beutler, Schnitt- und Galanteriewarenhändler.‹

Ist das wahr, Herr Beutler?«

»Ja«, sagte der ehrenwerte Kaufmann niedergeschlagen. »Ich habe sie für einen Gulden zwanzig Kreuzer verkauft und kann beschwören, daß sie nicht aus Diebesgut stammen.«

»Darum handelt es sich ja gar nicht. Ich lese Ihnen weiter eine eidesstattliche Aussage des Zivilpolizisten Věnceslav Charrát vor. Dieser gab zu Protokoll:

Die äußere Besichtigung des Ladens des Kaufmanns Karel Beutler hat in vollem Umfang die vorangegangenen Beschwerden bestätigt. Im ersten Schaufenster rechts vom Eingang befand sich in einer Höhe von etwa anderthalb Metern eine Tafel mit der Aufschrift: ›Ich verkaufe mit Verlust. Ein Dutzend Batisttaschentücher früher drei Gulden, jetzt zwei Gulden fünfzehn Kreuzer.‹ Weiter unten waren Touristenhemden aus Zephir ausgebreitet, und dabei befand sich folgender Zettel: ›Früher zwei Gulden, jetzt ein Gulden fünfzig Kreuzer.‹ Ich bemerke, daß ein Irrtum ausgeschlossen ist, denn ich stand unmittelbar an der Scheibe, und es war an diesem Vormittag ganz klares Wetter. Außerdem hat dieses Schaufenster vormittags Sonne. Im zweiten Schaufenster links sah ich Socken mit der Aufschrift: ›Zwölf Kreuzer, achtundzwanzig Kreuzer.‹ An durchbrochenen Damenstrümpfen befand sich ein Preiszettel: ›Neunzig Kreuzer.‹ Auch Haarkämme trugen den Vermerk: ›Gelegenheitskauf! Nur ein Gulden vierzig Kreuzer.‹ Beigeschlossen ist eine Fotografie der Schaufenster des Herrn Karel Beutler, die beweist, daß ich mich nicht irren konnte.

Geben Sie das zu, Herr Beutler?«

»Ja, die Preise sind niedrig. Ich übervorteile niemanden. Die Ware stammt nicht aus Diebesgut. Und ich verkaufe sogar mit Verlust«, jammerte der ehrenwerte Kaufmann.

Der Polizeibeamte erhob sich. »Sie werden hiermit auf Grund der hohen Ministerialverordnung vom Jahre 1859, des sogenannten Prügelpatents, zu einer Strafe von zwanzig Kronen beziehungsweise einer Gefängnisstrafe von drei Tagen wegen Verstoßes gegen die Verordnung der Statthalterei über die Verwendung der Kronenwährung verurteilt.«

»Um Gottes willen, warum soll ich denn zehn Gulden bezahlen?« rief der ehrenwerte Kaufmann verzweifelt.

»Haben Sie denn nicht die Zeitung und die Bekanntmachung gelesen?«

»Bitte, nein.«

»Unkenntnis des Gesetzes schützt vor Strafe nicht«, sagte der Polizeibeamte und erläuterte kurz die Verordnung über die Verwendung der Kronenwährung. Dabei legte er großen Nachdruck auf die Unbescholtenheit des ehrenwerten Kaufmanns und schloß: »Die Strafe ist binnen drei Tagen zu erlegen!«

Herr Beutler taumelte in seinen Laden zurück und ging hinter das Pult. Eben verkaufte sein Kommis einer Dame Nachtleibchen. «Was kostet es, Herr Chef?«

»Drei Gulden zwanzig Kronen«, erwiderte Herr Beutler, doch gleich besann er sich. Er sprang über das Pult, umfing die Knie der Dame und rief: »Richten Sie mich nicht zugrunde, gnädige Frau ...«

Den ehrenwerten Kaufmann mußte man ins Irrenhaus einliefern: Er leidet unter der gefährlichen fixen Idee, daß noch immer Gulden und Kreuzer gelten ...

Das Mittel des Herrn Polizeidirektors

Eines Tages saßen zwei Gestalten einander gegenüber, die in ihrem Aussehen auf das schärfste kontrastierten: Am Schreibtisch seines Arbeitszimmers thronte der Herr Hofrat und Polizeidirektor jener Stadt, in der sich diese Geschichte abspielte, und auf einem Sessel daneben hockte ein heruntergekommener Mann in schäbiger Kleidung, die Haarsträhnen über die Ohren gekämmt, den Strohhalm einer Virginia hinter dem rechten Ohr. Er hielt eine schofle Mütze auf den Knien und sagte langsam und ernst:

»Also, damit alles klar ist! Ich weiß, Herr Direktor, als Sie hörten, daß ich Sie sprechen wollte, um Ihnen meine Dienste anzubieten, hatten Sie keine große Lust, mich überhaupt vorzulassen. Sie glaubten, Sie hätten genug Detektive, die Pankratz in- und auswendig kennen, und es sei überflüssig, über ihre Erfolge auch nur ein Wort zu verlieren. Kurz gesagt, sie taugen alle nichts. Das kann ich nicht bestreiten. Aber gerade deshalb wäre es ein Fehler gewesen, mich nicht zu empfangen. Wissen Sie, welchen Ruf die hiesige Polizei genießt? Man hat schon oft darüber nachgedacht, ob sich das allein mit Ungeschicklichkeit erklären läßt, oder ob die Polizei für die Verbrecher geheime Sympathien hegt.«

»Das ist doch nicht möglich!« rief der Herr Hofrat aus.

»O doch«, erwiderte Jan Poberta. »Aber das gehört nicht zur Sache. Hier handelt es sich um etwas ganz anderes. Ich habe Ihre Verzweifelung durchaus begriffen. Da ereignete sich ein Mord am helllichten Tag, und die Polizei konnte nichts feststellen. Ein anderer erfolgte bei Nacht, und wieder fand die Polizei nichts. Ein Mann wurde ermordet, doch von dem Mörder fehlt jede Spur. Eine Frau wurde überfallen, ihr Mörder aber nicht ermittelt. Sie werden einsehen, daß es so nicht weitergeht.«

»Sie vergessen den letzten Fall«, erwiderte der Herr Polizeidirektor zaghaft. »Da haben wir die Mörder gefunden, haben festgestellt, wie sie heißen, wir wissen, wie sie aussehen und wohin sie gefahren sind, wir besitzen auch ihre Bilder, mit einem Wort – alles. Daß sie gleich nach der Tat abgereist sind, dafür können wir doch nichts.«

»Gewiß, Herr Direktor, das ist wahr«, sagte Poberta. »Sie übersehen nur, daß Ihnen der Teufel einen dieser angeblichen Mörder nach Prag gebracht hat. Und dann stand es schlecht, denn er wies überzeugend nach, daß er zu der betreffenden Zeit gar nicht hier gewesen sein konnte. Sehen Sie, als ich das erfuhr, habe ich mir gesagt: Edelmut ehrt den Menschen. Ich will Böses mit Gutem vergelten, habe ich mir gesagt, und werde den Ruf der Polizei retten.«

»Wie – Sie wollen den Ruf der Polizei retten?« rief der Hofrat und vergaß fast, den Mund zu schließen.

»Jawohl«, sagte Jan Poberta ernst und bescheiden. »Einige alte bekannte Praktiker von uns haben sich zusammengefunden, die wollen den Ruf der hiesigen Polizei retten und sie vor Schimpf und Schande bewahren.«

»Sie?« wiederholte der Herr Polizeidirektor verwundert.

»Jawohl, ich und meine Kameraden sind dazu bereit. Natürlich nicht umsonst. Aber die Bedingungen sind mäßig und die Idee ausgezeichnet.«

»Zuerst müßte ich sie freilich kennen«, bemerkte der Herr Direktor.

»Einen Augenblick! Also: Sobald ein sensationelles Verbrechen geschieht, lassen Sie es mich sofort wissen. Ich teile Ihnen umgehend mit, wohin das durch Los bestimmte Mitglied unserer Gesellschaft gelangen will. Sie stellen ihm einen Paß aus, geben ihm Geld für die Reise und etwas, damit er sich im Ausland eine Existenz schaffen kann. Das alles übergebe ich dem Betreffenden, und dafür liefere ich Ihnen verschiedene Dinge, die ihn überführen. Ich besorge Ihnen auch Leute, die bezeugen, daß er sich zu der betreffenden Zeit am Tatort befand usw. Sie sagen den Zeitungen und damit der Öffentlichkeit, daß Sie bereits eine bestimmte Spur verfolgen. Und sobald der Betreffende über die Grenze ist, geben Sie bekannt, er und kein anderer sei der Täter. Sie erlassen einen Steckbrief. Weil er aber einen Paß hat, der auf einen anderen Namen lautet, kann man ihn nicht fassen. Doch Ihnen verbleibt der Ruhm, einen Mörder gefunden zu haben. Das ist freilich schon einmal der Fall gewesen. Aber die Hauptsache ist, daß der Mensch niemals zurückkehrt, dann gibt es keine Blamage wie diesmal.«

»Hm«, sagte der Herr Direktor, »das ist nicht schlecht. Ich werde es mir überlegen.«

»Und wann soll ich mir die Antwort holen?«

»Morgen gegen drei. Ich werde allein sein.«

Als Jan Poberta am nächsten Tage zum Herrn Polizeidirektor kam, dauerte es nicht lange, und die beiden waren sich einig. Der Herr Direktor atmete erleichtert auf. Endlich Schluß mit den beschämenden Ereignissen und Skandalen! Die Redakteure mochten vor Wut in die Luft gehen.

Vierzehn Tage später erfolgte ein Meuchelmord. Die Polizei faßte zwar die Mörder nicht, ermittelte jedoch ihre Namen. Sie veröffentlichte ihre Beschreibungen und ihre Fotografien und schrieb Prämien für jene aus, die sie ergreifen. Natürlich tat sie das erst, nachdem die Mörder längst jenseits der Grenze waren. Die Bevölkerung war befriedigt, weil sie diese Mörder nicht mehr zu fürchten brauchte.

Es verging kein Monat, da kam es zu einem Raubmord. Wieder wurden die Täter überführt, erkannt, ihre Fotografien veröffentlicht und Prämien für jeden ausgeschrieben, der zu ihrer Ergreifung beitragen konnte, kurz, es war ganz wie beim ersten Fall.

Aber diesmal schien der Teufel selbst seine Hand im Spiele zu haben, um dem Herrn Direktor sein probates Mittel zu vereiteln.

Eines Tages kam nämlich ein Mann zum Herrn Polizeidirektor und sagte, er stelle sich freiwillig. Beim letzten Raubmord habe die Polizei eine falsche Spur verfolgt.

»Mensch!« herrschte ihn der Herr Polizeidirektor entrüstet an. »Reden Sie kein dummes Zeug! Die Polizei weiß ganz genau, wer den Mord begangen hat. Alle Beweise sind eindeutig und stimmen wunderbar zueinander.«

»Und wenn sie noch so genau sind und noch so wunderbar zusammenstimmen – die Polizei war doch auf einer falschen Spur!«

»Und warum?« brüllte der Herr Hofrat ihn wütend an.

»Warum? Weil ich den Mord allein verübt habe. Und nun bin ich gekommen, um mich zu stellen.«

Der Herr Hofrat glaubte, dieser Augenblick sei der letzte seines Lebens.

Dann ließ er jedoch einen Beamten kommen und mit dem Mörder ein Protokoll aufnehmen. Gleichzeitig aber schickte er zum Polizeiarzt, er möge sich unverzüglich bei ihm melden.

Der Arzt war auch bald zur Stelle.

»Wir haben hier einen Irrsinnigen, Herr Doktor.«

»Einen Irrsinnigen?«

»Ja, der Mensch da leidet an der fixen Idee, er habe den letzten Raubmord verübt.«

»Und – stimmt das nicht?«

»Nein, das ist völlig ausgeschlossen. Wir kennen die Täter. Er war es nicht.«

»Also offensichtlich eine schwere Psychose.«

Erst als sich der Mörder, der das Geständnis abgelegt hatte, im Irrenhaus befand, atmete der Herr Polizeidirektor auf. Er war gerettet.

Kurz darauf geschah ein Verbrechen, das in der ganzen Stadt eine ungewöhnliche Sensation auslöste. Verwegene Gauner hatten einen Bankraub verübt, bei dem sie nicht weniger als zweihunderttausend Kronen in Gold sowie eine Menge kleinerer Banknoten, deren genaue Zahl sich nicht feststellen ließ, mitgehen hießen. Diesmal gab der Herr Hofrat der Gesellschaft des Jan Poberta sogar das Fahrgeld für den Expreßzug, um möglichst rasch der Bevölkerung mitteilen zu können, er kenne die Täter.

Und es wiederholte sich die alte Geschichte.

Nach vierzehn Tagen erhielt er einen Brief aus Nordafrika. Sein Absender war Jan Poberta. Dieser Brief hatte folgenden Wortlaut:

Lieber Herr Direktor!
Nur ungern nehme ich von Ihnen Abschied, aber es muß sein. Übrigens glaube ich, Sie werden mir für das, was ich getan habe, Ihre Dankbarkeit nicht versagen. Es mußte Ihnen doch ohnehin zuwider sein, immer mit der Unwahrheit zu operieren. Als zum erstenmal eine Gefahr auftauchte, konnten Sie sich noch dadurch retten, daß Sie den Betreffenden, den wirklichen Mörder, ins Irrenhaus sperren ließen. Aber die Aufregung hätte Sie beinahe krank werden lassen. Ich mußte also etwas für Sie tun.

Sie haben, wenn auch unbewußt, die Wahrheit gesprochen, als Sie erklärten, den bekannten Bankraub hätte ich, Jan Poberta, verübt. Die Banknoten und das Hartgeld habe ich mitgenommen, aber ich möchte von Ihnen nicht Abschied nehmen, ohne Ihnen für den Edelmut zu danken, mit dem Sie mir so bereitwillig die Flucht ermöglicht und sie sogar bezahlt haben.

Ich bedauere es aufrichtig, daß unsere Geschäftsverbindung damit endet, aber ich glaube, es dürfte Ihnen nicht schwerfallen, eine neue Verbindung einzugehen, wenn Sie sich meinen Kollegen gegenüber ebenso reizend verhalten wie mir.

Mit freundlichen Grüßen
Jan Poberta

Als der Herr Horat diesen Brief gelesen hatte, fiel er in Ohnmacht.

Nachwort

In der ganzen Welt ist der Roman »Die Abenteuer des braven Soldaten Schwejk im Weltkrieg« bekannt, in dem sich ein bauernschlauer Einfaltspinsel mit saftigem, urwüchsigem Humor unter dem Schein des treuherzigen militärischen Eifers über seine Vorgesetzten lustig macht, das Herrscherhaus, die Österreichisch-Ungarische Monarchie und die k. und k. Armee durch Hyperloyalität verulkt, überall, wo er auftaucht, durch genaueste Ausführung der erhaltenen Befehle Verwirrung stiftet und lachend und Lachen auslösend die Sinnlosigkeit des Krieges beweist – eine antimilitaristische Satire von großer Kraft.

Weitgehend unbekannt ist dagegen der Lebensweg des Autors dieses satirischen Epos in vier Bänden, des Schriftstellers Jaroslav Hašek, der selbst in seinem Heimatland noch Jahre nach seinem frühen Tod (er wurde am 30. April 1883 in Prag geboren und starb, noch nicht vierzigjährig, am 3. Januar 1923 in Lipnice) in keiner Literaturgeschichte zu finden war. Absichtlich sollte ein Mann totgeschwiegen werden, der sich mit seiner spitzen Feder das Großbürgertum zum Todfeind gemacht hatte. Erst als in seiner Heimat eine neue Gesellschaftsordnung gesiegt hatte, wurde ihm Gerechtigkeit zuteil, und man begann, Dokumente und Nachrichten zu sammeln, um seinen Lebensweg nachzeichnen zu können. Die bedeutendste Arbeit leistete wohl Zdena Ančík, dessen verdienstvollen Bemühungen um eine wissenschaftliche Hašek-Biographie die im folgenden verarbeiteten Daten zu verdanken sind. Hašeks Großvater väterlicherseits, der einer südböhmischen Bauernfamilie entstammte, war ein freiheitsliebender, fortschrittlicher Mann, der 1848 in den Reichstag von Kremsier gewählt wurde, sein Großvater mütterlicherseits Fürstlich Schwarzenbergischer Teichwärter bei Písek in Südböhmen. In seinem Hause lernten sich Jaroslav Hašeks Eltern kennen, doch mußten sie, da der Vater als Lehrer an Privatschulen nur ein sehr niedriges Einkommen hatte, dreizehn Jahre aufeinander warten. In dunklen Prager Mietwohnungen wuchs Jaroslav mit seiner Kusine Marie und seinem jüngeren Bruder Bohuslav auf. Einen nachhaltigen Eindruck auf ihn hinterließ während seiner Gymnasialzeit vor allem ein Lehrer, Alois Jirásek, der Schöpfer des tschechischen historischen Romans. Nach dem Tode des Vaters, der in den letzten Jahren als Versicherungsfachmann gearbeitet hatte, mußte Hašek das Gymnasium verlassen und wurde Lehrling in der Drogerie »Zu den drei goldenen Kugeln« am Bergstein, wo er mit vielen einfachen Menschen aus Stadt und Land in engere Verbindung kam. Drei Jahre lang war er dann Schüler der eben eröffneten Tschechoslowakischen Handelsakademie. Nach Abschluß dieser Ausbildung wurde er Bankangestellter.

Doch dieses geregelte Dasein entsprach nicht seiner Wesensart. Er liebte das ungebundene, freie Leben, wie er es bisher nur in den Schulferien hatte führen können, in denen er weite Fahrten unternahm, die er durch Betteln und Gelegenheitsarbeiten finanzierte. Sein politisches Interesse begann frühzeitig, schon mit vierzehn Jahren riß er Plakate ab, auf denen die Verhängung des Standrechts verkündet wurde, nie fehlte er bei Demonstrationen gegen die Regierung, und bald nach der Jahrhundertwende schloß er sich der anarchistischen Bewegung an, da ihm die tschechische Sozialdemokratie wegen ihrer opportunistischen Haltung nicht zusagte. Mit einundzwanzig Jahren sprach er öffentlich vor Prager Arbeitern, und mit vierundzwanzig Jahren fuhr er zu den Bergarbeitern in Nordwestböhmen und den Textilarbeitern auf der Böhmisch-Mährischen Höhe. Wegen Widerstand gegen die Staatsgewalt bei der Mai-Demonstration des Jahres 1907 machte er zum erstenmal Bekanntschaft mit dem Gefängnis. Das widerfuhr ihm noch öfter – in Bayern, in Ungarn und in Galizien – wegen »Landstreicherei«. Er hatte selten den geforderten Mindestbetrag bei sich, der ihn als »ehrbaren Bürger« ausgewiesen hätte. In Kiew verhaftete man ihn wegen unerlaubten Grenzüberschritts. Trotzdem gelang es ihm, viele Länder kennenzulernen: ganz Österreich-Ungarn einschließlich Galizien und Bosnien-Herzegowina, den Balkan, Italien und die Schweiz. Mehrmals war er in Deutschland: in Dresden, Leipzig, Magdeburg, Berlin und Hamburg; er durchstreifte Westfalen und zeltete im Thüringer Wald, war Hilfsarbeiter auf einem Schlachthof, Fellhändler, Bäckergeselle, Trimmer auf einem Lastkahn, Maschinist und Bergarbeiter. Das Leben der einfachen Menschen mit seinen Härten und seinen Freuden war seine hohe Schule, wie er es von seinem schon seit früher Jugend bewunderten Vorbild Maxim Gorki gelernt hatte.

Aus diesen Lebenserfahrungen erwuchsen seine Geschichten, die er unter annähernd achtzig Pseudonymen in den verschiedensten Zeitschriften veröffentlichte. Aus den Jahren 1901 bis 1908 wurden bisher fünfundachtzig Geschichten entdeckt, 1909 waren es vierundsechzig, 1910 schon fünfundsiebzig und 1911 gar hundertsieben. Insgesamt entstanden in den Jahren 1900 bis 1915 mehr als tausend Kurzgeschichten: zunächst Reiseskizzen, Familientraditionen (»Geschichten des Teichwärters von Ražice«) und eigene Erlebnisse (»Aus einer alten Drogerie«, »Mein Geschäft mit Hunden«), dann in immer stärkerem Maße Satiren auf das Spießbürgertum, die österreichische Beamtenschaft, das Militär und die Polizei, den Klerikalismus und den politischen Opportunismus.

Um seinem künftigen Schwiegervater, dem Bildhauer Mayer, zu beweisen, daß er eine gesicherte Existenz habe, übernahm er die Redaktion der Zeitschrift »Svět zvířat« (Die Welt der Tiere) und schrieb entzückende Tiergeschichten. Doch bald reizte es ihn, sich über die Leser lustig zu machen, und er erfand absonderliche neue Tiergattungen, was seine Entlassung zur Folge hatte. Unter dem Namen seiner Frau eröffnete er 1911 ein kynologisches Institut. Den Widerhall dieser Beschäftigung mit Hunden finden wir in einem Zyklus von Kurzgeschichten und im »Schwejk«. Die Reichstagswahlen im Jahre 1911 ließen in ihm den Gedanken aufkommen, den Opportunismus der damaligen tschechischen Parteien durch Hyperloyalität zu verspotten, und er gründete eine »Partei für gemäßigten Fortschritt in den Schranken des Gesetzes«. In seinen Wahlreden machte er sich unter dem Deckmantel gespielter Loyalität über die österreichische Regierung sowie die Wahlen lustig und übte Gesellschaftskritik.

Das gleiche Mittel wandte er nun auch in der Literatur an – und es entstanden fünf Geschichten mit einem gemeinsamen Titelhelfen, dem »braven Soldaten« Schwejk. Dieser zieht gegen Italien, holt Meßwein aus einem weit entfernten Ort, wird superarbitriert (einer Kommission von Psychiatern vorgeführt) und erlebt Abenteuer als rauchender Wachtposten im Arsenal und als blinder Passagier eines Militärflugzeugs. Mit diesen wenigen Geschichten, die wir als »Ur-Schwejk« bezeichnen können, war ein Typus geschaffen, eine neue Variante jenes volkstümlichen Schalksnarren, wie wir ihn aus den Schöpfungen der Volksdichtung und manchen Werken der klassischen Literatur kennen – als Hans im Glück, Till Eulenspiegel, Hodscha Nasreddin, Hanswurst, Figaro und Sancho Pansa, aus vielen

Märchen von dem einfältigen Bauernsohn oder Müllerburschen, den seine Brüder um sein Erbteil betrügen, der aber dank seiner Schlauheit und menschlichen Anständigkeit schließlich das Glück gewinnt, bis hin zum »tumben Toren« Parzival. Diese Gestalten, denen schon immer die Liebe des Volkes gehörte, erhielten einen neuen Verwandten: den genialen Tölpel, den »behördlich anerkannten Idioten«, der durch seine Einfalt alle Tabus durchbricht und den sich großartig gebenden Dingen den Nimbus des Erhabenen nimmt, so daß ihre Erbärmlichkeit offenbar wird.

Freilich mußte die Gestalt des »braven Soldaten« seit ihrem Entstehen im Jahre 1911 manche Wandlung durchmachen, bevor sie – nach einer zweiten Fassung im Jahre 1918, einem Büchlein von 121 Seiten – als tragende Figur des satirischen Romans von 1921/22 zu einem satirischen Typus von Weltformat wurde. Auch sein geistiger Vater ging ja inzwischen durch Krieg, Gefangenschaft und Revolution.

Am 17. Februar 1915 wurde Hašek zum Militärdienst eingezogen und kam zum 91. Infanterieregiment, das in Budweis stationiert war. Im Juni 1915 wurde das Regiment an die galizische Front verlegt. Auf dem Stammblatt des am 1. August 1915 zum Landsturm-Gefreiten beförderten Jaroslav Hašek ist vermerkt: »Vermißt 24. 9. 1915 seit dem Gefecht bei Chorupan.« Tatsächlich war er dort mit einigen Regimentskameraden auf die russische Seite übergelaufen und hatte sich so dem Militärdienst in der verhaßten österreichisch-ungarischen Armee entzogen. Zunächst war er in verschiedenen Kriegsgefangenenlagern interniert, bis er erfuhr, daß in Rußland eine Legion tschechischer und slowakischer Freiwilliger aufgestellt werde, die für die Zerschlagung Österreich-Ungarns und die Befreiung ihrer Völker kämpfen wolle. Er meldete sich sofort, agitierte auch unter den Kriegsgefangenen gegen feiges Abwarten und veröffentlichte in der in Kiew herausgegebenen Frontzeitung »Čechoslovan« (Der Tschechoslowake) antihabsburgische Satiren. Nach der russischen Oktober-Revolution von 1917 trat Jaroslav Hašek in die Reihen der Roten Armee ein. »Ich werde stets für die Revolution und für die Befreiung unseres Volkes arbeiten«, schrieb er an den Tschechoslowakischen Nationalrat, der die Interventionsversuche der Großmächte unterstützte.

Reisen, Vorträge und zahlreiche Artikel gehörten zum Arbeitsprogramm Hašeks als Leiter der Internationalen Sektion in der Politischen Abteilung der V. Armee. Außerdem redigierte er mehrere fremdsprachige Zeitungen, darunter eine deutsche mit dem Titel »Sturm«. Keine Spur war mehr von dem unsteten Boheme-Leben und von der für den Hašek der Vorkriegszeit typischen Vorliebe für den Alkohol. Ob in dieser Zeit außer einem Zyklus um seine Tätigkeit als Kommandant der Stadt Bugulma auch andere humoristische Arbeiten entstanden, ist noch nicht ermittelt.

Eine illegale tschechoslowakische Delegation, der

der tschechische Schriftsteller Ivan Olbracht angehörte, forderte Hašek im Jahre 1920 zur Rückkehr in die Heimat auf, doch wurde er, als er diesem Ruf im Dezember 1920 Folge leistete, mit einem Hochverratsprozeß bedroht. Er antwortete mit satirischen Arbeiten und mit seinem Hauptwerk: »Die Abenteuer des braven Soldaten Schwejk im Weltkrieg«. Da sich kein Verleger fand, brachte Hašek den Roman im Selbstverlag in Fortsetzungsheften heraus, die er mit einigen Freunden in Gasthäusern kolportierte.

Schwerkrank zog er sich im Juni 1921 nach Lipnice zurück und arbeitete fieberhaft an der Vollendung des »Schwejk«, ohne jedoch den Wettlauf mit dem Tode zu gewinnen. So blieb das Werk ein Torso.

In der Folgezeit entbrannte ein wahrer »Krieg um Schwejk«. Die Literaturkritiker und Literaturhistoriker lehnten das Werk und seinen Autor, den unliebsamen Ankläger, ab, nur die Schriftsteller Ivan Olbracht und Julius Fučik traten zu seiner Verteidigung auf. Das Volk freilich erkannte sich in dem Helden des Buches und seinen Gefährten wieder, verstand die antimilitaristische Tendenz und erfreute sich an der kernigen Sprache und dem deftigen Humor. Den Stil des Buches, das jeweils nur die unbedingt notwendigen Details anführt, traf großartig der Illustrator Josef Lada. Die Aneinanderreihung lebensnaher Szenen reizte zu zahllosen Dramatisierungen und mehreren Verfilmungen, wobei für den deutschen Anteil die Bühnenleistung Max Pallenbergs unter Erwin Piscator und Heinz Rühmanns filmische Darstellung genannt seien. Zu einer Oper gegen den Krieg, die 1958 in New York uraufgeführt wurde und auch den Weg auf die Bretter der Berliner Komischen Oper fand, verarbeitete Robert Kurka, Sohn tschechischer Auswanderer nach Illionois, in Verbindung mit Lewis Allan das Werk. Bezaubernd in ihrer Eigenart sind die Puppenfilme Jiří Trnkas, in denen die von Schwejk so gern erzählten Geschichten als Zeichentrickszenen erscheinen. Durch diese Werke und durch zahlreiche Übersetzungen ist die meisterliche Satire auf den Militarismus und die bornierte Selbstgefälligkeit einer privilegierten Kaste zum Gemeinbesitz der Menschheit geworden.

Das übrige reiche literarische Schaffen Hašeks ist selbst in seiner Heimat nur wenig bekannt. Hatte der Autor schon zu seinen Lebzeiten dauernd gegen den Rotstift des Zensors zu kämpfen, so wurde diese Zensur nach dem frühen Tod des Autors von den Herausgebern seiner »Gesammelten Werke« geflissentlich selbst geübt. Erst heute wird das Werk dieses Meisters des Humors und der Satire in seiner ganzen Fülle den Lesern zugänglich gemacht. Zwar sind mehrere Manuskripte – wie das des Romans »Die Geschichte eines Ochsen« oder des satirischen Dramas »Der Minister und sein Kind« und die einiger Lustspiele – wohl endgültig als verloren anzusehen, aber mehr als eintausendzweihundert Geschichten konnten festgestellt und zur Veröffentlichung vorbereitet werden, davon viele erstmalig in

Buchform. Die auf neunzehn Bände berechnete Gesamtausgabe ist noch nicht abgeschlossen.

In den zumeist in den Jahren 1900 bis 1915 entstandenen Kurzgeschichten schärfte der junge Jaroslav Hašek seine Feder und übte sich in der Kunst, die Vertreter einer untergehenden Gesellschaftsordnung mit wenigen markanten Strichen plastisch herauszuarbeiten und sie der Lächerlichkeit preiszugeben. Dabei spannt sich der Bogen von der noch fast liebenswürdigen humoristischen Erzählung über die Groteske bis zur beißenden Ironie. Es ist ein wahres Feuerwerk sprühenden Humors, vermischt mit grimmig-ernsten Satiren auf die verlogene spießbürgerliche Moral und den auf tönernen Füßen stehenden Staat. Indem die Militär- und Verwaltungsbürokratie verspottet, der Zensor als Repräsentant der Beschränktheit gezeigt und die Polizei als eine »sonderbare Art von Individuen« vorgeführt wird, erhalten wir Einblick in ein wahres Panoptikum der Bürokraten.

Zu den Satiren auf die Außenpolitik der k. und k. Monarchie zählt die Geschichte »Das traurige Ende des Kriegsberichterstatters des Prager Tagblatts«, deren historischer Hintergrund der Freiheitskampf der Balkanvölker im Jahre 1912 gegen die türkische Fremdherrschaft ist. Wie rasch Jaroslav Hašek auf aktuelle Ereignisse reagierte, zeigt die Geschichte von der »Hochverratsaffäre in Kroatien« aus dem Jahre 1909. Sie erschien im gleichen Jahr, in dem Baron Rauch, von 1908 bis 1910 kroatischer Ban, im

Auftrage der österreichisch-ungarischen Regierung in Agram einen Monsterprozeß inszenierte, in dem zahlreiche Kroaten auf Grund gefälschter Dokumente wegen angeblicher hochverräterischer Beziehungen zur serbischen Regierung unter Anklage gestellt wurden. Die Annexion Bosniens und der Herzegowina wird immer wieder angeprangert, so in der »Eselsgeschichte aus Bosnien«.

Mit leichter Hand geschrieben, sind die humoristischen und satirischen Geschichten Jaroslav Hašeks, dessen Platz unter den großen Humoristen der Weltliteratur zwischen Mark Twain und Anton Tschechow ist, literarische Köstlichkeiten, die durch Beobachtungsgabe, Phantasie und Humor stets neu entzücken.

Günther Jarosch

Friedrich Torberg

Auch das war Wien
Ullstein Buch 20785

Der letzte Ritt des Jockeys Matteo
Ullstein Buch 20751

Die zweite Begegnung
Ullstein Buch 20827

Auch Nichtraucher müssen sterben
Ullstein Buch 20864

Apropos
Ullstein Buch 20909

In diesem Sinne
Ullstein Buch 20946

Liebste Freundin und Alma
Ullstein Buch 22293

ein Ullstein Buch